Femte boken

"Bättre ett fat kål med kärlek än en gödd oxe med hat." (Ordspråksboken 15:17)

P-C Wike

Taffel

[ˈtaf:el]

Spår av samspel i Köttrymden

© 2016 P-C Wike
Omslag: Windrike
Illustratörer: Ida, Joel, Ville
Förlag: BoD – Books on Demand, Stockholm, Sverige
Tryck: BoD – Books on Demand, Norderstedt, Tyskland
Upplaga 2, 2018

ISBN: 978-91-7699-982-0

Till mina filurer

Inledning
Om människor, möjligheter och allt fint i Laduvik
samt framtida planer och utmaningar

På Laduviks Gård någonstans i Stockholmstrakten födde kossa 583 trillingkalvar. Det här var några år sedan nu men blev uppstarten för ett helt nytt liv för Rut och Twist. Bara därför hade det blivit ett alldeles speciellt minne för dem, något att alltid bära med sig. Kalvarna är stora nu och alla tre hade fått stanna kvar på gården, för på Laduvik gjorde man sig nämligen inte av med några djur. Ja, om de inte själva lämnade in vill säga. Något som Ruts älskade gamla häst till slut gjorde och som numera ligger begravd i gläntan precis där gården övergår till skogsmark.

På gården bor Rut och Twist tillsammans med alla sina djur. Vid sidan av korna och tjuren, finns där ett piggt gäng lappgetter samt ett minst lika piggt gäng höns. Det finns två tuppar. Tuppen Cindy och Tuppen Calimero. Cindy föddes samma höst som kalvarna, men just där upphör likheterna. Medan kalvarna föddes i en varm ladugård av sin starka mamma, kravlade Cindy fram ur ett ägg under lysrören mitt inne på traktens ICA. Då blev ICA-Bengt, med allt sitt ansvar över saker ingen begrep, inte särskilt glad faktiskt.

Runt Rut och Twist pågår en ständig ström av bestyr och de flesta projekten har Rut dragit igång. Hon har ofta huvudet fullt och gillar när det händer saker. Köttrymden är vad Rut kallar platsen där allting pågår och hon är fast övertygad om att köttrymdsvardagen är det finaste en människa kan ha. Den är tuff, obarmhärtig, hård och krävande men också lärorik, kärleksfull, påhittig och levande. En tillvaro där samarbete och gemenskap håller ruljansen i gång. Så som det fortfarande kan fungera in real life, i verkliga världen.

Tillvaron på gården känns som en ren kontrast till allt cyberlikt. Virtuella verkligheter har blivit allt vanligare, där var och en kan pyssla om sin egen låda utan att knappt vara på plats. Där kontorstider nästan försvunnit eftersom det i stället går att jobba hemifrån. Där man kan ha gruppchattar men inte ses och använda koder i stället för att ta personlig kontakt. I cybervärlden går det också att gömma sig om man vill tycka saker anonymt och man kan nästan helt försvinna utan att någon knappt undrar. I denna sorts tillvaro skaffas användarnamn och log in som nya slags identiteter. Plus att efterfrågan på självtänkande, självgående individer med kompetens att fatta egna beslut nästan blivit större än efterfrågan av samarbete och samstämmighet. Att tycka lika är fult, att sticka ut är finare. Att vara tyst är karaktärslöst, att åsikta är kompetent. I den luftburna virtuella världen lär människor sig att hantera det mesta för egen kraft och enbart samarbeta i någon slags interaktiv monoform. Som sagt, utan att vara särskilt mycket här och nu.

"Bra karl reder sig själv", ett av de dummaste av alla uttryck enligt Rut. Man behövde kanske snart inte ses alls?

Samtidigt som individualister formas i den nya världen, visar det sig ändå att vi behöver varandra mer och mer som de flockindivider vi trots allt är. Vi behöver få ta del av andras bekräftelse och stöd, olikheter och kompetenser. Det måste alltid finnas en plats för den som vill i köttrymden.

Rut trodde att Twist höll med henne, inte minst när det gällde cyberspelet Farming Simulator. Det spårade ur fullkomligt på grund av vässade armbågar och brist på samarbete. Och kanske lite för att Twist somnade i stället för att styra harven.

Förutom hästen fanns det någonting mer som låg begravt på gården. Diverse saker som ständigt försvann. Oftast var det tappade nycklar som trampats ner i marken tills de bokstavligt talat upphört att existera. Men även annat var borta. Spårlöst borta. Busskort, glasögon, laddare, mössor, plånbok, spännband, verktyg och passerkort. Det senaste som ägde förmågan att bara försvinna var Twists tådelare. En pryl som var mystisk både när den fanns, men också skum på grund av dess plötsliga försvinnande. Till och med den käre lille fostertomten hade kommit bort. Den som från början varit Tobbes och Pernillas tomte men som Rut och Twist tagit över. Pernilla var den som hade velat bli av med den. Fultomten som hon kallade den för eftersom hon trodde att den förde otur med sig. För Rut hade det blivit precis tvärtom. Eftersom allt hade gått hennes vägar sedan tomten hade kommit till gården, kallade hon den för turtomten.

Rut misstänkte att den kunde ha blivit kvar på Tobbes och Pernillas landställe sedan de följde med dem dit ut. Det var Twist som envisades med att ta med sig tomten. Anledningen till att de tog en tur till landet var för att jaga räv och plocka äpplen, en lite udda kombination kan tyckas, men intressena var olika. Tomten hade tagits med i syfte att bringa lite jaktlycka. Rut hade frågat Pernilla om hon visste om tomten blivit kvar och på den frågan, hade Pernilla verkligen övertygande meddelat att hon inte hade den minsta aning om vart tomten tagit vägen. Det var ju Ruts och Twists tomte nu. Man gömmer väl inte andras grejer, tillade hon för att vara extra tydlig. Så, vart tomten tagit vägen var och förblev en gåta.

Rut och Twist tillverkar getost och mustar äpplen. Till detta sköttes de veckovisa äggleveranserna till traktens ICA-butik. Folk var som galna i butikens delikatessavdelning där de färska äggen hade blivit ett viktigt inslag. Bengt arbetar på ICA´s avdelning för mejerier och med lite av varje utöver det. Han har också koll på köttkillen och på posten. Det senare var ingenting han särskilt mycket önskade men ingen annan av plantorna som fanns att tillgå i personalen kunde sköta arbetet bättre. Bengt hade misslyckats totalt med sitt postansvar tidigare i livet men det ansåg han ändå vara preskriberat vid det här laget. Han hade faktiskt inte betett sig mycket sämre än den där Karl-Bertil Johnsson som hyllades så stort varje år vid jul. Att sjabbla med posten var visst något som var okej för somliga men långt ifrån för alla konstaterade Bengt trumpet.

Bengt hade fullt upp på ICA med sina sysslor, övrig tid satt han instängd på sitt kontor i grubblerier av alla sorter. Han hade nog en hel del att grubbla över tänkte Rut. På senare tid hade han ändå alltmer lämnat sin puppa uppbyggd i lager av förtret och bitterhet, grämelse och irritation. Bengt hade nog ändå blivit en hyggligare person. Han var på väg tillbaka som Rut uttryckte det, medan Pernilla inte sa nånting om just den saken.

Nyfödda kycklingar gick tydligen bort enligt Bengts förmenande, men att lägga beslag på andras katter, det gick däremot an. Katten var Pernillas och hon hade efterlyst den på anslagstavlan utanför ICA.

En morgon hörde Bengt ett jamande som aldrig tycktes upphöra utanför ytterdörren. Detta störde Bengt oerhört mycket eftersom hans morgonrutiner som start på alla andra rutiner var de viktigaste av alla. Ungefär så där som med frukostar, dagens viktigaste mål, som fick kroppen att påbörja dagens förbränning. Hoppade man över frukosten blev det vajkalle på hela förbränningen. Och det ville inte Bengt utsätta sig för, att få vajkalle på en hel dags principer. Därför var morgonstrukturen otroligt viktig.

Han insåg till slut att han nog behövde öppna dörren och titta efter vad det var som jamade så förtvivlat. På trappan långt där nere precis vid Bengts fötter satt den minsta lilla kattungen man kunde tänka sig. Och inte nog med det, den travade bara raka vägen in. Med nosen först och svansen sist. Bengt öppnade och stängde munnen några gånger med en slags förhoppning att få lite luft för att ryta åt katten. Just sånt var Bengt nämligen bäst på. Att ryta. Han hade tänkt säga åt katten att hemma hos honom skulle den minsann inte vara. Av ren princip. Men Bengt fick ingen bra rytarluft i lungorna och dessutom var det himla svårt att fräsa ifrån åt något så lurvigt och beslutsamt som bara travade in. Katten gick raka vägen in i Bengts sovrum, hoppade upp i sängen, rullade ihop sig till en väldigt liten boll och somnade. Detta var ett tecken, tänkte Bengt som kastade sig i bilen utan att någon som helst rutin blivit avklarad. Vare sig te, ostsmörgås eller morgonpromenad hade hanterats enligt morgonprogrammets ABC. I stället körde han i ilfart ner till ICA. Han visste att han sett en lapp på anslagstavlan med en efterlysning av katten, och den lappen skulle bort nu. Illa kvickt.

Väl framme ryckte han bort flikarna med telefonnumret till den som tydligen enligt informationen hade tappat bort sin katt. Nu var katten hittad. Det kan också ha varit så att det var Bengt som blivit hittad, han visste inte så noga. En sak var i alla fall säker och det var att folk gott kunde hålla reda på sina djur. Här skulle ingen komma och ta Bengts katt ifrån honom. Så katten blev kvar. Långt senare visade det sig att katten var Pernillas.

Pernilla är Bengts dotter, fast på den här tiden hade de ingen relation över huvud taget. I alla fall ingen pappa-dotter-relation. De hälsade artigt på varandra om de sågs på ICA men så mycket mer var det inte. Det var egentligen bara några få i Laduvik som kände till deras släktskap och de hade båda gjort valet att inte prata runt om det. Pernilla skämdes över Bengts stil och karaktär och ville inte bli förknippad med honom i onödan. Vad Bengts skäl var för att inte vilja kännas vid sin dotter var det ingen som kände till. Något var det i alla fall.

Pernilla bor tillsammans med sin Tobbe i andra änden av

Laduvik, sett från gården alltså. Pernilla jobbar som speciallärare på högstadiet i traktens skola. Tobbe är IT-ansvarig och incidentledare för olika företag i storstan. Configuration Manager skulle det stå på hans visitkort om han nu hade haft några. På Pernillas visitkort, om hon nu haft några, skulle det stå tålamodsexpert... men helt ärligt, vem har sånt nuförtiden? Alltså visitkort. Eller tålamod. Som lärare har man huvudet fullt. Ständiga tankar på elever, och lektionsupplägg. Strategier för bemötande och planer. Skolutveckling och progressioner. I Pernillas huvud gnagde ofta frågor runt som det aldrig fanns särskilt många bra svar på: "är det skolan som är till för elevernas behov eller är det eleverna som behövs för att skolan ska fungera?" ihop med funderingen: "vad behöver vi rusta våra elever med inför framtiden?"

Dessa frågor var så stora att Pernilla ibland kände sig beredd att kasta in handduken. Hon tyckte inte att hon räckte till särskilt väl i den rollen hon hade.

Varje höst när det var dags att damma av alla stora frågor plus ytterligare ett tjog liknande funderingar, var det som att gå in i väggen light. Utom den senaste hösten. Då var det inte light längre, utan då slog hon i botten ganska hårt. Rädslan att inte räcka till och oron över att uppdraget varje år skulle innebära för stora utmaningar fanns där inför varje läsårsstart. Pernilla hade också blivit totalallergisk mot stress. Om man kunde pricktesta stress så där på underarmen där annat testades, var hon säker på att en anafylaktisk chock genast skulle bryta ut. Hon skulle få klåda och svullna läppar. Kräkningar, diarré, yrsel och bröstsmärtor och hon skulle behöva läggas in. De allra starkaste preparaten var de enda som skulle öka hennes chanser att överleva. Fast, nu gick det så klart inte att pricktesta stress utan bäst visade det sig vara att bara jobba på.

Pernilla funderade ibland över om hennes reaktioner kommit sig av att hon varit ihop med sina arbetsgöromål för länge, eller om jobbet blivit ansträngande för att Pernilla varit där och råddat runt i det för länge. Ibland funderade hon också över vad hon skulle göra om hon inte jobbade med det hon nu gjorde. Något tydligt svar på den frågan hade ännu inte skymtat fram tillräckligt länge för att fångas.

Tobbe, med sin incidentledarroll fick ofta jouruppdrag och han styrdes strängt av den så kallade tystnadsplikten. Det gjorde Pernilla också så för att komma loss ur alla hemligheter försökte de ta sig ut på sjön så mycket som möjligt. Tillsammans ägnade de mycket av sin fritid åt båtar av olika sorter. De hade en äldre modell av daycruiser som ställde ekonomin och uthålligheten på kant men som också tog dem ut på sköna sommarsvängar runt om i skärgården. Dessutom hade de två olika segelbåtar, små femmeters katamaraner som de använde mest för träning och banseglingar. De tävlade i smått som i stort och placerade sig både högt och lågt. Mellan dessa två eller tre båtar pendlade de runt under årets åtta månader, mellan april och november. De körde inomskärs och utomskärs, hemma och utomlands. Deras senaste resa gick till Gardasjön där de deltog i EM för Hobie 16, och fler liknande strapatser låg framför dem. Ett EM arrangerades varje sommar någonstans i Europa. Med tanke på katamanseglingen och på grund av oräkneliga andra skäl var det viktigt för Tobbe och Pernilla att hålla sig i form. En hel del gym och löpning färgade deras vardag också.

Tobbe och Pernilla var med sin motorbåt ständiga kunder hos båtmotorreparatören Mac och hans hustru Pia-Carin. De båda bor mitt emot Rut och Twist på andra sidan vägen. Mac hörde till den äldre generationens båtmotorreparatörer och visste att det sällan fanns några genvägar till det som behövde bli gjort. Det som funkade bäst var det invanda och förtrogna och han avskydde alla varianter av tekniska nymodigheter. Även Twist behövde då och då lite teknisk

13

support kring utfodrings- och vattenmaskiner och annan teknik på gården. Då hjälpte Mac gärna till. Ett av de senare projekten var att stötta byggandet av ett helt nytt hönshus. Ruts och hennes mamma Majas nya storslagna projekt om att öppna en palzeria, la grunden till detta bygge. Det gamla hönshuset var nämligen perfekt för att inreda till ett rum för flera ändamål. För många år sedan hade Rut och Twist sin bröllopsfest där, så de visste att det gick att få det bra. Gårdsbutik, skolverksamhet, festlokal, kafeteria och som sagt en palzeria, eller en kombination av dessa verksamheter. Ändamålen var många. Därför byggdes ett nytt hönshus dit alla hönsen flyttades. I det gamla hönshuset hade de redan haft en fest för Mini när han fyllde fyrtio.

Mini är Macs och Pia-Carins son. Han är den som med fantastisk känsla och plikttrogenhet sköter djuren på gården. Parallellt med att utveckla livet på gården med olika projekt, behöver förstås djuren skötas om. Minis liv, hade på inget sätt varit lätt att förstå, men det hade fått en helt ny mening i och med arbetet på gården. Detta arbete var hans första riktiga anställning och han hade äntligen blivit självförsörjande. Han bodde fortfarande hemma hos sina föräldrar men i en del av huset som var inredd till en separat lägenhet. Minis största intresse på Ruts och Twists gård var arbetet med getterna. Han var mycket noggrann och ansvarstagande och det var helt tack vare Mini som Rut och Twist ibland kunde lämna gården. Nu senast kom de iväg en vecka till Grekland ihop med Pernilla och Tobbe. Precis då föddes det killingar på gården. En killning vilken Mini ansvarade för och vakade över med ett stort mått av mod och kärlek. Han hade verkligen tagit tag i situationen efter bästa förmåga och det vill inte säga lite. Mini var världens bästa killingpappa.

Minis mamma Pia-Carin har börjat skriva böcker och det

14

med sådan iver att tryckeriet på förlaget som katalogiserar hennes böcker, helt satt igen. Som ett orensat avlopp enligt Macs sätt att beskriva det. Pia-Carins produktivitet kunde möjligtvis jämföras med kraften som pressar på en dammlucka. Där kubikvis med vatten tryckt på under lång tid och slutligen bit för bit gett vika. Plötsligt hade hela flödet sprängt sig igenom. Hon jobbade nu på sin femte bok och syntes sällan till utanför husets fyra väggar.

Mac, Pia-Carin och Mini plus de två medelålders paren Rut och Twist, Tobbe och Pernilla, såg sig om lika mycket bakåt som framåt för att inte säga åt alla håll för att hantera vardagen. Nu hade de börjat lära känna varandra och insåg verkligen inom vilka områden de kunde ha både glädje och nytta av varandra. Tillsammans hjälptes de numera åt att inspirera varandra till att fortsätta spana, vara nyfikna och utmana sig själva och varandra. Som en kontrast till alla minnen de delade, började de verkligen förstå värdet av stunden. Tillsammans var de oslagbara.

Nu senast hjälptes de alla åt att göra gårdens julmarknad till ett oförglömligt intryck. Inte bara för dem själva och för folket i trakten, utan hela behållningen gick till en insamling för världens flyktingar. De hade kafeteria och matservering och sålde julgranar, getost och äppelmust. Ruts mamma Maja hade gjort chutney och lemon curd som såldes. Pia-Carin sålde sina böcker och handstöpta ljus. Mac sålde en egentillverkad väggprydnad som var ljusstake och blomvas allt i ett. Tobbe hade bryggt öl medan Pernilla och Rut hade bakat och fixat maten som serverades. Alla ungdomar var med och jobbade och drog sitt strå till stacken. Pernillas barn Tor, Emil och Fia. Tobbes barn Malte och Simona och givetvis även Ruts barn Sigge, Sixten och Siri.

Även Bengt fanns med på ett hörn här, han hade dragit ett stort lass. Först och främst transporterade och sålde han marknadens julgranar. Dessutom skaffade han dryck och alla möjliga tillbehör till förmånliga priser från ICA. Så gjorde han sig också ledig för att vara med på självaste julmarknadsdagen. Från att ha varit en riktig surgubbe, tvär och infantil, hade han nu återhämtat sig. Rut trodde på återhämtning som den viktigaste kraften att utgå från efter år av felaktigt leverne och tokiga beslut. Man måste satsa för att komma över på andra sidan, släppa taget och se alternativen. Man måste också vara medveten om att det är återhämtning man pysslar med. Då först blir det en aktiv process. Rut om någon visste det. Bengt fick sina återfall, men det var alltmer sällan nu.

Laduviksborna hade som många andra, flera beröringspunkter och olika kompetenser som kompletterade varandra på en rad tänkbara sätt. Var och en av dem hade verkligen allt de kunde önska, utom det kanske viktigaste av allt; förmågan att varva ned. Fast det hade blivit bättre. Nu har de slutat att rymma från sina liv och övade sig i stället på att bo in sig i dem. De tränade hårt på att vara här och nu i sina göromål, tankar och observationer. De var alla ganska lika varandra men det fanns tillräckligt många olikheter för att det skulle bli spännande. Olikheter och mångfald, viktiga ingredienser för att få livet att spänna mellan högt och lågt, stark och svagt, mjukt och hårt.

Rut jämförde gärna livet med en Crock Pot-gryta. I en sådan kan man stoppa ner allt som man känner för, stänga locket och ställa in timern på önskad effekt och tid. Så fort andan faller på, kan man glänta på locket och slänga i något mer. Ungefär så tänkte sig Rut livet. Som ett långkok på högrev. En blandning av välkryddade, mustiga detaljer, men också några riktigt sega bitar. Där tid var en viktig ingrediens.

Kapitel 1
Om älgen som åkte kaffekopp
samt vitsen med hypnogram och rutiner

Bengt startade bilen och lämnade hemmet. Han hade cirka åtta minuters körtid innan han var framme vid ICA-affären. Väl på plats riktade han alltid in bilen mot samma parkeringsplats som han haft de senaste åren, undantaget sexton dagar i höstas. Då hade han varit tvungen att byta plats eftersom någon hade spytt i gräset precis där han brukade parkera. Han hade fått välja en annan plats tills det hade regnat så mycket att kräkset sköljts bort. Att folk inte kunde sköta sådant hemma hade någon sagt på jobbet. Bengt hade hållit med, men var samtidigt lite förvånad över att det inte var han som formulerat den tanken först. Det handlade ju om ordning och principer, så tänkte han. Toalettbestyr av alla sorter skötte man hemma. Han förstod sig inte på dem som under arbetstid försvann i över en halvtimme från sin tjänst. Bara för att gå på toa. Så lång paus, och detta efter att de först tagit en tidning under armen. En hel halvtimme... nä, så gör man bara inte. Att det inte var Bengt som initierade samtalet om kräkset på parkeringsplatsen kan ha att göra med att det var just han som spytt där, men det är en annan historia. Bengt föredrog att skylla ifrån sig om någon eventuellt hade anledning att undra.

Han hade kommit tidigt till arbetet denna dag. Det var ingenting som egentligen varit planerat men allt hade löpt på i ett aningen snabbare tempo under morgonen, så nu satt han där. Bakom sitt skrivbord. En rejäl kopp med kaffe hade han framför sig. Detta var något av det första han försåg sig med när han kommit till jobbet. Te och smörgås tog han alltid hemma men på jobbet beställde han en kaffe latte av kaffemaskinen. Enligt Bengt var kaffemaskinen den av alla hans arbetskamrater som faktiskt gjorde det han bett om. Som levererade det man önskade. Han njöt av att kunna ställa sig först i kön (som om det alls var någon kö så dags på morgonen) framför denna personalrummets hövding. Han tittade på alla knappar, funderade en stund och gjorde sedan sitt val. Ett val som han för övrigt hade kunnat göra med förbundna ögon eftersom han aldrig någonsin varierade sig.

På sin väg till kontoret haffade han med sig en påse wienerbröd från en av hyllorna på brödavdelningen. Det här var ingenting man fick göra, det visste Bengt mycket väl, men han var så sjukt sugen just denna morgon. Förresten, hade han inte varit lite duktig nu som kommit så tidigt till arbetsplatsen? Han hade tagit ansvar och stationerat sig medan de andra fortfarande låg och sov i sina sängar. Ett par wienerbröd mer eller mindre, vad kunde väl det göra? Varje gång Bengt gjorde något som avsteg från principen om att följa rutiner och procedurer hände något. Det var som om något skavde till. Detta något kunde ha varit förebråelse eller möjligtvis skam men hur som helst kändes det lika besvärande varje gång. Enligt Bengts princip om alltings ordning, *måste* man följa sina rutiner. Att knycka wienerbröd hörde inte riktigt till dem.

Bengt hade nyligen hört talas om en människa som presenterades som en framgångsrik alldeles vanlig person, men som enligt Bengts mening var en riktig flumtupp. Denne person hade inte en enda gång följt några som helst principer. Han hade på år och dagar inte tagit samma väg till jobbet någon endaste morgon. Karln i fråga hade roat sig med att alltid ändra sin sträckning genom att ta nya vägar, byta trottoarsida, svänga runt ett nytt hörn eller välja en annan korsning. Även färdmedlen varierade. Buss, tunnelbana, cykel eller promenad. Cykel halva vägen, buss

18

en bit, hoppa av hållplatser tidigare eller hoppa på senare. Det som förvånade Bengt var inte att det fanns galenpannor av den här sorten som gick lösa, men däremot att puckot tydligen ansågs vara briljant. Det störde Bengt. Karln själv tyckte att hans förmåga att variera sig var något att vara nöjd över eftersom han gärna pratade om det. Knäppare än knäppast. När man kommit till Bengts beaktansvärda ålder, var det inte mycket som förvånade längre. Inte så att han blivit blasé, snarare mer vaksam. Han köpte inte lika enkelt vad folk sa och gjorde längre. Bengt höll koll och var källkritisk. Svalde inte vad som helst och som sagt, förvånades sällan. Särskilt inte över andra människors förehavanden. Det lättvindiga, lite enkla sättet att se på saker hade på något vis förtvinat. Brunnit inne.

Nu, sett från kontorets snäva utrymme, måste han ändå erkänna att ett visst intresse hade väckts på grund av den där variationstörstande typen. Denna människa, som vid sidan av att ha funnit trehundra eller kanske fyrahundra olika vägar till sitt arbete, också hade börjat välja tidningar med samma övertygelse om förändringens kraft. När han köpte tidningar, månadsmagasin, veckotidningar eller tidskrifter, valde han en ny sort varje gång. Genom detta förhållningssätt ansåg han att man inte bara breddade sitt kunnande, utan kanske rent av också hittade en ny hobby på kuppen. Ena gången han stod där och funderade över vad som kunde anses läsvärt, kunde det bli en tidning om fiske. Nästa gång om heminredning eller segling. Ytterligare senare valde han en skvallertidning, en korsordstidning eller en tekniktidning. Han valde tidningar med politiskt innehåll eller sådana som beskrev hemslöjd av olika sorter. Musiktidningar, IT, mat, natur, råd och rön. Det fanns ingen botten på alla varianter av tidningar som frestade honom. Emellanåt varvade han med utländsk press och kontinentalt mode.

19

Bengt grämde sig lite. Han gick tillbaka i minnet och funderade över sina egna vanor. Det var faktiskt inte en särskilt utmanande minnesövning eftersom hans morgnar sett exakt likadana ut varje dag så länge han kunde minnas. Bengt ägnade sig verkligen inte åt att hitta variationer i vardagen. Inte på något plan. Jo, om man bortsåg från att en del morgnar susade förbi aningen fortare än andra, dock aldrig fortare än att han hängde med, så var allt sig likt var eviga dag.

Klockan ringde alltid 05:13. Det var en tid som var noga uträknad av Bengt sedan flera år tillbaka. Han hade med sig sedan barnsben att förhålla sig pigg och vaken, ansvarstagande och produktiv inför vardagens sysslor. Ingenting annat gällde. Med det i bakhuvudet samt allt jobb som han grävt fram för att i det kunna gräva sig ner, fanns ingen ro att sova länge någon morgon. Det fanns helt enkelt ingen tid till vila eller ens något uppdämt behov av att ligga kvar och dra sig. När Bengt var runt tjugo år gammal hade han redan så mycket ansvar på sina unga axlar, att onyttigheter som stavades sovmorgon eller slappa, aldrig någonsin kunde komma på tal. Han hade redan i tidig ålder besjälats med något som skulle kunna beskrivas som en inombords industriklocka. Han var som en Skalman fast med en mat- och sovklocka som underordnats en fastställd variation av principer. Principer som hade bytt inriktning genom åren. Första principen av ordning var att göra rätt för sig, den andra var att studera. När han blev pappa, gällde det att kvickast möjligt komma loss från hemmet och ut genom ytterdörren. Detta eftersom den tredje principen var att arbeta. Lämna hemmet, komma ut i friheten och snabbt förenas med det som han gillade allra mest. Pengar. Skalmansklockan hade tickat på i över femtio år nu.

Att leva som ett drivankare var något som Bengt inte

värdesatte hos någon, inte heller hos sig själv. Slapphet var bara att betrakta som en allvarlig karaktärsbrist.

På senare år hade han ändå upptäckt fördelarna med att "låtsasjobba" på kontoret men det var mest för att få chansen att vara ifred. Att i lugn och ro få hålla koll på siffror i kolumner och papper i travar. Fingra med sådant han begrep sig på. Att få skriva brev och irritera sig, vara på vilket humör han ville och slippa en massa ansträngande relationer.

Medan Bengt satt och funderade, medan han lät tankarna vandra än hit och än dit, strök hans fingrar lite på de svarta träskorna. Han pillade på spännet runt magen och kände med fingret på bältet som spännet satt på. Han puffade till den vita, spröda kalufsen lite och förundrades över hur dum den egentligen såg ut. Visserligen rakryggad men också stelbent. Klädd i röd akryl. Den finstickade röda dressen hade märkliga hål genom garnet, nästan som om någon hade bitit i det. Totalt sett var den fruktansvärt ful, tänkte Bengt. Och stenhård.

Han funderade vidare. Det var någonstans här i tiden, när han närmade sig trettio som han började studera så kallade hypnogram vilka visar hur natten delas in i sömncykler med den genomsnittliga längden av 90 till 120 minuter. Han visste att man under cirka tjugo minuter gick ner i allt djupare sömn genom olika stadier. Dessa stadier varierar från slummer till djupsömn och kallas NonREM-sömn. Genom dessa stadier går man upp i ytligare sömn och sedan in i en episod av REM-sömn. Tidigare trodde man att det var under REM-sömnen som man drömmer men det är både i NonREM-sömnen och i ytsömnen som drömmar förekommer. Däremot innehåller drömmarna fler synupplevelser i REM-sömnen medan de är mer resonerande under NonRem-sömnen. Det är framför allt djupsömnen som är vederkvickande och skapar känslan av att vara utvilad. Men det är också då man absolut inte ska väckas av någon väckarklocka. Väcks man då, känner man sig helt desorienterad, en upplevelse som Bengt för allt smör i Småland ville undvika. Att förlora känslan av kontroll var bland det värsta Bengt visste.

De första sömncyklerna under natten består av djupsömn med mindre mängder REM-sömn. Under den senare delen av natten sover man mer REM-sömn. I ett hypnogram visas djupet av de olika sömncyklerna som en funktion av sömnens längd. Det var ur ett sådant diagram som Bengt hade räknat ut att klockan 05:13, var den idealiska tiden för att väckas. Det var en bra tid eftersom han då bara behövde ägna sig åt sig själv och kunde lämna hemmet innan hela familjen vaknade. Ingen trängsel, inga frågor och inget onödigt babbel.

Bengt går alltjämt upp klockan 05:13, på sekunden efter att klockan ringt. Han går raka vägen in i duschen och piggar upp sin spänstiga och alerta kropp. Detta görs genom att först duscha ganska kallt och därefter smyghöja värmen till den punkt att det börjar svida lite i skinnet. Därefter sänker han värmen till samma temperatur som när han började duscha. Han rakar sig och klär på sig det han förberett kvällen innan och så ger han katten mat. Just detta moment är det som ibland sinkar hans exakta tidsmarkörer något, särskilt de dagar då han behöver öppna en ny kattmatsburk. Så snart katten fått sitt, sätter han på tevattnet. Medan vattnet svalnar till en temperatur av 85 grader, vilket passar hans Oolongete, tar han en promenad. Kokat vatten sjunker tio grader var femte minut, och Bengt vet därför att han har exakt sju och en halv minut på sig för promenaden. Den tiden räcker gott och väl. Han går raka vägen upp till tågstationen och hämtar ett exemplar av gratistidningen som ligger travad på perrongen. Tidningen innehåller tillräckligt mycket för att skanna av världen enligt Bengt, för som sagt, inte mycket förvånar honom längre egentligen.

Plötsligt plingade det till i datorn och eftersom Bengt var så djupt inne i sina tankar ryckte han till, och i rycket föll det som han nyss hållit i sina händer. Något som i sin tur landade i wienerbrödet med framsidan nedåt precis där det var som mest kletigt. Bengt justerade kontorsstolen för att ställa det hela till rätta och även för att se vad det var för ett meddelande han fått. I vridningen av stolen råkade armstödet på stolen skjuta till ett kollegieblock som hängde ut över skrivbordskanten. Blocket stötte då till kaffekoppen och kaffet skvimpades ut över allt som stod i närheten. "Helvete", suckade Bengt. Det var som om ett tio sekunder långt flipperspel hade startat och en osynlig kula studsade runt från det att plinget hörts i datorn. En kula som förstörde den för övrigt ganska goda ordningen som Bengt hade på bordet. Det som nu syntes var stället en slags drällig förödelse framför honom.

Överst på skrivbordet låg en räkning som han hade tänkt ringa och klaga på. De jävlarna hade höjt premien med tvåhundra procent. Bara försäkringsbolag kunde göra sånt. Med allt kaffe som nu flöt runt på fakturan var den knappt läsbar längre. Kaffet hade spritt sig och snabbt sugits in även i andra räkningar, beställningar, brev och orderinformationer som utgjorde ordningen på skrivbordet. Bengt ryckte snabbt av en sida från en av alla olästa dagstidningar på bordet och la den över kaffepölen. Han såg att den började göra sitt jobb. Kaffet sögs upp. Men det värsta av allt, i den vita spröda kalufsen och lite grann på luvan, hade en oljig gul sörja smetats in. Det hängde också smulor av varierande storlekar i skägget och på kläderna. Det röda tyget fick genast flera fula fettfläckar.

Det var Rut som hade skickat meddelandet. Typiskt Rut, tänkte Bengt. Hon har liksom aldrig haft någon känsla för takt och ton. Bara dundrade in och störde, när det som bäst passade henne. Det var som den gången då hon skulle ha ett bra kilopris på äpplen. Om hon bara hade haft bättre tajming och kunde smeka lite mer medhårs, då hade hon fått ett bra pris. Men sånt klarade inte Rut. Hon var alltför affärsmässig. Bengt började läsa vad hon hade skrivit. Han harklade sig lätt som om han hade tänkt läsa högt.

Tack snälla Bengt för senast! För allt som du gjorde för att vår julmarknad skulle bli så lyckad! Du är en fantastisk person, vet du det? Alltid hjälpsam, har idéer, bidrar ekonomiskt och verkar gilla att hänga med oss och vi gillar dig, du är alltid välkommen! Hörde du förresten vad överskottet på julmarknaden blev efter alla utlägg och inkomster? 47 355 kronor!!! Jag utsåg mig själv till kassör och hela uträkningen finns här om du vill kolla...

Bengt blev så generad att han började skruva på sig. Han reste sig upp och inledde ett planlöst vankade runt på kontoret. Han rättade till saker i bokhyllan, plockade upp skräp från golvet, jämnade till kanten på traven av alla kartongerna. Han behövde skingra tankarna från Rut som han i smyg beundrade så mycket. Detta pillande tvingade honom att fundera kring vikten av rutiner. Såna där som man hade varje dag. Han funderade återigen över den där mannen som varierade sina morgnar och val av tidningar. Han fnös till så hårt att det stänkte. Alltså, hur mår en sån person? Han var väl ändå inte riktigt frisk? Hans tillvaro kan väl inte gå ut på någonting annat än att driva andra till vansinne? Bengt pysslade aldrig med sådant som gick ut på att oroa andra med en massa idéer. Han gjorde det han alltid gjort.

Bengt plockade tillbaka tanketråden han nyss haft kring sina morgonrutiner. Han bredde sig alltid en ostsmörgås och förberedde sitt vältempererade te sedan han kommit hem från sin morgonpromenad till tågstationen. Alltid samma bröd och samma ost. Samma te och samma promenad.

24

Varför frångå sina lyckade koncept, tänkte han samtidigt som han drog med fingret under näsan för att torka bort det som nyss fnysts ut. Det han fick på fingret strök han i sin tur av på byxbaken. Teet och smörgåsen avnjöt han varje morgon i sällskap av sin gratistidning. Själva frukoststunden brukade ta mellan tretton minuter och femton minuter. Den något kortare tiden gällde de morgnar som Bengt slapp lägga tid på att plocka fram samt öppna en ny kattmatsburk. När frukosten var klar, plockade han undan från bordet och bänken, sköljde sin kopp och ställde den upp och ned på diskbänken. Där fick den stå tills det blivit dags för nästa kopp. Den till kvällen.

Bengt satte sig vid skrivbordet igen och läste meddelandet från Rut. Han hade visst inte läst ända till slutet insåg han när han skrollade. Hon hade skrivit lite mer.
...*Än en gång Bengt, tusen tack för all din hjälp! Det roliga var att jag hade oroat mig lite för hur allting skulle gå sedan vår lyckobringare försvunnit från gården. Jag har haft min lille tomte som sett till att allting gått så bra. Med djuren, musteriet, alla bakprojekt och en massa tillställningar. Han har stått på plats och spejat men nu är nischen i staketet tom sedan i höstas. Jaja, det funkade även utan honom men han saknades. Du kanske tycker att jag är fånig men sån är jag Bengt. Lite fånig ;) Vi ses snart, Stor kram från Rut.*

Bengt lyfte blicken och tittade på skylten. "GOD JAKT" stod det. Han såg att det var den översta av en rad liknande lappar som klistrats dit. Så som man hade gjort förr med skattemärken på registreringsskyltar. Bengt klöste lite försiktigt i ena hörnet och lyckades få loss den översta lappen. På nästa stod det: "I`M THE BOSS". Lustigt, tänkte han. Var det här någon slags lek eller? Han rev loss även den lappen men turen var inte med honom och lappen delades i flera bitar. Nu satt han helt plötsligt och tittade på orden: "FRUSEN SÖKER VÄRME". Bengt kände lite iver och slet bort även den lappen och då blottande sig texten: "VARSÅGODA" och efter den: "HJÄLP!" Bengt skakade på huvudet. Det fanns visst fler idioter i den här världen än han med tidningarna och de olika transportvägarna till jobbet. Vad betydde egentligen det här? Plötsligt förstod han att det vore orimligt att återlämna tomten utan att skriva något fiffigt på skylten. Han ville väl också vara med på ett hörn. Men vad skulle han skriva? När han satt där och tittade på alla ord, kändes det faktiskt som tidernas budskap till honom själv. Kunde det vara så att tomten var magisk? Att vem som än tittade på de olika budskapen, skulle minnas saker från förr och se sitt eget liv spelas i repris. Bengt gjorde i alla fall det. Han hade många gånger i sitt liv varit en "boss", det hade han även om han själv inte sett det så. Han hade haft perioder då han i sanningens namn verkligen sökt efter värme, fast det var kanske ingenting han pratade högt om ens för sig själv. I sina bittraste tankar hade han tänkt just "varsågoda" till alla dem han så generöst delat med sig till men som sannerligen inte alltid visat uppskattning. "Hjälp" hade han väl inte ropat så många gånger kanske. Jo möjligtvis den gången då han körde från härjedalsfjällen med hål i bensintanken. Som den ingenjör han ändå var, hade han räknat ut att ju fortare han körde, desto starkare centrifugalkraft skulle åstadkommas i bensintanken och bränslet skulle få svårare att rinna ut. Mot bakgrund av bättre vetande körde han därför i sån fart att han varken hann notera något framåt eller åt sidorna. Och det var synd. För precis då kom en stor älgtjur ut ur skuggorna bland granar och tallar. Den sprang rakt ut på vägen och då tänkte Bengt just hjälp eller kanske mer samma hjälp som på skylten. Liksom "HJÄLP!" med versaler och utropstecken. Räddningen för såväl Bengt som älg var inte att han skrikit HJÄLP utan snarare att det var så halt på vägen att älgen halkade och hamnade glidandes runt på sidan. Samtidigt tappade Bengts bil fäste på vägen och började snurra. Så där snurrade alltså bilen och älgen om varandra som tekopparna på Gröna Lund. Liksom både runt varandra på vägen men också samtidigt runt sin egen axel. Älgen på magen och bilen på... ja, däcken så klart. Runt, runt, runt. Plötsligt fick bilen fäste på vägen igen och kunde susa vidare. Det var halkan som hade räddat honom och ingenting annat. Bensinen, den räckte hela vägen till nästa bensinstation.

Är det kanske så att tomten är magisk? Han visste sedan produktionsmötet inför julmarknaden hur saknad den varit. Hur luften liksom gått ur alla efter att Rut nämnt hur saknad tomten var där hemma på gården just denna dag. Vid den tidpunkten hade Bengt redan tomten hos sig, han hade tagit emot paketet på ICA-posten en månad tidigare och sett att emballaget hade transportskador. Först hade han tänkt tejpa det som var trasigt men sedan ångade han sig. I stället rev han upp hela paketet för att se vad det var. Paketet var adresserat till Rut och Twist, det hade han sett men det gjorde inte att nyfikenheten gick att tygla. Snarare tvärtom. Ur paketet hade han plockat fram den hårda, rödklädda och illa tilltygade tomten men av en anledning han inte kunde komma ihåg, glömt att leverera den vidare. På produktionsmötet där alla såg så nedstämda och besvärade ut för Ruts skull, kunde han bara inte kliva fram och säga: "Men hallå!! Gaska upp er nu, tomten är hos mig", för att sedan behöva förklara hur det hade gått till. Något gudomligt hade den nog över sig, absolut. Så måste det ändå vara.

Budskapen som Bengt mödosamt suttit och lyft av ett efter ett, var mest troligt förknippade med tur av olika sorter. Det trodde Bengt utifrån hur mycket han visste att Rut tyckte om tomten. Han tittade på alla lappar och greps av svag panik. Oj, oj, oj, det här måste återställas, tänkte han. Lapparna måste på igen. Men först pillade han bort även den sista lappen och originalbudskapet på skylten blottades.

Det stod: "GOD JUL". Äntligen ett något sånär begripligt budskap, tyckte Bengt. En tomte som håller i en skylt som det står GOD JUL på. That make sense. Bengt tog fram lim och tejp och satte fast lapparna i tur och ordning som de suttit på skylten. Sen skrev han en egen lapp som han klistrade fast på tomtens skylt ovanpå de andra. På den skrev han "HALT", vilket ju var det vägens beskaffenhet och som räddade honom från att krocka med älgen den där gången i härjedalsskogarna. Det var nog den enda gången han varit i trängande behov av gudomliga krafter och faktiskt blivit hörd. Bengt klistrade fast sin lapp. Han kände sig nöjd.

Det som var mindre bra var att den gula kladdiga sörjan som tomten landat i tidigare nu hade börjat torka in i kalufsen. Med den något skitiga dräkten, hålen i garnet och det gula i hår och skägg, såg den faktiskt ut som en sorglig uteliggare. Fast jätteglad.
Bengt sträckte sig efter paketet med pappersnäsdukar som låg på hurtsen bredvid skrivbordet. Han tog tag i ett hörn och drog ut en servett. Bara hörnet mellan tummen och pekfingret kom med, ingenting annat. Han tog ett nytt grepp, denna gång om två servetter.

Under tiden tänkte han på Rut och på det som hon skrivit. Hon saknade verkligen sin tomte men hon hade ingen aning om var den var. Men vadå? Bengt kunde väl inte rå för att paket som kom till ICA ibland inte var paketerade på något särskilt framgångsrikt vis. Att folk inte tog ansvar för paketeringen och agerade slarvigt. Det kunde väl inte vara Bengts huvudbry? Och det var väl ändå inte hans fel att det där röda syntes genom ett hål i paketpapperet och att nyfikenheten hade tagit överhanden. Han hade själv inte fått ett paket på evigheter så spänningen visste inga gränser. Sist han kände sig uppspelt på grund av presenter, var den morgonen då kattungen stått och jamat utanför hans dörr

där hemma.
Bengt borstade av smulorna från tomtens skägg och kläder, spottade i servetten och började gno på det gula i tomtens hår. Det gick inte så värst jättebra. Ja ja, tänkte Bengt. Jag får väl ta med honom hem och hyfsa till honom. Jag får fixa till honom under kranen hemma. Det viktigaste nu var att fundera över hur tomten skulle kunna ställas tillbaka hos Rut utan att hon såg. Bengt ställde den åt sidan så länge och kom på att han nu borde ringa och klaga på den där chockhöjda fakturan. Helt enkelt höra hur de motiverade höjningen. Det var en lagom syssla innan han måste bringa ordning bland dagens mejerier.

När man ringer upp ett företag för att få information, ställa en fråga eller som i detta fall; ifrågasätta en faktura hamnar man ofta i en telefonkö. Efter att Bengt slagit telefonnumret hamnade han glädjande nog som nummer ett i kön. Men så fanns det också en fantastisk telefontjänst för den som köar, nämligen alternativet att bli uppringd. Det var en tjänst som Bengt inte tänkte använda sig av denna dag, just bara för att han hade könummer ett. Han passade på att plocka lite med det han hade framför sig medan han behöll sin förmånliga plats i kön. När han hade väntat länge och väl med sin första plats i kön visade det sig att plats nummer ett inte bara var förmånlig utan också ganska fixerad. Han hade liksom suttit fast på plats ett rätt så jättelänge.
Plötsligt kom frågan om han ville bli uppringd i stället. Naturligtvis inte! Det borde väl ändå vara hans tur snart?
Telefonrösten fortsatte envist sin uppmuntrande fråga om han inte ville bli uppringd i stället men Bengt höll envist kvar vid att han inte ville det. Hur man håller något envist kvar i ett monologiskt samtal, är egentligen ganska lätt. Man gör helt enkelt ingenting. Vare sig trycker på knapp ett, två eller tre. Inte svarar, inte petar på nåt, knappt ens andas.
Man är bara helt tyst.
Bengt som vare sig ville det ena eller andra av allt det

telefonrösten föreslog, svarade alltså inte och rösten fortsatte sitt malande om alternativ ett och två. Plötsligt hade rösten tagit beslutet *åt* Bengt och tackade för att han valt att bli uppringd. Rösten sa (lät den kanske måhända lite besviken?): "vi har registrerat nummer njött, mjäd, 0, fjed, 8, 3, 4 som det nummer du ringer från. Tryck ett om du vill bli uppringd och två om du vill uppge annat nummer".

Eftersom Bengt absolut inte kunde hålla med om att det numret rösten just föreslagit var hans, tryckte två för att knappa in det rätta numret. Tänkt och gjort och så kom rösten tillbaka. Den repeterade Bengts nummer: "njött, mjäd, 0, fjed, 8, 3, 4" som det numret han ringt från. Sedan fortsatte rösten att mala: "Tryck ett om du vill bli uppringd, två om du vill uppge annat nummer"... Näe, nu fick det banne mig vara nog. Dessa jävla låtsasröster. De kunde inte ens prata rent. "Fjed, njött, mjäd", vad var det egentligen? Bengt slängde på luren helt säker som han var på att han egentligen aldrig ens placerats som nummer ett i kön. Det här var bara ett fiffigt sätt att hantera kundkontakter på tänkte han. Särskilt från företag som hux flux höjer premier med väldigt många procent. Han svor för sig själv och slog samtidigt ut med armarna. Tomten åkte i golvet med en duns och Bengt som inte tänkte sig för gav den dessutom en riktig tjottablängare. Han sparkade till den så att den flög rakt in kontorsdörren med en smäll.

Knack, knack... "Hallå, vad är det som händer där inne?" hörde han på andra sidan dörren. Bengt var visst inte ensam på jobbet längre. Friden var över och en ny arbetsdag stod på programmet. Han strök i ordning håret på huvudet och harklade sig innan han tryckte ner handtaget och gick ut. "Det var väl fan också att man aldrig kan få vara på riktigt bra humör särskilt länge", sa han. "Och vem är du förresten?" fortsatte han, innan han började plöja sig ner mot mejeriavdelningen. Han brydde sig aldrig om att ta emot nåt svar utan forsade bara vidare.

Det var Fia som nästan fått dörren i huvudet. Hon betraktade sin morfars gestalt och konstaterade hur pigg gubben fortfarande verkade vara. Han höll ett snabbt tempo i benen och blev mindre och mindre ju längre bort i butiken han kom. Snart hade han helt försvunnit.

Fia kikade in genom kontorsdörren som aldrig riktigt slogs igen. Den hade stött emot något, så i stället för att slås igen så där bestämt som Bengt säkert hade önskat, fjädrade den upp och stod nästan på vid gavel. Det första Fia såg när hon tittade in, var ett fotografi på sin mamma och moster när de var unga. Hon hade sett samma foto hemma hos sin mamma och visste idén bakom. De hade hyrt en fotograf och en studio för att få till ett riktigt älskvärt foto att rama in som present till pappan. Tydligen hade det också uppfattats särskilt älskvärt eftersom det trots allt stod där. Bredvid fotografiet på mamma och moster fanns en till fotoram. I den syntes en något yngre flicka och hon var mörkhårig. Borde vara mammas halvsyster då, tänkte Fia. Sedan morfars tid i England. Runt fotoramarna var det ganska rent och bortplockat. För övrigt såg det ut som om det varit rejvfest på kontoret. Eller krig. Alternativt hade ett vilt slagsmål mellan fotbollshuliganer ägt rum... eller en urspårad grab-and-go-kupp. Fia tittade om hon kunde se något hål i ytterväggen, och kanske var den höga traven med kartonger en provisorisk vägg i så fall?

Det var prylar, minst en miljon grejer bara i hyllorna. För övrigt var det alltifrån sopor, bänkskivor, förpackningar, tidningar, reklamblad och kontorsmaterial, till ett par skidor, en barncykel, högvis med kläder och delar från trasiga kundvagnar där inne.

I rummet på golvet, närmast Fias fötter låg en tomte i en

31

röd finstickad akryldräkt slängd. Tomten såg nöjd ut där den låg. Håret och skägget var rufsigt, som om den nyligen råkat ur för vinddrag. Något gult hängde i håret på den och ena träskon hade lossnat. Tomten höll i en pinne. Det var en avbruten pinne och en liten bit bort låg det som antagligen var fortsättningen på den. En skylt som det stod "HALT" på.

Fia petade bort tomten med foten så att det skulle gå att skjuta igen dörren. Sedan skyndade hon sig bort mot kassorna för att ta plats. Det var hennes första dag på jobbet.

Kapitel 2
Om Stortompen, Heuriger och en helt annan McDonald
samt sådant som står snett och knarrar

Twist satt i soffan och sträckte ut benen framför sig. Han sträckte sig så långt han förmådde, spände benen hela vägen ut från låren till tårna. Därefter riktade han fotbladen uppåt. Han pressade dem så hårt upp att tårna nästan pekade bakåt. Sedan flexade han dem nedåt. Så där höll han på. Upp, ner, upp, ner. Därefter började han rulla på vristerna. Först utåt, sedan inåt. Utåt, inåt, utåt, inåt. På den högra foten mellan stortån och andratån, lustigt namn förresten; andratån. Vad kallades tårna för egentligen? Twist hade alltid i smyg sagt pektån men det förstod väl varenda människa att särskilt mycket till pekare var inte den lilla tån. Instängd som den var mellan två andra. Fingrarna hade minsann namn de, var och en. Logiska namn dessutom. Tumme, pekfinger, långfinger, ringfinger och lillfinger. De hade till och med förlänats med smeknamn, visserligen mindre logiska men ändå ganska gulliga. Tummetott, Slickepott, Långeman, Gullebrand och Lilla Vickevire.

Twist hade nog aldrig hört fler namn än stortån och lilltån på tårna och vad resten egentligen kallades för hade han ingen aning om. Sa man kanske mellantår om dem? Och i så fall, vad hette den mellantån som satt närmast stortån? Var det första mellantån eller den sista? När barnen var små körde han en liten ramsa, där deras tår var huvudaktörer. En ramsa som fick dem att tjuta av ren och obetvingad lycka. Den gick nåt i den här stilen: Lill-tåa, Tå-tilla, Till-rosa, Rosknosa och Stortompen upp i taket. Precis när han sa "Stortompen upp i taket", tog han ett fast tag om barnets pyttiga stortå och drog den försiktigt uppåt. Det var just det som utlöste tjutandet hos barnen.

Nåväl, Twist fokuserade återigen på sina fötter och på tårna. Så, om man säger mellan Stortompen och Ros-knosa då, satt en beigerosa tådelare i vadderat tyg. Vid sidan av att gymnastisera fötter, vrister och tår, fick även tådelaren vara med på förmiddagens gymnastik. Fast bara tillfälligtvis. När gymnastiken var över skulle tådelaren träs på Ros-knosa. Twist hade retfullt nog börjat få en liten tendens till Hallux Valgus. Visserligen en mycket svag sådan, knappt noterbar, men ändå. Däremot värkte det i stortån på grund av den svaga snedställningen så tån behövde rätas upp. Det gjordes bäst med en tådelare och tanken var att den sakta skulle räta upp stortån till rakt tillstånd.

Det finns inget värre faktiskt än saker som lutar just litegrann. Precis så mycket att det syns men tillräckligt lite för att knappt kunna rättas till. Tänk ljuset i ljusstaken som man kan justera till förbannelse. Tiondelens sekund efter att ljuset stått käpprakt är det som om något klickar till i botten av ljushållaren så ljuset tappar hållningen. Eller midsommarstången som aldrig restes helt perfekt. Som skjutits upp och kilats fast för att alla snabbt vill komma igång att dansa. För att så fort som möjligt få köra dragkamp och stövelkastningen och allt som måste göras innan sillen, potatis och den lilla nubben äntligen skulle få slinka ner i strupen. Att hunger var anledningen till varför midsommarstången ofta stod snett ända till en bra bit in i hösten, glömdes bort lika fort som midsommaraftonen var förbi.

Bland det värsta som kan stå snett är väl ändå flaggstänger på rad. Där en eller två av flera i ledet börjat luta. Det finns inget så disharmoniskt som lutande flaggstänger. Dessa var tänkta att i sin mängd, pampigt stå och flagga för evenemang, butikskedjor eller mästerskap. I stället ger de, med sitt intryck av att stå huller om buller och kanske inte ens med alla flaggor hissade helt i topp, ett sorgligt intryck

34

av förfall. Ingen butikskedja, inget parlament, inget VM och inget kungligt residens i världen ville väl ge intryck av förfall? Nej, fy sjutton för det som lutar. Om det inte lutar ordentligt då, som lutande tornet i Pisa. Twist Stortomp var inget lutande torn, snarare i så fall mer likt ett svagt lutande stearinljus och det skulle minsann rätas upp nu. Ordentligt.

För några veckor sedan hade han en tådelare i silikon men den hade på något underligt vis försvunnit. Himla fiffig liten pryl det där men av två möjliga tådelare var nu den ena borta och det var kanske bara en tidsfråga till den beigerosa också var det. Twist hade frågat Rut om hon sett silikonisen men hon hade bara blängt surt på honom och svarat något i stil med: "Kan du inte hålla reda på nånting Twist? Allt försvinner och jag kan inte vara den som håller ordning, letar och pekar. Din tådelare har legat precis överallt sen du fick den. Överallt Twist, utom möjligtvis i kylskåpet då, men jag är faktiskt inte helt säker, den kan vara där. Kolla!" Hon kunde verkligen vara bjäbbig ibland Rut. Den enda empatin hon lyckades förmedla för situationen i sin helhet, var ett beklagande över att just tådelaren i silikon hade försvunnit. Den var ju i alla fall snäppet sexigare än den protesfärgade, hade hon sagt. Där och då var Twist mycket glad över att han aldrig berättade att han inte bara hade köpt *en* tådelare i silikon utan tre. Alla tre hade nu försvunnit, one by one, på bara ett par veckor.

Vanligtvis var inte Rut så elak och fördömande. Vanligtvis var hon inte heller så uträknat syrlig men det här var den dagen då allt blivit henne övermäktigt och flera moment misslyckats totalt. Förmiddagens bakning hade vare sig jäst eller uppfört sig, och hönsen hade knappt lagt några ägg. Därtill hade Bengt uppträtt i enlighet med sitt gamla jag och klagat på Ruts sena äggleveranser och så saknade hon tomten. Hon förbannade Twist för att inte kunna hålla reda ens på sina egna familjemedlemmar varpå Twist informerade henne att tomten knappast var en familjemedlem utan bara en helt vanlig trätomte. Rut hade skrikit åt Twist att var det någon som var av trä här så kunde det vara han själv och det var knappast han som bringade samma tur på gården som tomten gjort. Tådelare och tådelare... ägna dig åt din Hallux Vergus du, så sköter jag resten. Där och då förstod Twist att det var idé att backa hem. Han tänkte att det nog var ägglossning på gång. Alltså för Rut då, inte för hönsen.

Var höll hon hus förresten? Ute någonstans, förstod Twist eftersom hon inte hade svarat när han ropade nyss. Han avslutade sin fotgymnastik och reste sig för att gå ut.

Det var kallt och hårt ute. Januari började som bekant alltid med en massa fyrverkerier, både sådana som syntes och hördes men också dem som inte syntes. Vackert och underhållande men rena mardrömmen för många. Exempelvis för alla djuren och för dem som upplevt krig. Twist tänkte på alla flyktingar, de som alldeles nyligen upplevt krigssituationer och hot på nära håll. De var nog inte det minsta roade av fyrverkerismällar. Och tänk på kineserna som inte bara tillverkade pjäserna, utan också sprängdes i luften med jämna mellanrum i fyrverkerifabrikerna. Twist gillade det inte alls. Det bara smällde och skapade kaos och så tröttnade man fort. Ont i nacken och en massa att städa upp som efterrätt. Han svepte med blicken över gården i ett försök att fånga Rut, innan han tänkte till och insåg hur onödigt svepet var. Han visste exakt åt vilket håll han skulle titta och så gick han raka vägen dit.

"Den här dörren behöver en omgång olja", sa han i samma stund som han öppnade dörren till det som tidigare varit hönshus. "Den knarrar ju som ett gammalt torrt piratskinn".
"Ja, exakt den tanken hade jag också men jag överlåter

smörjandet åt dig. Jag har massor att ställa i ordning här", svarade Rut.

På julmarknaden hade ungdomarna huserat i hönshuset och drivit kafeteria där så hela möblemanget var kvar, likaså kylen så klart och alla hyllor. Efter julmarknaden tog alla inblandade ett beslut om att låta varorna som blivit över efter försäljningen flytta in i hönshuset som början på en gårdsbutik där.

"Tänk", sa Twist. "Tänk att du lever din dröm just nu. Att du har början på något som du alltid drömt om och att du har den precis framför dig. Du kan ta på den!"

Rut kramade om Twist, de pussades och klappade om varandra.

"Japp! Så är det. Med allas goda hjälp så finns det tillräckligt mycket att fylla hyllorna med. Tillräckligt för att folk ska kunna få med sig något om de stannat förbi sedan de sett vägskylten".

"Den lilla kylen var en kanoninvestering, för ostarna och chutneyn", sa Twist.

"Och för Majas Lemon curd, inte att förglömma!" svarade Rut.

"Här har jag radat upp alla Pia-Carins böcker. Hon har beställt ännu fler från tryckeriet. Hörde du förresten att hon håller på med den femte boken nu?"

"Mm, Mac tycker att hon sitter för mycket framför datorn. Hon kan liksom inte slita sig när hon hamnat i sitt skrivflow". Twist skrattade lite när han tänkte på det han sagt. Mac gillar faktiskt inte datorn vare sig man sitter vid den lite eller mycket. Han avskyr ny teknik hur gammal den än blir.

"Jag tycker det är jättecoolt. Tänk vilken grej när man kommit en bit upp i åren att hitta ett helt nytt intresse. Att börja skriva, ja hennes ålderdom lär inte bli trist. Förresten tror jag att Pernilla skulle försöka få med sig Pia-Carin på gym just med tanke på att hon sitter stilla lite för mycket".

"Jaja", sa Rut och övergick till visningen av butiken.
"Sen har vi all must på den här lite lägre hyllan här. De
behöver inte stå svalt förrän man har öppnat dem. Vi har
alltid en öppnad i kylen för dem som vill provsmaka innan
de handlar".
"Just det!" Rut öppnade dörren till det som tidigare varit det
lilla förrådet för mat och strö till hönsen. Ett litet svalare
kyffe.
"Här har jag ägg i korgar, folk är som galna i färska ägg".
"Perfekt, men du... var är Macs ljushållare då?"
"De sålde fullkomligt slut. Jag har bara en enda kvar och
den sitter uppe på väggen där". Rut pekade på väggen
bredvid fönstret.
Twist gick fram för att titta på ljushållaren. Den var så fiffig
i sin konstruktion att den lika gärna kunde användas som
vas till en väl utvald blomma. Typ en Kungsängslilja, en
Gerbera eller kanske en endaste liten tulpan. Mac hade
skruvat fast ljus- och blomhållaren med en variation av
beslag som höll allt på plats. Och det fanns minst lika många
olika typer av träslag som hållaren sedan fästes på.
Variationsmöjligheterna var oändliga och de passade
verkligen i var mans hem såväl inomhus som utomhus.
"Mac håller på att fylla på förråden", sa Rut.
"Han producerar som aldrig förr, överlycklig över tingens
popularitet. Att göra nytt av gammalt, det är Macs grej det.
Numera signerar han dem också!"
"Ja det är för kul. Konstigt bara att ingen säger nåt när Mac
gör nytt av gammalt. Men när Pia-Carin gör detsamma, när
hon jobbar med böckerna, då tycker man att hon sitter för
mycket med sitt. Hur som helst, tänk vilket drag det har
blivit på oss alla. Och Tobbe brygger öl som en galning.
Han skulle sätta två varianter. En med och en utan alkohol",
meddelade Twist.
"Jag har lovat att hjälpa till vid tappningen sen", sa han med
en blinkning.
"Haha, jag vet hur det gick sist. Du var bakis i två dagar".

"Förresten! Jag har kommit på en ny produkt som vi ska sälja". Rut började prata fortare, så ivrig blev hon. "Vi ska sälja ingredienserna till världens godaste hårdbröd. Glutenfritt dessutom. Om vi fyller upp burkar, i storleken som den här", Rut höll upp en burk som hon fyllt med en massa torra ingredienser.

"Och så sätter vi receptet på locket så här som jag gjort och kallar det *Laduviks hårda*, så tror jag att det säljer".

Twist läste på locket.

Burken innehåller
4 dl majsmjöl
2 dl sesamfrön
1 dl hela linfrön
2 dl solrosfrön
1 tsk saltlösning
Blanda detta väl ihop med 5 dl kokande vatten och 1 dl rapsolja. Bred ut på två plåtar mellan bakplåtspapper. Skär smeten i lagom stora bitar och strö på flingsalt innan insättning i ugnen. 150 grader i cirka en timme.

"Vad trevligt du har ordnat med allt, men lite besviken känner jag mig ändå". Twist såg lurig ut där han stod. "Jag undrar..." Han svängde runt och kikade i rummet. "Vad är det jag har glömt?" undrade Rut. "Var har du ställt burken med getskit?"

"Äh, lägg av... du får komma på en mer hygienisk tävling till nästa gång, även om jag håller med om att det var ett grymt tillskott till insamlingen".

Twist hade plockat 583 getlortar på gården och stoppat dem i en burk lagom till julmarknaden. De som ville, fick lägga en slant och gissa hur många lortar det var. Närmast vann. Tävlingen drog in nästan tretusen kronor så den var genialisk. Och faktiskt lite kul, tyckte Rut. Någon annan som tyckte tävlingen var rolig och dessutom enkel var den som inte bara kommit närmast i sina gissningar, utan också prickade helt rätt. Det var Pia-Carin. Hon fattade att Twist hade plockat ett känt antal lortar och det fanns bara en riktig kändis på gården. Kossan med trillingkalvarna, även kallad "Femåttitrean". 583 lortar så klart. Pia-Carin var klurig i huvudet, det hade Twist alltid tyckt. Hon var lite svår att förstå sig på men när man kommit henne nära insåg man vilken fantastisk själ som delade kropp med henne. Han gillade verkligen P-C, som hon ibland kallades.

"Och alla bord ska du ha kvar?"

"Ja vet du, efter lite snack med Pernilla kring jul, sa vi att här kunde det hållas läxläsning ett par eftermiddagar i veckan. Sigge behöver extrainkomst och han har erbjudit sig att vara på pass de timmar vi föreslår".

"Betalt?" undrade Twist. "Vem ska betala då menar du?"

"Äh, antagligen ingen till att börja med men för de skolungdomar som kommer ofta kan man knyta kontakter med föräldrarna vartefter. För Sigges del är det bara nyttigt att jobba med svenskan så han får *muntligt* betalt".

"Dessutom är det så att Pernillas dotter Fia har bestämt sig för att efter år av utlandstjänst komma hem igen. Så där hux flux bara. Även hon tar alla ströjobb som dyker upp vare sig hon får betalt eller inte. På det sättet är hon van att jobba numera", sa Rut sedan.

"Alltså löser sig allt, som vanligt... och palzerian då? Lika bra jag frågar innan Maja hinner före så får du träna på svaret".

Rut log och förstod hur Twist tänkte. Det hade varit Majas uppslag att starta en palzerian såsom den paltälskare hon var. Enligt henne fanns det inget skäl i världen att inte starta en palzeria i Laduvik. Det skulle bli en succé, det var hon säker på. Det gick väl inte an att Bengt sålde paltmjöl i påsar på ICA. Tänk om folk trodde att *det* var palt? Ingen människa i världen fick väl gå och dö utan att ha smakat Pitepalt? "Flatpalt´n" som hon kallade den. Hela menyn hade hon dragit i telefon för Rut redan och den listan, den gick inte av för hackor. Det var långt mer än bara flatpalt det. Rut började svettas.

"Jag tänkte bjuda på lite taffel här när folk besöker gårdsbutiken. Något som kallas heuriger, vet du vad det är?" "Ja, svagt", svarade Twist. "Är det vad de kallar kallt kött?" "Nja, kanske inte riktigt. Heuriger, som tydligen uttalas heiriga med rätt dialekt, är en förkortning av *Heuriger Wein* som betyder nytt vin. När den lokala vinproducenten serverar sitt nya vin sker det ofta ihop med enkel och kall mat. Ursprungligen gjordes också så, att gästerna tog med maten till vinproducenten och numera ligger krogarna en bit från vingårdarna. Så du har rätt, kallskuret helt enkelt. Skinka och korv av olika sorter, fint upplagt på fat ihop med någon röra, ägg, lite saltgurka, senap och riven pepparrot. Ingen potatis eller annat. Det skulle vi kunna erbjuda till självkostnadspris. Lätt fixat och som en teaser inför palzerian. Så småningom kan vi ha ett paltstopp här, fast jag vet inte när. Att hitta aktiviteter att fylla vårt fina hönshus med kommer inte att bli något problem. Det gäller bara att inte ta sig vatten över huvudet. En sak i taget". "Eller tre", svarade Twist. "Gårdsbutik med heuriger minus vin, plus äppelmust och läxläsning för... paltarna", skojade han.

"Ja! Det har du rätt i men se det som förpaltar. Eller ännu bättre: Läxläsarna kan få palt till mellis innan de börjar plugga! Men skämt åsido. Gårdsbutiken sköter väl nästan sig själv och läxläsningen blir Sigges grej om han nu följer sin plan. Det kanske är klokt att nöja sig där så länge?" sa Rut. "Paltkoma och eftermiddagsplugg, det låter hårt", avslutade Twist innan han tog i dörren för att gå ut.

"Det skulle vara kul med en skylt ovanför dörren här", sa Rut innan Twist hann gå. "Kan du fixa... eller jag kanske ska be Mini förresten? Jag tänkte att det kunde stå Taffel på skylten. Är inte det ett bra namn på vårt aktivitetshus? Där mycket finns uppdukat, till och med en eller annan måltid". Twist nickade och steg ut genom den knarrande dörren och

41

vidare tillbaka bort till huset. Han njöt av att se Rut i fixartagen. Hon blev så glad av att ha framtidsplaner och när hon var lycklig då blev Twist tillfreds. Deras tillstånd smittade i sin tur av sig på djuren, det var han säker på. Att hönsen hade värpt dåligt var inte så konstigt efter den stressen som färgat gården kring jul. Men nu mötte de äntligen ljusare tider, både i naturen och i vardagen. Den älskade vardagslunken. Twist satte sig i soffan igen och såg att den beigerosa tådelaren hade hamnat i fruktskålen på bordet. Han köpslog med sig själv huruvida träningen var över eller inte. Han plockade upp en krona ur byxfickan, singlade upp den i luften och hade snart resultatet i sin handflata. Sedan pustade han ut och grävde fram den av sina favorittidningar som han ansåg vara näst bäst, "Teknikhistoria". AUDI-tidningen var fortfarande hans numero uno. Genast hittade han någonting att skärpa sin uppmärksamhet på.

Det finns många olika typer av reaktioner då det skapas något. Exempelvis snabba reaktioner då bollar ska fångas eller arga reaktioner då gräl utbryter. Skilsmässor kan bli resultatet av mellanmänskliga reaktioner och allergiska reaktioner kan framkalla klåda eller rodnad. Men så finns det också något så snabbt som kärnreaktioner. Sure, tänkte Twist. Det händer grejer hela tiden utan att vi märker det. Artikeln handlade om neutriner och hur de skapas i solens inre.

De flesta av neutrinerna bildades vid Big Bang och de finns i ett galet stort antal. Samtliga bombarderar jorden konstant. Och varje sekund drar tusentals miljarder fjäderlätta neutriner rakt igenom våra kroppar. Ingenting av detta märker vi, läste Twist och höll med. Förflyttningen sker med ljusets hastighet så där har vi väl förklaringen då, funderade han vidare. På att vi inte märker något. Han tittade till på fruktskålen och förstod att han nog gjorde bäst i att ta bort tådelaren innan Rut såg den där bland frukten. Även om han fått klave i slantsinglingen nyss bestämde han sig för att köra på krona och fortsätta sin fotgymnastik.

Neutrinerna, de fortsätter sin färd genom golvet, marken och jordklotets inre, innan de kommer ut på andra sidan. Där far de genom Vintergatan och ut i den eviga och tomma rymden utan att stoppas på vägen. Då vet vi det. Miljarder neutriner strömmar genom våra kroppar *varje sekund*, fast det är ingenting vi tänker på. Forskare däremot, de tänker på sådant. Men de bekymrar sig samtidigt över att så många neutriner försvinner. Alltså, så jobbar forskare. Först hittar de något som i egentlig mening inte finns, eftersom det inte syns, och sedan undrar de vart det som inte syns faktiskt försvinner. I ärlighetens namn... hur vet de att något försvinner som inte syns, känns, hörs eller går att ta på? Jo för att det finns teoretiska beräkningar som säger att av det totala antalet neutriner som skapas i atmosfären, så saknas upp till två tredjedelar i mätningar på jorden. Och inte nog med det. Forskarna bestämmer sig också för att fånga in det där som inte syns och därför kanske inte finns och knappt ens går att fånga. Och de lyckas!

Solneutrinerna har gäckat forskarna sedan slutet av 1960-talet men plötsligt en dag lyckades två forskare stoppa de svårfångade neutrinerna för att göra sina neutrino-observationer. Twist hade nu kommit till sidan två i artikeln och kunde inte sluta läsa. Foten vickade hit och dit, uppåt och nedåt, in och ut.

De som till slut lyckades stoppa neutrinerna var japanen Takaaki Kajita och kanadensaren Arthur B. McDonald. De upptäckte att neutrinerna under sin färd helt enkelt bytte identitet och skepnad. Forskarna avslöjade solneutrinernas förvandlingsnummer genom att de mätte den totala mängden neutriner som kom från solens riktning och jämförde sedan resultatet med hur stor andel som bestod enbart av elektronneutriner. Man misstänker nu att konststycket de utför är svängning, så kallad oscillation, något som neutrinon bara kan utföra om den har massa. Twist började gäspa. Han kände sig lite pömsig där i soffan och hade nu kommit till den punkt då intresset för det lästa behövde ny energi. Han satte sig käpprätt i ryggen och läste vidare.

Det finns tre olika neutrinofamiljer: elektronneutriner, de som bildas i solen samt myonneutriner och tauneutriner. Tidigare forskare har bara letat efter var och en av dem, men inte förstått att de som startade sin resa som elektronneutriner, senare omvandlades till exempelvis myonneutriner på sin väg mot jorden. Solneutrinerna byter alltså identitet och har lurat flera decenniers partikelfysiker som nu först börjat få klarhet i var elektronneutrinerna egentligen tagit vägen. Alltså, tänk tanken att en naturfotograf ska studera sandfärgade kameleonter i öknen och hittar låt oss säga tjugofem stycken. Dessa springer som tokar till stäppen för att svalka sig i skuggan av en massa gröna buskar där. Och fotografen springer efter. När han kommer fram undrar han var de tjugofem sandfärgade kameleonterna tagit vägen för det enda han har framför sig var tjugofem gröna. Tänk vidare att han jobbar så i decennier utan att förstå vart de tagit vägen. Fast så kan bara de jobba som får Nobelpriset sen. Liksom krångla till det och göra gåtan större än vad den är, för att sedan sola sig i glansen av sin upptäckt.

Nåväl, utifrån denna upptäckt kom de som sagt på att neutrinerna har en massa. Tvärtom mot vad man tidigare trott. Den standardmodell av materiens innersta som använts i drygt 20 år behövde göras om eftersom den till synes enkla neutrinon hade visat sig vara en mycket mer komplicerad partikel.

Upptäckten får nu stora konsekvenser för partikelfysiken. Trätoämnet angående om neutrinon har massa eller inte har nått sin ände. Ett helt nytt forskningsområde har öppnats för neutrinoforskarna på grund av det. Och nu vill de förstås veta hur mycket neutrinerna väger. Indikationer finns som säger att det finns lika mycket massa i alla universums neutriner som i den synliga materien. Att alla universums små fjäderlätta neutriner skulle kunna väga lika mycket som universums samlade trupp av galaxer. Om man väljer att tro på professorer i experimentell astropartikelfysik alltså, men det har ju visat sig förr hur fel de kan ha. Fast just den här gången hade de kanske möjligen inte helt och hållet fel. Därför belönades de med nobelpris i fysik. Prissumman på åtta miljoner svenska kronor, delades lika mellan pristagarna.

Twist hade sjunkit ihop igen i soffan trots att han alldeles nyss bestämde sig för att sitta käpprakt. Han snurrade och vinklade foten. Teknikhistoria, det är verkligen någonting att ta del av, tänkte han. Kanske han kunde ge en bonusföreläsning för ungdomarna som kommer med sina läxor? Som en fyrarätters? Först palt, sen paltkoma, därefter berget med läxor och som avrundning lite teknikhistoria. Exempelvis om neutrinoforskning.

Twist kände sig nöjd medan han låg och vickade med tårna. Stortompen och Ros-knosa gjorde sitt yttersta för att hänga med i svängarna.

Kapitel 3
Om trosorna som åkte av och de turkosa linserna
samt stöldgodset som ingen saknade

När Pernilla var höggravid och bara några veckor återstod
till Tors födelse planerade Pernilla och Tors pappa en fest.
En stor överraskningsfest för gamla vänner som de inte sett
på evigheter. De gamla vännerna var också vänner
sinsemellan och hade inte heller sett varandra på många år.
En fest alltså, där alla kände alla väldigt väl men inte hade
setts på jättelänge.
Pernilla och Tors pappa ringde runt och bjöd in den ena
efter den andra till något som lät som en trevlig parmiddag
hos värdparet. Ingen av dem de ringde visste att fler var
bjudna eller vilka mer som var bjudna. Det kunde man väl
kalla överraskningsfest?
På onsdagskvällen inhandlades allt som behövdes inför
lördagen. Kasse efter kasse bars hem och allt plockades in i
skåp, lådor och kyl. Bänken i köket överhopades av allt som
senare skulle tillagas. De kände sig nöjda och fulla av
förväntan.
Natten till torsdagen gick vattnet. Fostervattnet alltså, fast
det fattade inte Pernilla. Hon trodde att hon hade kopplat av
för mycket i sömnen och kissat på sig. Tor ville ut, trots att
tre veckor återstod. Festen uteblev och överraskningen
likaså.

Det här var i september, bara några få dagar före den stora
katastrofen. Precis innan någonting så otippat hände som
att flygplan med berått mod körde rakt in i tvillingtornen på
Södra Manhattan i New York. Precis innan världen vaknade
upp i en ny sorts terrorism. Precis innan media öppnade
varenda tänkbar kanal för att visa denna förödelse gång på
gång, på gång. Vrom, Krasch, Pang, Skrik, Gråt, Panik. Det

brann ihärdigt och rökmolnen var kompakta. Det fanns inget som inte virvlade runt eller passerade i luften på sin väg mot marken. Människor sprang från platsen, sprang så där som man bara gör när helvetet jagar en i hälarna. De som sprang var livrädda och hade panikslagna ögon fyllda av skräck. Folk som blivit instängda inne i byggnaden såg ingen bättre utväg än att börja kasta sig ut från våningarna. Det var American Airlines Flight 11 som hade flugit in i det norra tornet i en hastighet av nära 800 kilometer i timmen. Klockan var 08:46 och först trodde man att det var en olyckshändelse men snart förstod man att det var en samordnad terroristattack. Det stod särskilt klart sedan ett nytt plan, cirka femton minuter senare, gjorde samma sak. Då var det United Airlines Flight 175 som smällde in i det södra tornet med en ännu högre hastighet. Efter en timme kollapsade tornet medan det norra stod i brand i över en och en halvtimme innan även det rasade.

Det tog cirka femton sekunder för vart och ett av tornen att rasa, och med den höjden de hade, motsvarar det ungefär fritt fall. Byggnader i närheten totalförstördes de med. World Trade Center var arbetsplatsen för massor av människor. Minst femhundra företag, framför allt företag inom finanssektorn, hade kontor i byggnaderna. Det var även platsen för restauranger och från taket hade man en vidunderlig utsikt från över femhundra meters höjd. Denna vy drog massor av folk naturligtvis men kanske ändå inte så tidigt på morgonen. Omkring tretusen människor miste livet men hade attentatet skett vid lunchtid hade antalet med all säkerhet flerdubblats. Efter händelsen fanns det inte en själ som inte hade hört talas om terrornätverket al-Qaida, lett av Osama bin Ladin. Verklighetens Harry Potter-karaktär Voldemort, alltså "han som inte får nämnas vid namn". Vrom, Krasch, Pang, Skrik, Gråt, Panik kablades ut och följdes timme efter timme. Dag efter dag. Det var lika omöjligt att stänga av mediarapporteringen som att titta.

Men Pernillas bebis då? Vad hade han kommit till för värld egentligen? Var den där första förpuppade, skyddande, kokongliknande bomullstiden hemma förstörd nu? Då Pernilla kunde tillåta sig att ha gröt i hjärnan, då hon bara skulle gå och lulla som på lyckliga moln med sin nya lille vän. Skulle de läckande brösten, den vaggande gången, de yttepyttesmå blöjorna och all bebisdoft få konkurrens? Tiden då hon skulle vara ett med den nyfödde, då de skulle lära känna varandra. Då inga faror skulle hota och ingen oro skulle kännas. Var den tiden bortspolad? Hade någon tryckt på fast forward? Använt ett jättestort TippEx, lagt på ett raster? Svar: "ja", precis så. Ett stort raster som bara riktade uppmärksamheten mot teverutan. Vrom, Krasch, Pang, Skrik, Gråt, Panik. Exakt så var det. Pernilla och Tors pappa var inte beredda på den lille bebisens ankomst och tydligen inte världen heller.

Ett tips när man ska föda sitt barn blir därför att inte göra det vid fel tidpunkt. Föd inte barn vid jul heller, då det är så mycket annat. Inte heller på nyårsafton då alla är fulla och ingen taxi går att få tag på. Och helst inte vid midsommar för då är alla BB fullproppade. I semestertider kan man också avhålla sig. Det kan vara så att man faktiskt vill ha sin efterlängtade semester och att föda barn är *inte* semester. Så kan det kortfattat beskrivas. Föd heller inte barn när stora influensaepidemier frodas och kanske inte heller på hösten. Det är en sån mörk och tung period att man blir lamslagen bara av att vara. Man har helt enkelt inte kraften ens att känna alla dagar och än mindre kraft för fler personer än sig själv. På hösten går själva kärnverksamhet ut på att hålla sin egen aura vid liv och svårigheter kan uppstå med att hålla ytterligare en liten aura vid liv. Undvik barnafödande då tsunamis är på gång, om stora naturkatastrofer är i antågande, vid strejk eller då det sker terrorgärningar. Och som sagt, inte heller när man planerat en kul fest. Fast var och en gör som den tycker, det här är bara små tips tänkte Pernilla.

Kommer ett barn för tidigt har man kanske inte hunnit fixa med allt som man tänkt. Om man alls tänkt. Nu var Pernilla en fixare ut i fingerspetsarna så givetvis hade hon börjat i tid. Det fanns en säng, ett skötbord, filtar, barnvagn och en åkpåse samt en mobil skötväska. Kläder för både inom- och utomhusbruk, bärsele, blöjor, tvättlappar, amningskupor, termometer, nappflaskor och flaskborstar. Det hon inte hunnit fixa var en bilbarnstol, vilket var lite tokigt, för utan en sådan kommer man inte hem från BB.

Förr i tiden, då de större barnen var små hade Pernilla en Nissan Micra. Om den inte redan var klassad som den farligaste bilen på marknaden, så var den i alla fall i närheten av att bli det. Fast Pernilla var nöjd. Bilen erbjöd henne rörelsefrihet och möjlighet att ta barnen på utflykt och henne till och från jobbet. Däremot, eller kanske just *på grund av* bilen, hade hon alltid varit extremt noga med bilbarnstolar. Hon hade gått igenom alla på marknaden och hittat den absolut bästa men behövde hjälp att montera in den så att den satt helt rätt. Hon hade läst löpmeter med information om att en bilbarnstol kunde bli rena dödsfällan om de monterats in på felaktigt sätt. Folksam var ledande beträffande trafiksäkerhet och barn i bil, så Pernilla styrde bilen och barnstolen mot en av Folksams servicestationer på söder. Det var en het dag, luften stod still och Pernilla svettades. Många stod i kö för att få expertråd och hjälp. När det äntligen blev Pernillas tur, tittade Folksamagenten först på henne och sedan på bilen. Så på Pernilla igen och sen sa han så medlidsamt han kunde:
"Med den där bilen spelar det nog ingen roll vare sig vilken bilbarnstol du har eller hur man sätter in den". Efter de orden svettades hon ännu mer. Det här var första gången

hon fick känna på hur det var att vara den värsta mamman ett barn kunde ha. Första gången av många åtföljande gånger.

Hur som helst, hade det nu blivit Tors tur att åka bilbarnstol. Pernilla hade lånat, men inte hämtat, en bilstol av sin vän Rebecka som hade sin kvar sedan minstingen vuxit ur den. När Pernilla fortfarande låg kvar på BB, bad hon Tors pappa att hämta den. Efter informationsutbyte om vad, när och hur samt en vägbeskrivning, så var ärendet på rull som det heter. Rebecka var inte hemma men hon försäkrade dem om att det bara var att hämta upp barnstolen i hennes utomhusförråd. Hon skulle se till att det var upplåst den aktuella dagen. Tors pappa repeterade informationen. Han skulle åka till ett av alla radhusområden till en specifik adress norr om stan och stanna till vid tomten närmast bilparkeringen. På tomten fanns en gungställning och en liten barnpool. Förrådet, som låg till höger in på tomten var lite rörigt, men på en av alla kartonger där skulle bilbarnstolen finnas. Den var blå med små smultron och blommor på. Klart som kristall.

Allt gick som planerat och stolen hämtades. Den hade varit full med smulor och var rätt så smutsig men av det hade Tors pappa försökt att städa bort det värsta. "Försökt?! Det värsta?!", hade Pernilla fräst. "Den är ju skitig som få. Kunde du inte ha fixat till den bättre? Tycker du att lille Tor ska åka i det här jävla kakkalaset hem?" Pernilla gjorde vad hon kunde med hjälp av attiraljerna hon fick tag i på BB och städade ur stolen till perfekt skick.

Mitt i alla obegripliga terrorattacker som pågick vid tidpunkten, var händelsen om en otvättad bilbarnstol ändå värd att notera. Pernilla var topptunnor irriterad. Hon hade fixat allt. Först varit gravid i nio månader, ja minus tre veckor då för att vara exakt. Sedan hade hon förberett det

50

som behövdes på hemmaplan för att ingenting skulle fattas. Hon hade fött det lilla barnet, som hur litet det än var gjorde fruktansvärt ont att pressa ut. Det enda som skulle ordnas medan kontrollanten vilade ut sig på BB hade inte blivit utfört.

Smärtan då? Trots att hon den här enda gången förberett sig med ett långt brev till barnmorskan om vad hon ville ha för bedövningar och varför, hade inget av det hunnits med. Med Tors storasyskon var det så, att hon inte kommit sig för att fråga efter smärtlindring. Hon ville liksom inte störa processen. Hon ville inte störa sig själv med att tänka, spekulera och fråga om de olika alternativen. Än mindre resonera kring eller lyssna på svaren. Hon ville inte heller bli behandlad på något som helst sätt. Ingen skulle få ta i henne eller trycka den där tjocka, äckliga lustgasmasken över hennes mun och näsa. Nej, fria luftvägar, fria sinnen fick det bli. Därför hade hon denna gång skrivit ett brev för att genom det slippa prata, förklara, resonera och ta beslut. Nu skulle hon be om bedövning. Inte lustgas, utan riktig smärtlindring. "Man ska kunna föda barn smärtfritt" var det någon barnmorska som hade sagt och det konceptet lät lockande tyckte Pernilla. Brevet var både förberett och överlämnat. Själv skulle hon vara tyst, ja med undantag för ett eller annat vrål då.

Nå, hur blev det då? Ja, en av de mycket svåra frågorna hon hade att brottas med var något så banalt som: *när tar man egentligen av sig trosorna?* Just det var något som ockuperade hennes tankar trots att hon hade så mycket annat att fundera över, typ som att föda fram ett helt nytt liv inom några timmar. Det var åtta år sedan hon födde barn sist och hon kunde inte för sitt liv begripa när det då ansetts lämpligt att ta av sig trosorna. Eller, tog hon kanske aldrig ens av sig dem? Var det något man bara förstod eller behövde barnmorskan säga till? Tänk tanken, det finns inget enkelt svar på frågan. Det enda hon var säker på var att hon hade trosor på sig när hon åkt in på BB. Inte bara trosor förresten utan även ett par, tre stora bindor inpackade däri. Även dessa var planerade inköp, inhandlade tillsammans med alla andra nytillkomna prylar där hemma. En sak förstås av bindors uppbyggnad och karaktär. Det kan inte ha varit någon kvinna som stått bakom designen och framtagandet av vare sig bindor eller trosskydd. Inte heller kan någon kvinna ha deltagit i testpatrullen sedan produkten blivit klar. Pernilla hade genom åren provat igenom hela sortimentet av såväl trosskydd som bindor. Endera var de för sladdriga, så att de vek sig eller hade för dålig tejp så att de gled omkring i trosorna. Eller så var de försedda med så mycket tejp att de klistrade fast såväl hår som hud. De var för tjocka eller för korta, vassa och stela. Aldrig lagom långa, bekvämt tunna och praktiskt uppsugande. Egentligen var det ganska konstigt eftersom ergonomi inte precis är ett nytt fenomen. Timtal av studier ligger bakom utformning av exempelvis stolar i bilar, i flyg (åtminstone i business class) och på tåg. Vartenda möbelvaruhus säljer stolar med hög komfort där man i detalj kan läsa hur komforten testats fram, i lager för lager. Man tycks veta vad en rumpa behöver. Men trosskydden då? Hur gick det med dem? Kvinnors läckande har pågått tusentals år innan ergonomi ens kommit på tapeten. Allt sittvänligt har utvecklats men inte trosskydd och bindor trots att de är närmare baken än något annat. Förklaringen är enkel. Kvinnor klagar lite grann, en kort stund, sedan vänjer de sig.

Så där satt Pernilla återigen då, på ett berg av bindor på väg till BB. Än en gång hade hon vant sig. Hon stod ut. Det enda som återstod var alltså bekymret när allt detta skulle krängas av. Hon minns att senaste gången då hon susat iväg till BB på samma Libresse-piedestal åkte dessa OCH samtliga klädesplagg av vid ankomsten och sänktes i närmaste papperskorg. Hon stod inte ut med att se dem en dag till. Frågan kvarstår nu... *när* hände just detta? Vem gav startsignal till avklädningen? Det andra hon var säker på beträffande denna stora trosgåta, var att trosorna inte satt på när barnet framföddes. Hon kunde i alla fall inte minnas att barnmorskan en enda gång sagt: "Å nu kommer den lilla bebisen, jag ser huvudet här men jag tror att det skulle underlätta om du kunde ta av dig trosorna Pernilla. Tror du att det skulle kännas okej för dig?"

Så, när var det lämpligt att ta av dem? Efter inskrivningen? *Tjoho, nu är vi här... var kan jag lägga mina trosor?* Eller när man har hänvisats till sitt förlossingsrum? *Tack, då klär jag av mig nu... var kan jag lägga mina tros... kläder?* Eller sen, då de senaste timmarnas mest hoppingivande budskap varit: *jag klarar inte mer nu* behöver blandas upp med mer akademiska frågor: *borde jag kanske ta en paus och dra av mig trosorna?*

What ever med denna gåta. Den här gången skulle hon i alla fall snäppa upp lite och be om bedövning så att hon fint och stilla kunde framföda sitt barn. Samtidigt skulle hon med längtan i blick titta på sin välstrukna klädhög, toppad av ett par ljusgrå spetstrosor. Extra small utan bindor och annat tjafs. Hon skulle ha koll.

"Jag har läst ditt brev och ser att du önskar ryggmärgsbedövning Pernilla. Om det ska vara någon idé att hinna lägga den, behöver jag kalla in narkosläkaren så han får titta på det. Vill du att jag ska göra det?"
"Aj, aj, aj... jag dööööör, aoutch, aj, aj... vänta lite jag måste andas."
Ingenting händer på ett tag här och barnmorskan ser ut som ett frågetecken hela hon. Fast tänk ett frågetecken med otroligt mycket förväntan, nästan som ett utropstecken. Hon ställer frågan igen och Pernilla blir irriterad redan där. Det var väl ett jävla tjat, det var i värsta fall bara att läsa

innantill (tänkte Pernilla, för prata var inte att tänka på och barnmorskan hade ju brevet där, hade hon inte?)

"Pernilla... tycker du att jag ska be narkosläkaren titta in här. Han kommer i så fall att be dig att ligga på sidan medan han steriltvättar ryggen. Därefter kommer du att behöva krumma ryggen något så att nålen hamnar på rätt ställe." "Åhhh, nu kommer det en värk igen. Vänta... aj, aj, aj! Jag klarar inte mer nu, åhhhh aj, tyst tyst..." Tystnaden la sig i rummet och det enda som lät var Pernillas profylaxandning. Hon andades in genom näsan och ut genom munnen, in genom näsan och ut genom munnen, in, ut, in, ut... i ett allt snabbare tempo ju starkare värken var. Och så klingade den av. Barnmorskan väntade en stund, men så snart värken var över ville hon ha ett svar av Pernilla.

"Du vet att det handlar om att blockerar nerverna som förmedlar smärta från livmodern. Ryggbedövningen påverkar inte medvetandet, du kommer att vara helt vaken under förlossningen."

"Ja", svarade Pernilla. "Du får gärna be narkosläkaren komma".

Barnmorskan pep iväg och under tiden tog Pernilla både en och två värkar medan hon väntade. Helt plötsligt kände hon något hon aldrig känt tidigare. En längtan så stark som hon inte känt till någon någonsin. Narkosläkaren. Kunde han inte bara svepa in nu och be Pernilla kröka ryggen, skjuta in epiduralnålen mellan ryggkotorna och fylla utrymmet med lite knark?

Ytterligare en värk kom och under tiden hade barnmorskan kommit tillbaka. Hon hade en vagn full med prylar med sig.

"Jag kommer att sätta fast en venkateter på ovansidan av handen och så kan du få saltlösning där genom en tunn plastslang". Barnmorskan började prassla med plasten som katetern och plastslangen låg i. Pernilla som precis gjorde sig beredd för nästa värk, tyckte att plastprasslet lät som en stenkross i öronen. Ljudet skar på samma smärtsamma sätt i örat som när någon borrar in plasten rakt in i innerörat. Det verkade aldrig upphöra. Pernilla andades och led. Hon hade kommit till något slags klimax i värken som äntligen började avta så sakta.

"Sen kommer du att få lägga dig på sidan, som i fosterställning med hakan mot bröstet. En del föredrar att sitta upp men då måste man sätta sig riktigt hopsjunken." Fosterställning... sitta som en hösäck. Vad var det här egentligen? Att vika sig åt något håll annat än bakåt i brygga av smärtor och kramper bedömdes som en omöjlighet. Visste inte barnmorskan att Pernilla hade pyntat sin mage med en stor hård medicinboll just denna dag? Att alla former av framåtlutande kanske skulle funka något bättre nästa dag? Inte nu.

"Narkosläkaren kommer att gå in i ländryggen i närheten av ryggmärgshinnan i det millimeterbreda hålrummet alldeles utanför ryggmärgskanalen". Hon fortsatte att öppna förpackningar och bädda upp bordet för narkosläkaren. Varje pinal som landade på bordet skramlade till med en ljudnivå så hög som bara en arg diskplockare skulle kunna åstadkomma.

"Där kommer en tunn plastslang fästas och genom den kommer bedövningsmedlet ges".

En ny värk var i antågande och Pernilla gjorde sig beredd. Det gjorde så fruktansvärt ont och om Karin Boye nu menade att det gör ont när knoppar brister, så kunde Pernilla intyga att det gjorde helvetiskt ont när skelettet tvångsdelade sig. För allvarligt talat. Vad betyder att man "öppnats" si eller så många centimeter? Jo helt enkelt att hela bäckenet delar sig. Sånt känns.

"Neeeeej!", skrek Pernilla lika beslutsamt som den gör som precis vaknat ur en mardröm. "Jag vill inte!!"

"Vad vill du inte?" undrade barnmorskan så vänligt och pedagogiskt som möjligt. "Vill du inte ha bedövning längre?" Det Pernilla hörde var i stället: "När är du nånsin nöjd du självupptagna människa? Du kan väl inte begära bedövning, be mig hämta läkaren och få mig att förbereda allt. Du har väl märkt hur mycket jag haft att göra? Och sedan bara blåsa av allting? Hur tänker du egentligen? Nu kommer narkosläkaren att bli jättebesviken Pernilla. Fy på dig. Och skyll dig själv om du vill ha ont männscha." Men så var det så klart inte. Barnmorskan ställde sig närmare Pernilla och sa lugnt: "Det är du som bestämmer Pernilla. Nu ser det ut som om det kommer en till värk. Kämpa på nu, du är jätteduktig, nu tar vi den tillsammans och snart kommer du att få träffa din lilla bebis. Kom igen nu!"

Och ut kom han av bara farten, Pernillas lille Tor. Klockan halv sju på kvällen denna torsdag. Tors Dag. Han var så gudomligt söt, nätt och skön. Han hade fått en fin start på livet. Det blev ingen bedövning denna gång heller. Tredje förlossningen utan någon annan smärtlindring än andningen. Efter detta tyckte sig Pernilla ha ett ganska säkert underlag för att påstå att hennes smärttröskel var högre än normalt. Och tekniken att kunna behärska sin smärta med enbart andning, den hade räddat henne ännu en gång, precis som åtskilligt andra gånger genom olika sorter av värk och stress. Pernilla tryckte i sig smörgås på smörgås efteråt, troligtvis en hel limpa, med lager av pålägg. Andra mammor som födde barn denna torsdag kväll kan inte ha fått annat än limpkanter med smör. Hon var omättlig, fullkomligt bottenlös.

Och hur det gick med trosorna? Ja, på något underligt vis hade de åkt av även denna gång.

Någonstans här, fast fyra dagar senare anlände den smuliga

bilbarnstolen till BB. För Pernillas del tedde det sig helt obegripligt att Tors pappa inte mäktade med att rengöra den bättre. Lika obegripligt var det att Rebecka, som en av hennes närmsta vänner, skulle ha överlämnat den i det skicket. Men det mesta har alltid en förklaring, tänkte Pernilla.

Samma dag som de två flygplanen körde rakt in i World Trade Center, körde Tors mamma och pappa hem från BB. De installerade sig hemma och efter gott och väl två veckor hörde Rebecka av sig då hon upptäckt att hennes bilbarnstol fortfarande stod kvar i förrådet.

"Hämtade ni den aldrig?" undrade hon.

"Jo, visst gjorde vi", svarade Pernilla. "Jag tittar på den just nu. Jag har den här på golvet framför mig".

"Nähä, skoja inte med mig. Den är här i förrådet, häng kvar i luren så ska jag kolla en gång till". Rebecka försvann i ett par minuter och var strax tillbaka.

"Men det här är ju jättekonstigt. Jag skurade ur den och ställde den uppe på en av kartongerna i förrådet och där står den än. Det luktar till och med lite rengöringsmedel om den än vilket jag var orolig för att det skulle göra. Starka lukter kan vara känsligt för små bebisar". Hon skrattade till. Det gjorde däremot inte Pernilla. Om det stämde som Rebecka menade nu, vem hade Tors pappa i så fall stulit en bilbarnstol av?

De redde ut det hela och kom fram till att han måste ha varit i någon annans förråd och hämtat bilbarnstolen. Radhusområdena liknade ju varandra i det området han varit. Eftersom han var hundra procent säker på var han varit, bestämde de sig för att åka dit och förklara sig. Hur man nu som vilt främmande människor förklarar för andra vilt främmande människor att man varit inne på deras tomt. Dessutom tagit sig in i deras förråd och helt sonika stulit ett föremål av dem.

Sagt och gjort. De tog med sig stöldgodset och knallade in

på brottsplatsen för att ställa saken till rätta. Om någonting över huvud taget gav ett förmildrande skimmer över det hela, var det nog att de hade putsat upp stöldgodset. Stolen var i skick som ny. Men så fort pappan i familjen öppnat dörren och en snabb femåring smitit ut under armen på honom, insåg de att det gjorde nog varken till eller från om bilbarnstolen var skinande blank eller inte. Chansen var minimal att någon vare sig skulle sitta i den och än mindre njuta av Ajaxdoften den spred. Tors pappa och femåringens pappa försökte göra saker begripliga för varandra. Det gick inte så särskilt jättebra. Tors pappa hade svårast att förklara vilken anledning han haft för att stjäla bilbarnstolen. Och femåringens pappa försökte, verkligen försökte förstå vad det var för information han skulle ta in. Han såg lika uppgiven ut som en banjo i en symfoniorkester och till slut gav de upp. Tors pappa överlämnade helt enkelt bilbarnstolen till pappan ihop med ett enkelt "förlåt". En sak var säker, här var det ingen som på år eller dar hade saknat det som nu levererades.

Pernilla kom på sig med att ha ett vidöppet leende på läpparna där hon satt och tänkte. Det hände allt oftare att hon totalt gick i däck på funderingar från förr. Tankarna där inne var uppslukande och ganska så underbara.

Nu hade snart femton år gått sedan dess. Månaden januari hade nästan passerat. En månad då man bara undrade; vad finns det att göra? Svaret är: inte särskilt mycket. Kylan kom med start på självaste julmarknadsdagen och kämpade på följande veckor med som lägst arton minusgrader. Några snöfall och lite pulkkörning på det men i slutet av månaden var det mest bara grus och några isfläckar kvar. Hos Tobbe och Pernilla deppade ingen för det och de snöskottningsprotesterande grannarna, fick lägga sina negativa energier på något annat i stället. Det var nämligen så att de sedan många år tillbaka envisades med att upphöra sitt skottande utanför Pernillas och Tobbes dörr som en markering för något som aldrig riktigt blivit utrett. Fyra fastigheter delade på skottningen av den gemensamma skaftvägen. Tobbe och Pernilla som bodde längst ner och aldrig använde vägen på annat sätt än att svänga in på infarten, tog den så kallade vallen varje vecka under snöperioderna. De andra tre fastigheterna ansvarade för hela vägen, men inte snövallen, var tredje vecka. Det här fattade alla utom just dessa grannar. De störde sig på att vägen inte delades på fyra och att Tobbe och Pernilla inte skottade hela den gemensamma vägen. Det festliga i sammanhanget var att de inte pratade. De demonstrerade i stället genom att sluta skotta precis utanför Tobbe och Pernillas hus. Där bildades därför en snökant mitt på vägen, en kant de själva satt fast och slirade i. Så upprepade de sig år efter år, som om inte vintern var nog tung som den var.

Tobbe och Pernilla la i stället de mesta av sin överskottsenergi på gymmet. Gymmet är fortfarande livets viloplats för allt som tynger dem och de tar sig dit flera gånger i veckan. Vid ett av passen, det på fredag förmiddag, gjorde numera Fru Frödin sällskap. Pernilla som hade sina fredagar lediga, frågade Pia-Carin om hon inte kunde tänka sig att hänga med. Gymmet körde ett instruktörslett seniorpass klockan nio och Pia-Carin behövde verkligen lämna datorskärmen plus alla tankar på böckerna och få lite gymnastik. Så tyckte Pernilla och även Pia-Carin som numera gick en cirkelträningsrond med andra seniorer. De var urstarka de där gamla oxarna! Pernilla var så imponerad. Skolan kom igång också efter jullovet och ganska snart efter uppstarten hade de en mycket trevlig kvällsföreläsning. Mannen som pratade för dem alla la fokus på något så viktigt som bemötande. Ett öppet, välkomnande och inkluderande bemötande. Om värdskap, service, ledarskap och samverkan. Han uppehöll sig mycket kring medkänsla och kommunikation och han fick dem alla att skratta så där riktigt från både magen och hjärtat. Det var mycket igenkänning... eftersom de är människor liksom.

Föreläsaren bidrog med en del nya perspektiv och insikter och gav skolfolket en känsla av stolthet över vilka de är och allt det de gör. Bara en påminnelse av hur mycket de bidrar med för andra. Han ville förmedla att de som lever välkomnande och öppet verkar lyckligare. Han jämförde och värderade sju grundläggande karaktärsdrag så här, Pernilla hade antecknat:

- Tjänande före egennytta
- Ansvar före undvikande
- Helhet före delar
- Omtanke före likgiltighet
- Kunskap före arrogans
- Dialog före konflikt
- Glädje före tungsinthet

Dessa anteckningar tog hon sedan hem till Tobbe och de pratade om vilka de själva var i förhållande till de olika karaktärsdragen. Både som personal på sina respektive arbetsplatser, som kompisar och på hemmaplan. Inledningsvis satt de bara och stirrade på dem. Vad stod ordet "före" för? Var några av dessa karaktärsdrag egentligen bättre än andra? Behövdes inte alla? Behövde man som människa inte vara både och? Pernilla hade i allra högsta grad ett tjänande arbete där hon ständigt svängde mellan helhet i uppdraget och jagade efter delar som förde eleverna mot dessa helheter. Och likadant var det på hemmaplan. Tobbe däremot tyckte nog att han hade en hel del undvikandetendens på arbetet, men det fanns de som var värre. Där var det nog delar, hellre än helheter, som majoriteten av hans dagar bestod av. Ett evigt kodande och felsökande.

Ansvar var det inte särskilt svårt att stava till, det hade Pernilla liksom tränat på ett tag nu och just bara därför letade hon febrilt efter alla tillfällen där ett undvikande gick att trycka in. Hon jobbade också för egennyttan på samma sätt men det gick i motvind. Varje gång hon hade varit rent och skärt ego, fick hon dåligt samvete. Den känslan förföljde henne som en farsot. Nu fick hon genom föreläsarens lista också förstärkt att tjänande borde gå "före".

Arrogans är aldrig trevligt, där var de båda överens. Hur mycket de än ansträngde sig kunde de inte hitta en enda ursäkt till att var arrogant. Det är helt enkelt inte modernt i ett civiliserat samhälle. Det rent av skär sig mot det som i stället framhålls; social kompetens. Det närmaste de kunde komma arrogans och den som möjligen skulle kunna gå i armkrok med det karaktärsdraget var i så fall Bengt. Men knappt ens han.

De två sista punkterna däremot, det var där källan till Tobbes och Pernillas eventuella gräl låg. Eller åtminstone där det som kallades dålig stämning formades. Sällan hade de något att bråka om men de gånger de hade osamsrekord var när tungsinthet gick före glädjen eller när tyst konflikt segrade över dialogen.

Tobbe var maniskt rädd för konflikter. Han hade två finslipade metoder för att undvika dem. Den ena var att prata så lite som möjligt och hellre sucka uppgivet. Ett genidrag faktiskt, eftersom det är väldigt mycket svårare att ha konflikter med någon som inte pratar. Det gjorde att Pernilla i stället pratade ännu mer, vilket är ett alldeles felaktigt vägval, det vet åtminstone varenda journalist. Ska man få någon att prata måste man vara tyst själv. Men Pernilla var inte journalist och kunde därför inte vara tyst, utan blev i stället påtagligt gåpåig. Och det var väl tur att en del var det, annars hade det konstiga ordet aldrig uppfunnits. Hon gick helt enkelt på det som verkade ha hakat upp sig. Så där som man gjorde förr när nålen hakade upp sig på vinylen. Man puttade den framåt,

Pernilla och Tobbe kunde inte *prata* ordentligt om det som skavde. Det trivdes Pernilla ungefär lika dåligt med som en diakon fann sig tillrätta i ett raffset. Med andra ord, det kunde vara möjligt men helst inte. Den andra av Tobbes finslipade metoder var egentligen bra mycket mer än finslipad. Den var galet irriterade och gick ut på att prata om helt andra grejer. En typisk dialog kunde låta så här:

Tobbe: Bilmeken hör aldrig av sig, nu har han haft bilen i två dagar och kan tydligen inte meddela sig. Irriterande.
Pernilla: Nu har jag hört dig klaga på meken varje gång du haft bilen där, varför byter du inte?
Tobbe: Värst vad det blev dålig stämning nu då!
Pernilla: Så du tycker att jag sprider dålig stämning när jag ser att problemet går att lösa?
Tobbe: (Tystnad)... (suck).
Pernilla: Varje gång du har lämnat bilen där konstaterar du att han inte hör av sig, inte svarar i telefon alternativt låter bli att ringa upp.
Tobbe. (Tystnad)
Pernilla: Det börjar bli trist att höra ditt missnöje när du faktiskt kan vara karl i din hatt och tänka om.
Tobbe: Haha... förlåt jag måste bara... titta på katten, hur han ligger... hahaha.
Pernilla: (Tystnad). Arg så det borde synas.
Tobbe: Vill du ha kaffe?
Pernilla: Jamen svara då, varför kan du inte tänka om, gillar du att gnälla eller?
Tobbe: (Tystnad)... (suck). Denna gång så demonstrativt tungt att Pernilla helt snabbt kollade om Tobbe hade börjat en lungfunktionsövning med spirometri.
Pernilla: Men skit i det då, som man bäddar får man ligga.
Tobbe: Det är ingen idé att jag säger nåt. Jag ska hålla käften.
Pernilla: Men det är just precis det du gör. Håller käft. Först antyder du ett problem och sen säger du inget mer. Ska jag

bry mig eller? (Tystnad). Sen kan exakt samma problem yttras om ett par dagar igen, som om det inte sagts tidigare.

Tobbe: (Djup suck)

Pernilla: Du vill ju spela offer, tro att alla är ute efter dig och att det inte är någon idé att säga nåt eller göra nåt. Sexigt!

Tobbe: Ville du ha nåt kaffe?

Pernilla: Mm...

Tobbe: Vi borde ha en hårdare madrass i sängen på tal om att bädda.

Pernilla: Vill du prata om sängen nu i stället?

Tobbe: Äh, jag sätter på kaffe.

Pernilla: Men måste du fråga om kaffet hela tiden? Det är väl bara att sätta på. Har det någonsin hänt att jag har tagit en kopp nygjort kaffe och hällt ut för att du inte frågade först?

Tobbe: Ja, jag är en surgubbe. Jag ska vara tyst nästa gång.

Pernilla: Fast... det klarar du aldrig. Det du möjligtvis behöver träna på är att prata *mer*. Stå för dina åsikter och utveckla dem, våga hamna i en dispyt. PRATA! Ingen kommer att dö av det vet du.

Tobbe: (Suck)

Pernilla tar kaffet och slutar prata

Tobbe: (Lätt suck). Av lättnad.

En viktig anledning till det lidande och den disharmoni vi upplever i världen runt omkring oss är att många människor inte välkomnar sig själva menade föreläsaren på Pernillas skola. Hon hade tagit ett foto av innehållet i hans presentation. Rubriken löd: *Att välkomna sig själv är att vara en god vän med den varelse man ska leva varenda sekund av sitt liv med.*

"Människor är inte tillfreds och i harmoni med sina liv. Med det de har, med det de är eller med det de gör. Att vara otillfredsställd är inte något som bara stannar inom oss själva utan påverkar våra handlingar och sättet vi förhåller oss till andra. Att välkomna sig själv handlar om att vara sann mot sig själv och det vi värderar. Att inte sälja bort det för något yttre som vi tror ska ge oss framgång. När jobbet eller uppdraget kostar för mycket, kanske vi ska välja att vara sanna mot oss själva och tacka för oss? Att välkomna *"sitt"* själv är att vara i kontakt med sitt grundläggande goda, omtänksamma och generösa."

Föreläsaren pratade om turkosa människor som dem som befinner sig i ett naturligt, vänligt, tacksamt och välkomnande tillstånd och de gråa som giriga, griniga, misstänksamma och exkluderande.

"Tänk om det är så", sa föreläsaren…, "att varje morgon när jag kommer ut i badrummet så ligger ett val och väntar på mig på bänken i form av två par linser; de grå och de turkosa. Att välja de grå är ibland inte så svårt. Det finns mycket grått i tillvaron. Med dessa blir det mesta nattsvart och trumpet. Hinder och svårigheter kantar dagen medan ångest och mardrömmar färgar natten. Att kritisera och klaga är väl bra att vi gör, men att gnälla? Med de turkosa linserna blir allt fantastiskt och turkost! Till och med surgubbarna på tåget som sitter och muttrar. Kassaköerna blir kortare, vänligheten vidare och vänskapen djupare. Världen därute är ofta grå men genom att välja de turkosa linserna väljer man ett liv med glädje och kraft".

Ungefär det var föreläsarens budskap och han menade att möjligheterna att bidra till en värld där människor känner sig väntade och välkomna ökar med de turkosa linserna, och det lät så klart rimligt. Det som kunde stå i vägen och skymma sikten för det turkosa var sådant som sömnbrist, ohälsa, negativ stress, oro, rädsla och det stora egot. Presentationen rundades av med samtal om vikten av att vara närvarande och lugn. Föreläsaren pratade om mindfulness och meditation.

Då fick Pernilla en påminnelse om vitsen med att inte försöka sig på undvikande. Mindfulnessboken med tillhörande CD-skiva som hon inte kom så särskilt bra överens med i höstas. Där blev hon allt påkommen.

Kapitel 4

Om elvaåringens bekännelser, pottskåpet och slaktresterna
samt de frasiga lakanen och hånglande raggare

Twist och Rut hade varit uppe extra tidigt denna dag för att
göra rundorna hos djuren innan Twist skulle till stan och
jobba. Matning, vattning, inspektion av inhägnader och
gosrundor stod alltid på programmet.

Killingarna var nu ett halvår och helt med i gänget. Av de
tre som föddes nästan samtidigt i somras, var Syns lilla Villa
den som blivit absolut tuffast. Hon hade slutat dia långt före
både Ruter och Klöver och kom in i flocken med större
självsäkerhet än de två andra. Rut tänkte att det berodde på
att hon var ensam. Hon hade ingen som backade upp, ingen
att luta sig mot utan fick ta sig fram utan stödhjul. Hela
getflocken på gården var så fantastisk. Som riktiga vänner,
där ingen var utstött och där ingen av dem heller var för
bossig. Det fanns helt klart en ledare och det var Ulvar men
han var så sur och tvär att han mest bara blev festlig. Både
Rut och Twist var helt säkra på att denna notering inte bara
var en mänsklig konstruktion av getternas tankar. Å nej, det
syntes tydligt hur Ulvar vann flockens respekt utan att
skrämmas eller agera hotfullt. Han var bara sur. Av alla
killingar de haft i flocken, hade samtliga tytt sig till Ulvar.
Antagligen för att han var tydlig och trygg. Twist trodde att
Villa skulle kunna bli en framtida flockledare.

Så fort Twist åkt iväg till sitt arbete i stan, det som började
med möte och slutade med problemlistor, satte sig Rut och
bläddrade i sin gamla dagbok. Hon hade hittat den kvällen
innan och börjat titta lite i den redan då. Dagboken hade
inte varit låst på evigheter vilket kunde förklaras av att
innehållet inte längre var av särskilt intresse, exempelvis för

en nyfiken storasyster. Syrran som i tanken skulle utgöra det största hotet mot Ruts innersta upplevelser, hade nu uppnått en ålder av 54, så hotet var undanröjt sedan länge. Dessutom, om något av innehållet skulle väcka anstöt kunde det nog anses vara preskriberat vid det här laget. Till yttermera visso hör att Ruts storasyster säkert redan läst precis allt i dagboken, för vare sig den varit låst eller inte, behövdes ingen ingenjör för att pilla upp låset. För det första hade varenda dagbok som tillverkades och såldes, lås med identiska nycklar. Det räckte alltså med att ha en egen dagbok, så fick man upp syrrans. Som en sista fundering kring temat låst eller olåst dagbok kom frågan upp om det alls funnits något intresse av att gotta sig i meddelanden som inte innehöll något att gotta sig i? Att kika i lillsyrrans dagbok var nog lika upphetsande som att plocka fridlysta blommor. Det var själva plockandet som var spänningen och verkligen inte buketten.

"Idag tror jag inte att jag har gjort något särskilt utan jag har varit ute. Vi har fortfarande jullov".

"Första dan i skolan sen jullovet. Har inte hänt något särskilt. Lika tråkigt som förra terminen. Fick en ny mattebok".

Samtliga noteringar i dagboken var gjorda av Rut när hon var 11 år. Gissningsvis hade hon fått dagboken i julklapp eftersom "Kära Dagbok-meddelandena" började sändas mellan jullovet och sportlovet i årskurs fem. Efter sportlovet upphörde noteringarna helt, mest troligt för att det inte fanns så mycket att skriva. Barn har så många omöblerade mentala ytor till sitt förfogande och dessa möbleras ganska långsamt. Förmågan att uttrycka något om det som alls ställs på plats är inte fullt utvecklad. Inte heller orken. Det var ändå en ganska kul syssla att läsa de egna anteckningarna si sådär en fyrtio år senare. Att lite grann tjuvläsa den egna dagboken.

Bokstäverna i ordet *Dagbok* på bokens framsida var tryckta i guldbokstäver. På framsidan fanns också en bild föreställande två hästar, en brun och en vit som stod och gosade. I bildens högra hörn syntes en syrénkvist och den ena hästen hade några syrénblommor i mungipan. Om man alls skulle komma på tanken att ifrågasätta bildens äkthet behövde man bara tänka till. Det var en dagbok från 70-talet, och bilder var inte arrangerad eller fotoshoppade då. Mest troligt var det så att det man ser på bilden, också hände när bilden togs. Hästen åt faktiskt syrénblommor. På insidan av pärmen hade Rut tryckt upp sitt namn med dymobokstäver. Rut hade på den tiden en egen liten dymomaskin med klisterremsor till och den tillhörde en av hennes allra bästa prylar. Att trycka med dymo var så kul att Rut ville trycka mer än hon hade att säga men visste samtidigt att det gällde att vara sparsam med klisterremsorna. Namnet "Rut" var så kort att glädjen med tryckandet tog slut innan hon ens förstått att det startat. Vid de här tillfällena önskade hon att hon hade fått ett dubbelnamn, gärna ett långt ett. Som till exempel Angelina-Isabelle.

Rut strök med fingret över dymoremsan och läste sen några meningar från elvaåringen:
"Idag var jag med Lena efter skolan. På timmen fick jag flytta ifrån min plats och flytta längst fram bara för att jag snackade. Jävla fröken".

En gång i tiden fyllde dessa anteckningar ändå någon slags funktion. Det fanns en tro och en viss övertygelse om att allt bara gick åt ett håll. Mot det bästa. Vilken glädje att inte ha mer aning än så... att få leva med övertygelsen om att det mesta var någon annans fel medan man själv skapade kommande framgång. Det var dessa framtidsdrömmar som fattade pennan kväll efter kväll och skrev.
En gång i tiden var det också minst sagt fruktansvärt att gå

tillbaka och titta på det som skrivits. Unga Rut skämdes och rev ut... kanske till och med eldade upp några av de mest uttrycksfulla sidorna. Hon minns det som att det enda som var viktigt var att leva framåt i tiden, att bli större, bättre, coolare. Att utvecklas. Ändå var det skönt att sätta någon slags punkt för dagarna som gick. Just det var vattenhjulet som fick ordflödet att rinna genom pennan. Men att titta tillbaka på det som skrivits var plågsamt. Pinsamt. Hur skrev hon egentligen? Så töntigt! Och hur stavade hon? Vilken fruktansvärd handstil! Tänk om någon får läsa det här!? Skämmigt. Vid den ålder Rut nu hade kommit till, var det mesta tillåtet. Alla episoder hade bidragit till den Rut som fanns idag. Allt var förlåtet, allt var välkommet. Idag skulle hon kliva in i sin lilla tonårsvärld.

"Idag har Krister Bäcklund gjort slut med mig. Det gjorde inget och förrästen så vet jag att han gillar mig och det är bra för jag gillar ju honom. Han sa att 'det händer ju inget'. Titti var här halv fem till nio".

Dessa rader utgjorde första delen i ett kärleksdrama som sju dagar senare fortsatte.
"Lasse har frågat om han får vara ihop med mig idag. Jag visste inte vad jag skulle svara så det blev 'ja'. Men jag gör nog slut snart".

Fjorton dagar senare hade Rut skrivit:
"Krister Bäcklund han som gjorde slut med mig förut har frågat chans på mig igen. Jag sa förstås 'ja' eftersom jag gillar honom. Lasse visste det redan så jag sa ingenting".

"Igår när jag var hos Karin skrev vi två brev till Lasse och Krister. Vi frågade om dom ville följa med oss på bio. Det ville dom men dom tyckte det var för dyrt. Vi har hittat ett rum i skolan som vi kallar hålan. Den har vi visat för Lasse och Krister".

I dagboken låg också ett löst brev som Rut hade skrivit till

Krister i ett försök att reda ut det som hade börjat likna ett triangeldrama:

"Hej Krister! I brevet som jag fick av dig igår hade du skrivit att Karin svarar 'nej' när Lasse frågar på henne så skulle du göra slut med mig. Måste du göra det? Och i så fall är det bara för att du och Lasse ska 'skaffa tjejer tillsammans' som du skrev? Ps) I LOVE YOU bara så du vet det".

"Jag, Lena och Karin var på bio igår. Vi såg Rännstensungar. Den var jättebra och sorglig. Krister och Lasse har frågat om jag och Karin kan träffas någon eftermiddag".

Ruts finkulturella intressen mellan jullov och sportlov bestod av förvånansvärt många inslag. Det var förmodligen en mix av vad Maja tyckte, och vad Rut själv kände för, eftersom utbudet varierade så. Det spände mellan Tjajkovskijs opera Svansjön, Fleksnäs fataliteter, Världens bästa Karlsson, Stoppa Pressarna och som sagt Rännstensungar. Sedan dröjde det till en bit in i mars innan fler noteringar om parevenemangen återkom.

Det stod i stället att läsa att Ruts mamma hade krockat i halkan, slängts ur bilen och kanat utmed vägen. Inget mer än just bara det. Dagen efter fick Rut påssjuka. Hon informerade då dagboken om att hon såg ut som ett svullet päron. Som plåster på såren fick Rut en "New Spirograph", ett rithjälpmedel som kunde göra alla möjliga psykedeliska mönster. Det passade nog den som hade påssjuka. Övrig tid i sjuksängen hade Rut ägnat åt läsning enligt dagboken. Bok efter bok gick åt och det var Kitty-böckerna som gällde. Den senaste hon fick, hette "Kitty och tornrummets hemlighet".

"Idag har jag läst ut den fjärde boken medan jag varit sjuk. Samma gamla säng. Jag vet inte vad jag skulle ta mig till om det inte fanns böcker".

Efter ett par veckor var Rut frisk igen och hon kunde komma tillbaka till skolan, tvärflöjtslektionerna, skolorkestern och den pjäs som tjejerna i klassen hade påbörjat. De skulle spela upp ABBA och Sweet. Klä ut sig, mima och stå i. Rut skulle vara Steve i Sweet (som hon var dödligt förälskad i) och Benny i ABBA (som hon aldrig hade haft någon crush på så vitt hon kände till).
"Idag har vi spelat upp våran pjäs. Fröken tyckte för en gångs skull att vi spelade bra".

Den lärare som klassen hade på mellanstadiet, var en lärare som gärna låste in sprudlarminen i katedern. I samma ögonblick som de alla klev över klassrumströskeln åkte butterminen på. Hon var alltid mycket bestämd. Läraren, eller "fröken" som den korrekta titeln då var, tog första steget över tröskeln. Eleverna rann på därefter och satte sig tysta på sina respektive platser. Fröken befann sig i väl mogen medelålder och hon undervisade, läste högt, delade ut böcker och lät alla som inte hängde med på vad de läste, förstå att de nog var aningen lite dumma i huvudet. Enda gången hon visade sig äga ett korn av känslosamhet, var när det handlade om henne själv, exempelvis när hon berättade för hela klassen om den gången hon hade fått ett missfall. Om hur mycket blod som flödade och alla handdukar som gått åt. Läraren var någon slags handledare så klassen hade ganska ofta lärarkandidater vilket räddade upp hela situationen. Kandidaterna var utan undantag både snälla och väldigt roliga, till och med lite barnkära. Så det positiva omdömet fröken nu hade gett kring uppträdandet med KISS och ABBA var bara att glädjas åt.

Rut orkade enligt dagboken också mot sluttampen av sin påssjukeperiod hänga med familjen och titta på nattbilsrally, ett av de få nöjena familjen delade. Ruts pappa var road av att följa med och Rut gillade det för att hon då fick en ytterligare chans att vara uppe sent. Det andra tillfället på året som sanktionerade nattäventyr var nyårsafton, i övrigt gick man och la sig i tid. Ruts pappa gillade rally eftersom han var en sån person som sökte spänning i nära-olyckorhändelser. Han älskade att ta del av sådant som nästan... men bara nästan... gick åt helvete. Som exempelvis snabba hastigheter ihop med is eller grus. Is *och* grus var givetvis inget alternativ. Vatten och el var även det en spännande kombination. Liksom eld och bränsledrivna motorer. Tungt och vingligt, vasst och trångt, felmonterat och skrangligt samt skört och vårdslöst var ytterligare kopplingar som tilltalade honom. Det Ruts mamma gillade med rally var helt enkelt en av kartläsarna. Så det var en hel del som släppte i och med att Rut blev frisk, och det sista hon gjorde innan sportlovet var att skriva ett OÄ-prov i skolan.

"Jag var hemma från skolorkestern för vi skulle ha oä-prov och då måste jag vara hemma och läsa på. Typiskt att ha oä-prov före sportlovet".

På sportlovet åkte Rut, mamma Maja och Ruts syster till Boden. Så såg det ut. Det var Maja som stod för såväl de kulturella inslagen på hemmaplan som de få utflykter de alls gjorde. Att åka till Boden var avgjort den mysigaste resan man kunde göra. Avgången från Centralstationen och tågresan i sovvagn. Porslinspottan bakom träluckan. Glasbuteljen med rums tempererat vatten i och de veckade pappmuggarna bakom spegeln. De styva SJ-lakanen och mörkret i kupén. Det sövande dunkandet.

"Har haft oä-prov. Det var enkelt. Man skulle sätta siffror i rätta meningar. I kväll åker vi till Boden. Vi ska vara där i en vecka. Kl. 17.35 går tåget. Bäddtanten kommer väll ungefär kl. 8 på kvällen. I morgon bitti kl. 9 ska vi vara framme i Boden".

Klockan nio var de framme på Bodens station. Någonstans på vägen mellan Stockholm och Boden hade tåget förvandlats till ett sagotåg. Det hade blivit pudrat som om det hade åkt runt i trumman med sockervadd. Snö och frost hade bildats glaciärer av is på tågets fotsteg och runt dörrarna. När man satte ned fötterna i backen på perrongen knarrade det och överallt var det vitt. Snön gnistrade. Morfar kom alltid och mötte. Kramarna var så där varma och fulla av längtan att de blev liksom som innehållet längst ner i glasstruten. Som, efter att man redan fått så mycket gott, blev bjuden på lite till. Något ännu godare.

Morfar och mormor hade en Renault R4, en så kallad Laban. Det var deras bil. Ingen "andrabil", sommarbil eller nostalgikärra. Nej, den var på fullt allvar familjens svar på dagens Clio, Fabia eller Picanto... en stads- och utflyktsbil. Grejen var den att Ruts mormor och morfar också använde bilen på sina långresor, exempelvis när de skulle hälsa på i Stockholm. Tänk att köra en sträcka på hundra mil sittandes i en Laban. Det skulle ingen göra idag.

När väskor och människor var inpackade i bilen, tog morfar tag i ratten och styrde dem ut från Boden och in mot Svartbyn. Det var där de bodde, nedanför Svedjeberget, ovanför Svartbyträsket. Morfar la i tvåans växel för att med den ta sats i backen upp mot huset. Han hetsade bilen tills den gav ifrån sig ett milt tjut. Mormor som hade hört dem komma, ställde sig på bron och vinkade. Hon hade förstås bullat upp så de kunde börja vistelsen där med att prata ordentligt med varandra och få en bit mat i magen. Så var det alltid. Utom en gång, då Maja hade kommit fram till föräldrahemmet med två magsjuka barn. Då var det inte fråga om att bulla upp, snarare att hälla ut, sedan de hade placerats i köket med varsin hink. Herre jösses vilken tågresa de hade haft. Kräks i våningssängar, en porslinspotta att pricka rätt i, knappt något vatten, noll ventilation och en kupévärme som förstärkte alla luktintryck.

Hos mormor och morfar var det alltid generöst och tålmodigt. Aldrig bråttom eller ifrågasättande. Inga dolda agendor eller beklaganden. Man bara var. Och överallt fick man vara. Morfars kontor var mysigt. För att komma in i det, öppnade man en dragdörr, en dörr som försvann in i väggen. Den gillade Rut att dra i fler gånger än hon behövde. Och det fick hon. Morfar hade så fina saker i sin sekretär som man fick öppna och titta i. Man fick öppna alla lådor. Dra ut, pilla, testa. Det fanns förstoringsglas, brevsprättar, stämplar och gem. En fuktig svamp för att blöta frimärken med innan de sattes på kuvert. Brev med handstilar som inte gick att läsa. Lampor som knäpptes på genom ett drag i ett snöre. Brevpress, hålslag, häftapparat och tejprulle. En räknemaskin och en skrivmaskin. Rut fick använda båda. Hon fick testa allt.

Hela huset var som en skattkammare. Från källaren med alla resterna från morfars arbete i skofabrik, till vinden där mormors avlagda klänningar blev utklädningskläder. Där uppe fanns också så spännande saker som en mangel, en stor kista med prylar och skåp med ting som man vare sig ville slänga eller ha kvar.

Längst ner i huset fanns det en potatiskällare. I finrummet, under mattan som man först vek undan, där uppenbarade sig en lucka. Morfar hjälpte till att öppna luckan så att man kunde kika ner. Rut kunde till och med gå ner i potatiskällaren, det fanns en trappa som ledde henne ner i mörkret. Där nere var det mörkt och svalt, det luktade jord. Potatisen fyllde flera tråg där nere och Rut rullade med handen ovanpå de små knölarna. Och de svarade genom att lydigt rulla runt, svala och jordiga under hennes hand. Potatislandet fick den som ville vara med och rensa på sommaren. Det var många fåror, mellan tio och tjugo. Rut hade varit med några gånger och då var det bara att ställa sig på knä och mata sig fram. Fåra för fåra. Och det var inte ogräsrensningen som var värst. Nej, det var knotten. De letade sig in överallt och för att slippa andas in dem fick man ta ett djupt andetag lite då och då som om man pysslade med djuphavsdykning. För varje rensad fåra fick Rut en slant och det var det värt för då kunde hon åka till Björknäsparken och gå på tivoli. Det var spännande. Till lika delar för att det fanns karuseller och andra åkattraktioner, men det gav också möjligheter att äta lite extra godis och dricka läsk. På kvällarna i parken var det folk som dansade, som pussades och som hängde runt sina raggarbilar. Människor som var så fulla och ostyriga i ögonen att pupillerna såg ut att vilja byta plats. Fast just den här Bodenresan fick Rut nöja sig med att känna på potatisen eftersom det fortfarande var vinter.

Hos mormor och morfar fick man undersöka skrymslen och vrår. Man fick gå igenom innehållet i de två bodarna som stod ute på tomten. På sommaren hängde de upp en hängmatta mellan björkarna, de satte igång vattenspridaren, man rodde ut på Svartbyträsket, badade vid bryggan, promenerade långa sträckor, fikade hos bekanta, lyssnade på historier. Morfar älskade att klia Rut på ryggen, eller så kanske han inte gjorde det, men Rut märkte ingen skillnad hur som helst. Han kunde klia jättelänge. Man fick stoppa morfars pipa, raka hans stubb och han fixade så att man kunde ha en gunga på tomten. En planka och ett par snören, sen var det klart.

Mormor, hon stod där hon stod och var där hon var. I köket med alla omsorger. Mat och bakning samt pass på frukost, lunch och middag men också allt däremellan. Hon hängde med om de åkte in till stan och shoppade. De tog cykelturer och de hälsade på släktingar. Det var också mormor som bäddade deras sängar, la fram handdukar och stod med ständigt torra badlakan efter alla otaliga dopp som gjordes på dagarna. Men på just den här resan upp till Boden var det inte morfar som hämtade på stationen och mormor som servade i köket. Nej, för morfar hade lämnat dem och var någonstans på andra sidan sedan tre år tillbaka. Han hade lagt sig över snöskottningen en vinter och aldrig

vaknat igen. Rut var bara nio år då så hon minns inga
detaljer mer än just det. Det var tomt att komma tillbaka de
första gångerna sedan. Mormor hade flyttat upp till
övervåningen av det stora huset och Ruts moster med familj
hade tagit över hushållet.

Rut tyckte mycket om sina kusiner och hon fullkomligt
älskade den kusinen som var jämnårig. De hade så otroligt
mycket kul ihop som Rut inte hade med någon annan. De
hade chansen att ses på loven, inte oftare än så och
verkligen inte varje lov. Ibland var kusinen hos Rut i
Stockholm men ännu hellre var de i Svartbyn. Där hade de
ett par, tre killkompisar som de träffade varje gång. Killarna
tyckte nog att det var ganska spännande när Rut anlände
från Stockholm. De strök som kattgubbar i vårsolen runt
husknuten i väntan på att få påbörja umgänget och bland
det första Rut och kusinen gjorde sedan Rut anlänt, var att
söka upp dem.

De alla älskade att lyssna på musik. Grannkillen hade
varenda rockplatta som var värd namnet och de singlade
LP-skivor med sådan frenesi att Rut numera inte kunde
skilja agnarna från vetet, vilken grupp som sjöng vad. En låt
påbörjades och en annan avlutades. Hemma hos grannkillen
fanns vid sidan av sju sorters kakor också en kakbakande
mamma som gladde sig enormt åt att kakfabriken behövde
öka upp tempot på produktionen. Hon bakade och de åt.
Det var också här Rut lärde sig dricka kaffe. På bit. En
sockerbit på tungan och på det, en slurk med kaffe.
De flög med grannpojkens modellplan, de sköt i prick med
luftgevär, badade på en flotte... eller förresten de skrek nog
mer än de badade eftersom flotten välte oavbrutet. Killarna
gjorde allt för att hjälpa tjejerna upp igen varje gång de hade
vält. De hade då en förklarlig anledning att våga ta lite i
varandra. Killarna testade sin manlighet och tjejerna spelade
på någon slags hjälplöshet vilket gick så där. Både Rut och

kusinen var utan tvivel två ganska tuffa brudar, de bangade inte några slag och lite skråmor. Hela gänget tältade, gick på tivoli och älskade att köra klassiska bus. Stoppa hundskit i skokartonger som de la i dikesrenen. Själva satt de högt upp, dolda i varsitt träd och väntade. Så fort en cyklist kom trampade, därtill en nyfiken sorts cyklist som inte kunde hålla sig från att kolla i kartongen, då njöt de stort där de satt i sina träd. Om cyklisten stannade, plockade upp kartongen och gläntade på locket skrek de i högan sky: "SLÄPP LOCKET, SLÄPP LOCKET", varpå cyklisten såg sig om utan att kunna se dem som skrikit, blev skitskraj och släppte locket för att snabbt som sjutton lämna platsen. Någon cyklade rakt ner i diket minns hon.

Gänget gjorde också lite längre utflykter, exempelvis upp i berget bakom huset för att leta sig in i försvarsanläggningen där. Det visste att det fanns ett krypin som ledde till en trappa vilken i sin tur ledde till en annan trappa och nya rum. På så sätt tog de sig runt inne i berget. Ibland med ficklampa men oftast utan. Kanske helst utan. Det här var ju före tiden då en iPhone kunde lysa upp.

En annan dag hittade de slakthusets inhägnad långt inne i skogen. Det var en jätteanläggning fylld med trynen, klövar och andra slaktrester som blivit över. Alltsammans inhägnat av ett högt Gunnebostängsel. Just den dagen smakade middagen inte så gott sen.

Det här var också långt före allt prat om förvaring och hantering av ditten och datten. Det var också långt före gemene man pratade och skrev så mycket som nu om koldioxidutsläpp och miljö, källsortering och hållbarhet.

Nu för tiden gick det inte en dag utan att växthuseffekten, hållbar utveckling och jordens medeltemperatur nämndes när man öppnade tidningen, satte på teven eller rattade in en station på radion. Så var det inte förr. Inte ett ljud. Jo möjligtvis någon gång om ett atombombsmoln eller tankar om kärnkraftens skadeverkningar men då var det extremaktivister som bubblade runt och störde. I var mans hem var det tyst. Alla utsläpp ansågs komma från industrin, det pekades bortåt mot något som man ändå inte kunde göra så mycket åt. Vid en närmare granskning tänkte man kanske inte heller på den egna industrin, utan man siktade ännu längre med sitt finger. Bort mot andra länder. Mot Tyskland eller Ryssland och så.

Vilken utveckling som skett sedan dess, även om det gick långsamt. Förr var barnen fullkomligt omedvetna om vardagslivets miljöpåverkan. Att jämföra med ett reportage härom dagen där det berättades om en skola där de infört en vegetarisk dag i veckan som ett led i att minska köttkonsumtionen. Det äts tydligen arton kilo nötkött per person och år i Sverige. Detta behöver halveras för att någon effekt på miljön ska kunna skönjas. I en skola någonstans åt man alltså vegetariskt en gång i veckan. En reporter åkte dit för att intervjua barnen om hur de tyckte att det fungerade med den vegetariska dagen. Tanken var kanske att inspirera fler skolor att våga satsa på en vegodag eller två. Men vad gjorde reportern? Jo, hen intervjuade ett enda barn, och det barnet hette Bore Vargtand. Ja, vad hade man tänkt sig annat än att lille Bore var superpositiv till vegoinitiativet? Hemma hos Bore åts det bergis vegetariskt sju dagar i veckan. Hade de frågat Grillsteks-Jocke eller Hamburger-Matte hade de fått ett helt annat svar så klart. Men försöka duger.

I Bodens skolor bjuds det förresten på palt. En enda gång hade Rut fått vara med sin kusin i skolan och gissa vad som stod på menyn den dagen? En dag då begreppet önskekost fick ny mening. Till något som verkligen betyder nåt.

"8 mars: Idag åker vi tillbaka till Stockholm. Det ska bli tråkigt"- Ja för precis så var det. Med stor sorg i hjärtat släppte Rut taget om sin kusin och alla äventyr som hade utspelat sig under veckan. Hon hade liksom marinerats av längtan och

avsked under hela sin uppväxt men aldrig riktigt lärt sig att hantera det. Nu skulle Rut bege sig hem till nya dramer där Krister och Lasse hade huvudrollen, för inte kunde det väl vara Rut själv?

"Pappa mötte oss vid stationen. Vi har varit på Buffalo Bill och ätit pizza. I morgon börjar skolan. När jag kom hem fick jag ett brev från Krister".

"Idag i skolan höll Karin och Titti på med att fiffla med en lapp. Titti sa till mig sedan att Karin hade fått en lapp av Krister och att det stod på den att han inte gillade mig. Det tror jag vad jag tror på. Varit med Karin".

Senare noteringar i dagböckerna var säkerligen upplagda på liknande sätt, tänkte Rut. Där avslöjanden, bekännelser, sorg och glädje fyllde blad efter blad. Vid tillfälle skulle hon titta igenom dem som hon skrivit när hon var äldre, kanske också betydligt äldre, för dagböcker hade hon alltid skrivit. Där kommer det att finnas inslag av killar och tjejkompisar, både de som varit bra och de som svikit. Flera rader om skola och arbete, fester och resor. Rut vet att hon inte så långt efter alla dessa äventyr med Krister, Lasse och de andra började blanda häxdricka och testade effekterna av Albyl och Coca Cola. Hon började tjuvröka redan i sexan. Rut och Titti lämnade lite då och då mellanstadieskolan och gick bort till högstadiet tvärs över vägen. Dit där rökrutorna var markerade i asfalten och där de tryggt kunde ta plats för att låta giftet fylla deras lungor. Vadå gift förresten? Så farligt kunde det väl inte vara, det man kunde köpa i affären och som föräldrarna hade där hemma? Som skolorna tillät? Herregud, vaktmästaren höll en budget för inköp av vit färg som han använde i syfte att förbättra linjerna runt rökrutan med varje termin. Kunde det vara farligt att röka då? Kanske olämpligt, men farligt? Dessutom röktes det precis överallt. I personalrum, i bilar, på restauranger, i flygplan, i centrum, på toaletter, i tunnelbanan... ja överallt. Samtidigt informerade A Non Smoking Generation om skadeverkningarna. Skrämselpropaganda, kallade de det för. "Äsch då, de där Smoking Generation eller vad de kallas för. Ta er i brasan. Vi är ju coola!"

Nu för tiden kan Rut inte annat än imponeras över dem som *aldrig* ger sig. Sådana som jobbar i motvind, som ser kaos som en utmärkt källa för utveckling. A Non Smoking Generation startade ett långsiktigt och kraftfullt förebyggande arbete för 35 år sedan. De är fortfarande aktiva trots att siffrorna sett ungefär likadana ut sedan dess. Varje dag börjar fyrtiofem ungdomar om året att röka och nio av tio börjar röka innan de fyllt arton år. Femton procent av alla femtonåringar röker. Stiftelsen arbetar fortfarande med att minska nyrekryteringen bland unga och tobaksindustrin försöker hela tiden komma på nya sätt att göra sina produkter mer attraktiva. A Non Smoking Generation jobbar vidare med att försöka skapa ett mode i att vara rökfri. Genom globaliseringen och därigenom bättre insyn i andra länders förehavanden har en ny vinkling uppkommit. Det har visat sig att tobaksbruket här i Sverige påverkar människor även långt bortom landets gränser. Tobaksodling sker i stor utsträckning i fattiga utvecklingsländer där barn och deras familjer lever och arbetar under mycket svåra förhållanden. Tobak kan på så sätt sägas stå i vägen för såväl människors som länders möjlighet till utveckling. Just detta är det få som känner till.

Till och med när Rut väntade sitt första barn sa barnmorskan att om mamman rökte och mådde bra av en cigarett om dagen, så skulle hon fortsätta med det. Det skulle inte vara farligt för bebisen och det viktigaste var att i alla fall dra ner på rökningen. Rut slutade röka helt när hon väntade barn nummer två. Då hade rekommendationerna ändrats och den tidigare informationen kring rökning och graviditet fått en annan mening. De som tidigare sagt "äsch då", sa helt plötsligt "oj då" i stället.

Att A Non Smoking Generations arbete fortsätter är tur, för när porten väl öppnats till tobaksrökning, kan i särskilda fall även nästa port öppnas. Den som är ingången till cannabisrökning och senare experimenterande med andra droger. Sådant som bara knarkare höll på med förr har plötsligt börjat smyga sig in bland alla sorters ungdomar i alla samhällsklasser. Anledningen tros vara lättillgängligheten, priset och den alltmer liberala inställningen till droger. Det är faktiskt fullt möjligt att sitta hemma vid köksbordet och göra sin beställning. Särskilt dyrt är det inte och knappt ens olagligt. Preparat som klassats olagliga kan enkelt ändras till vissa beståndsdelar, hamna utanför listan av olagliga produkter och säljas igen. Drogtillverkare och flinka säljare är snabbare än lagens arm är lång. Att vara partyknarkare är ganska enkelt och bruket går allt längre ner i åldrarna.

Kapitel 5

Om plus och minus, ja och nej, kanske och varför
samt den omedvetna bekymmersdockan

"Habibi, vem hade du varit om du haft ditt andranamn som förnamn, det efternamn din mamma hade som ogift och arbetat med det drömyrke du hade som barn?" Det var Tobbe som hade sin filosofiska kvart. Sådant hände lite då och då vilket fick anses vara en välkommen paus till det som annars rumlade runt i tankebanorna. Sist Pernilla trodde att detta dagens kvartssamtal var nära, var när Tobbe frågat henne om hon hade ett neonfärgat nagellack. En udda fråga eftersom han förmodligen aldrig sett henne med neonfärgat nagellack. För säkerhets skull la hon till att hon knappast ens såg ut som någon som skulle använda den färgskalan. Tobbe var lite osäker på hur "en sån" såg ut som valde neonfärgat nagellack men kunde ändå hålla med om att hennes svar gav den information han behövde. Å andra sidan rörde frågan egentligen inte hennes smak utan snarare hans egna behov.

"Vad skulle du använda nagellacket till om jag får fråga, skulle det gå bra med någon annan slags färg kanske?" "Nej, helst neonfärgat", svarade han och förklarade. "Jag tänkte sätta en prick på ratten för att veta när den står rätt".
I det läget förstod Pernilla att det inte var den filosofiska kvarten som slagit till utan snarare den krångliga kvarten. Hon fick väl se hur det skulle bli den här gången då, för egentligen hade de bara pratat i två minuter och det återstod fortfarande tretton. Pernilla avvaktade med spänning på vad de följande tretton minuterna kunde tänkas innehålla.
Frågan som först hade ställts var den om förnamn och efternamn eller hur det nu var.

"Förlåt", sa Pernilla. "Jag hamnade i lite andra tankar. Kan du vara så gullig och upprepa frågan?"

"Okej", sa Tobbe. "Vem hade du varit om du haft ditt andranamn som förnamn, det efternamn din mamma hade som ogift och arbetat med det drömyrke du hade som barn?"

"Tjaaaa... då hade jag varit Eva Johansson och arbetat som journalist. Du då?"

"Eh, jag hade hetat Albert Karlsson men utan aning om vart min arbetsplats låg".

Det sista skrattade de båda åt. Lite typisk Tobbe att inte riktigt ha några tydliga drömmar, eller i vart fall att inte komma ihåg dem. Hur mycket han än försökte komma på något så landade det oftast i att han nog förväntades gå en viss utstakad väg. Det var även hans önskan att följa den vägen och då fanns kanske inte utrymme för egna drömmar.

Eftersom de inte kom längre, byttes samtalet bort mot ett annat. Tobbe ifrågasatte varför man måste betala självrisk även om man inte varit den som förorsakat en försäkringsskada. Han hade nyligen blivit påbackad då han stått parkerad. Efter besiktningen av skadan skulle ärendet påbörjas och Tobbe var tvungen att betala självrisk. Trots att han var oskyldig.

"Fast sen går ju pengarna tillbaka om man är oskyldig", berättade han eftersom Pernilla undrade.

"Hur hög är självrisken då? Och förresten, vart anmäler man själskador? Det har ju varenda kotte. Har du några själskador?"

"Självrisken vet jag inte och skällskador har jag, eller vad pratar du om förresten?" undrade Tobbe.

"Skällskador, av allt skäll genom åren? Jag pratade om själskador, skador på själen. Så har du det? Själskador eller skällskador. Vilka menar du, bokstavera!"

"Skjä...", började Tobbe.

"Va?!"

"Äh… Ja! Jag fick tillbaka 85 kronor!", utbrast han mitt i allt.

"På vadå?", undrade Pernilla.

"På en aktie jag sålde".

"Åh, du är en riktig storfräsare du!"

Så denna dag blev det en krånglig kvart ändå, med samtal som inte hängde ihop på något vis.

Tobbe hade äntligen hämtat sig mentalt sedan han skjutit ihjäl Zingo, grannens hund där ute på landet. Han och Pernilla hade i sällskap med Twist och Rut och deras respektive söner haft två dagar skönt liv där ute. Ända tills den sista dagen då Tobbe och Twist hade förväxlat hunden med den räv de jagat i två dagar. Den som de äntligen skulle få skjuta. Grannen hade gjort sitt yttersta för att trösta Tobbe och menade att det var en gammal trotjänare som nu skulle få sällskapa med himlahundarna. Zingo var döv och snudd på blind och hade varit sjuk länge. Grannen gjorde allt han kunde för att få Tobbe att förstå. En död hund är en död hund, hade Tobbe sagt gång på gång. Och jag är mördaren. Det finns inga ursäkter.

Men som sagt, nu hade de värsta mardrömmarna lagt sig och grannen hade också hittat fultomten där ute på landet. Han visste visserligen inte vems den var men utifrån alla deras samtal, där Tobbe hade yrat om tomten och plasträven, fick grannen till slut ihop det. Tomten måste vara deras.

"Jaha, då måste det ju vara er tomte som jag hittade vid tomtgränsen i november."

"Det beror på, är den cirka fyrtio centimeter hög, klädd i röd stickad akryldräkt och håller en skylt i ena handen… har svarta träskor, en vit fluffig kalufs men är i övrigt stenhård?"

"Jajamensan, allt stämmer in på beskrivningen. Är den er?"

"Nej", svarade Tobbe. "Den är inte vår".

"Hm, fast du kunde ju beskriva den in i minsta detalj, är du säker på att den inte är er?"

"Japp, helt säker. Men den har varit vår. Vår oturstomte, men nu är den mer en turtomte, ja kanske inte just nu men när den står där den hör hemma. Det är Ruts tomte."

"U, uj, uj", sa grannen". Det där lät inte bra. Hur vet man om den för tur eller otur med sig då? Jag menar som nu, när den är hos mig?"

"Jag tror att det har att göra med hur väl man tar hand om den och nu har du räddat den undan faror vid tomtgränsen så du kan säkert vara lugn", berättade Tobbe.

"Ja, någonting har den råkat ut för helt klart, för tomtedräkten har en massa små hål i sig. Nästan som om någon har bitit i den".

"Vad kan det vara, finns det hundar på ön?"

"Nej, inte numera", sa grannen och Tobbe genomfors ännu en gång av skuld och dåligt samvete.

"Men jag vet att rävar gärna plockar med sig saker som de hittar och särskilt på hösten när folk blir mer osynliga. Vi har blivit av med både stövlar och dynor som vi haft ute".

"Alltså den där räven. Den gör verkligen allt den kan för att reta mig. Vi tar med tomten för att ha den som lyckobringare, skjuter din hund och sedan poppar räven upp, stryker sig runt mitt hus och tar tomten. Vad är det för mening?"

"Ni hade alltså med er tomten på jakten?" Grannen skrattade.

"Nej, det hade vi inte. Twist hade glömt den i hallen eller egentligen var det så att han tyckte att det blev för mycket att släpa på med bössor, termosar, stolar och tomtar. Av allt det tyckte han ändå att det var bäst att lämna tomten".

"Ja så mycket vill man inte bära på, särskilt inte när man förväntas ta med sig jaktbyten hem också", svarade grannen.

"Eh, bara för att vi lämnade tomten hemma fick vi ännu mer att bära med oss hem. Din hund. Usch vad hemskt det var".

"Äh Tobbe, nu vänder vi blad. Bäst jag postar iväg tomten

illa kvickt. Hem till Rut sa du. Vilken adress har hon?"
"Skicka den till Rut och Twist på Laduviks Gård bara. Det
funkar".

Det där med landet var ett kapitel för sig, tyckte Tobbe.
Varje gång det började närma sig vår, slet det i samvetet.
Han tyckte att tiden, som redan innan gick så fort, blev
alldeles makabert uppstyckad mellan allt som behövde
göras. Då kom han fram till efter lite sortering att landet var
det han minst hade ork och lust för. Varför bevara något
som man minst av allt kände glädje för om man i utbyte inte
skulle hinna med det man verkligen ville? Bara för att bevara
stället till eftervärlden? Särskilt som den så kallade
eftervärlden, helt naturligt och begripligt, inte prioriterade
omvårdnaden om stället. I alla fall inte med det omfång som
krävdes. Saker gick sönder och behövde skötas om, byggas på eller
bytas ut. Det var minst av allt ett ställe för avkoppling
eftersom det satt i nervbanorna att det alltid fanns något att
göra. Och särskilt med tanke på hur sällan de hann åka dit. I
ärlighetens namn var händelsen med Zingo det som blev
spiken i kistan. Tobbe kallade ihop sina syskon och bad dem
ta i beaktande att han önskade kliva av delägarskapet vilket
givetvis togs emot med varierade känslor.

Så kom då äntligen en dag med vårtemperatur. Men bara en,
och det måste vara en medeltemperatur i intervallet noll till
tio grader sju dagar i följd för att de skulle få lov att sjunga:
"SLÄPP FÅNGARNA LOSS DET ÄR VÅR!" Så de
väntade ett tag till. Sju dagar var tydligen hållpunkten så
även om det blev en återgång till lägre temperaturer
därefter, räknades det fortfarande som vår. Definitionen
kändes som hämtad ur skapelseberättelsen: "...och Gud
fullbordade på sjunde dagen det verk som han hade gjort;
och han vilade på sjunde dagen från allt det verk som han
hade gjort".

86

Och på tisdagens morgon, den tjugotredje februari hände det. Våren var här! Eller i Göteborg i alla fall för att vara mer exakt. Våren kommer normalt till södra Svealand under andra halvan av mars, så nu kunde de nästan känna lukten av den. Det börjar närma sig, det visste de, och snödroppar har redan synts till i krokarna. I början av månaden blev det mörkt strax före halv fem och nu i slutet var det ljust ända fram till kvart i sex på kvällen. Det kändes så uppfriskande att slippa en del av mörkret tyckte både Pernilla och Tobbe.

För att fira in våren men också Tobbes födelsedag, gjorde de en brunchkryssning med S/S Stockholm. Fartyget, som är en liten pärla med en stor matsal och ljusa luftiga salonger, avgår från Strandvägen. Från bordet får man en förstklassig utsikt medan båten kryssar fram i Stockholms innerskärgård, rundar Vaxholm och därefter kör tillbaka till stan.

Ett av ställena man passerar är Anna Johansson-Visborgs semesterhem. Anna Johansson Visborg var bryggeriarbeterska och verksam i Stockholm under första hälften av 1900-talet. Hon var fackligt och politiskt aktiv och beskrevs som *"en socialdemokrat i hatt, med ett språk som fick männen att huka"*. Hennes starka sociala patos, hennes medmänsklighet och uttalade krav på rättvisa gjorde henne till en mycket ovanlig kvinna vid den här tiden. Anna gjorde många betydelsefulla insatser på olika områden med banbrytande gärningar inom arbetarrörelsen. Hon genomförde sina visioner att hjälpa kvinnor som hade det tungt och svårt. I unga år hade hon själv upplevt hur problematiskt det var att ta sig fram som ensamstående arbetarkvinna i Stockholm vid 1900-talets början och detta kom att prägla hennes framtida gärning i livet.

Tankarna på ett kvinnohus började gro och det dröjde inte länge förrän hon tillsammans med andra villiga, hade bildat en ekonomisk förening i vilken man kunde köpa andelar för hundra kronor i det planerade huset. År 1946, var det fjorton våningar höga "kvinnohuset" på Kungsholmen klart. Bryggar-Anna fortsatte på den inslagna vägen och snart följde andra husprojekt inom ramen för den stiftelse Anna bildade 1944. Huvudmotivet för stiftelsen var att hjälpa kvinnor och framför allt bryggeriarbeterskor, vilkas villkor Anna så väl kände till, att få en bra bostad till ett rimligt pris. Vidare ansåg hon att kvinnorna måste ha utbildning för att kunna hävda sig på arbetsmarknaden och i samhället. Därför avsattes inom stiftelsens ram även ett penningbelopp som skulle användas till utbildning eller understöd till behövande.

Medan guiden berättade i mikrofonen om allt de passerade, plockade Tobbe och Pernilla sina tallrikar fulla. Det fanns sill- och strömmingsinläggningar, gräddfil, lök, ägghalvor och västerbottensost. Efter en tallrik med allt det, var det bara att börja om. Denna gång plockade de på sig färska, marinerade, varma och matiga sallader på exempelvis potatis, bönor, kål och matvete. Gravad och varmrökt lax, fiskpaté och ishavsräkor med tillhörande såser. Guiden pratade vidare om Anna Johansson medan de åt.

De fick höra om semesterhemmet i Nacka som Anna startade 1928, för kvinnor som inte hade möjlighet att ta sig någonstans på semestern. Idag var det företrädesvis ensamstående arbetande kvinnor ur låglönegrupper som fick möjlighet att veckovis eller per säsong hyra ett billigt sommarboende i någon av semesterhemmets småstugor eller rum.
...Salami, skinka, rostbiff och korv, Janssons frestelse, prinskorv, kycklingklubbor, fetaostgratinerade grönsaker, köttbullar, paj, bacon och olika äggrätter...

Efter Anna Johanssons boenden passerade de

Fjäderholmarna, Telegrafberget, Hasseludden, Bogesund och Badholmen innan de rundade Vaxholms kastell. Och under tiden åt de. Det hade blivit dags för efterrättsbordet, eller snarare efterrättsrummet... Det var ett helt rum fullt med gottebord. Trots att de var så mätta att det värkte i solar plexus, så att andningen var påverkad och hjärtat slog orytmiskt, hade de rest sig och haltat akterut i skutan. Där hittade de ostar med tillbehör, pannacotta, fruktsallad, pannkakstårta, chokladmousse, glass, parfait, crème caramel, smulpaj med tillbehör samt småkakor och mjuka kakor. Till slut satt de med sin mättnad och ångest och bara stirrade rakt ut i tomma intet. Anledningen till tabberaset var som sagt Tobbes födelsedag och den hade de nu ätit sig igenom. En hållning som helt gått i födelsedagsmannens tecken. Tobbe tindrade när det fanns mat att tillgå.

Det här med näringsrik mat i stora mängder, det är ändå himla bra, särskilt som man hyfsat ofta kallas in för stridsberedskap. Tänk att leva under ständig press, i en krigszon där man aldrig vet vad det är som utlöser bomberna. Där marken är minerad och möjlighet saknas att avgöra vilket steg som är det livsfarliga. Hur stark detonationen blir, hur stor skadan kan tänkas bli och hur försvaret bäst ska byggas upp, är ytterligare frågor som är okända. Åtminstone inte tillräckligt kända för att snabbt hinna besvaras inför behov som ständigt ändrar skepnad. Det är också svårt att veta var bomberna kommer att falla, vad de drar med sig och vilka konsekvenser som följer. Det är en verkligt pressad situation, var och en kan begripa det. Det spända läget gäller visserligen inte dagligen men det är ingenting man vet i förväg. Har du tur kan du klara dig, men det är inget du vare sig kan räkna med eller ta för givet. Det kan vara "det" svaret, "det" beslutet, "det" samtalet eller "den" frågan som ofrånkomligt tvingar dig in i stridsberedskap. Plötsligt står du bara där, mitt i krigssituationen där enbart ena parten känner till logiken i krigföringen. Strategierna är nyckfulla och oförutsägbara. I värsta fall kan kemiska stridsmedel ha förberetts. Eller förresten, det är nog inget som är förberett. I stället är det ett sånt där spontant och nyckfullt krig där en är krigsherre och en hukar i skyttegraven, men båda skjuter vilt omkring sig. Ingen fattar egentligen vad det är som pågår eller hur allt började.

Det finns många kända krig: Första världskriget, en hel hop av inbördeskrig, Falklandskriget, Vietnamkriget, Andra världskriget och Kalla kriget bara för att nämna några. Det har också pågått en rad befrielsekrig runt om i världen och det största av dem alla utspelas på hemmaplan. Det så kallade tonårskriget.

Barn är fenomenala. De har en ganska lång startsträcka där de betraktar sig själva som det bästa och finaste någon kan ha. De får ofta höra hur bra de är, hur fint de gör, vad duktigt de kan och hur älskade de är. Inte alla, men de flesta. Barn är inga tomma ark. Barn är heller inga tomma kärl som ska fyllas på. Tvärtom, så kan de massor och borde egentligen fylla på vuxna med ett och annat. Däremot har barn något som vi andra inte har, och det är en ganska fulltecknad pluslista. Pernilla fullkomligt älskade plus- och minuslistor och hon tipsade alla inklusive sig själv om att göra listor inför analyser och diskussioner. Plus- och minuslistor var bra att göra även inför val och beslut som skulle tas.

"Dela ett tomt ark på mitten och skriv ett plus på vänster sida och ett minus på höger och börja fylla på. Låt tiden gå och fyll på igen. Prata med dina närmaste, be dem om synpunkter på innehållet och fyll på en gång till. Titta sedan åt vilket håll det lutar. Kan några plus också vara minus? Kan några minus bli plus?", var tips som ofta kom från henne. Men det var inte det som det här skulle handla om. Pernilla hade hamnat på ett sticksspår. Igen.

Om man tänker sig att de där arken, de som påstås vara tomma hos barn, består av en plus och en minuslista... så är deras ark som sagt fulltecknade på plussidan, inte en enda notering finns på minus. Jo, i och för sig... det kan vara ett minus att spilla på sig, tappa gröttallriken i golvet, kissa ner sina kläder, äta grisigt, att fråga för mycket och att vara tjatig. Ett litet minus är det också med snor under näsan, att snubbla stup i kvarten, kasta saker i golvet och på väggarna, smula, vakna tidigt, välta teven, grina och skrika, dra i dukar och hacka sönder bordskivor. Men inget av detta hamnar på minuslistan. Är det inte fantastiskt? Som vuxen skulle allt detta hamna på minus... nej förresten, det skulle hamna utanför papperet. Pernilla skulle inte ens tipsa en vuxen människa med snor under näsan, som drog i dukar, åt grisigt, tjatade mycket om allt möjligt, välte teven och kissade på sig att göra en plus- och minuslista. Hon skulle tipsa dem om att söka hjälp. Akut jourhjälp.

Nytt stickspår igen. Så, barn är som en enda stor pluslista där till och med eventuella minus lätt går att föra över till plus eftersom det finns förklaringar. Tjat och frågor handlar om kunskapstörstande. Snor under näsan är superbra eftersom det lilla barnet inte kan snyta sig. Att snubbla utvecklar motoriken. Att kissa på sig är det nödvändiga steget innan man förstått vitsen med toalettbesök. Och ett eventuellt grisigt ätande, vad gör väl det? Alltför många barn är kräsna på mat så... de håller ju på och lär sig.

Det Pernilla skulle komma till var att det tar många år innan barnet själv ser sina minus. Innan deras övertygelse om att de är absolut bäst kantstötts för första gången. För Tors del hände det exakt tjugosju dagar innan hans åttaårsdag. Han skrev:

"Mina kompisar har tröttnat på mina vetenskaper. PS. en utav mina värsta dar i mitt liv".

91

Det var ungefär här som chocken träffade honom som en blixt från en molnfri himmel. Vad nu? Är jag inte bäst? Kan andra tröttna på mig? Vad gör jag för fel? Hur kan jag bli bättre? *Kan* jag bli bättre? Hur gör de andra? Är det bara jag som...?

För en mammas del var det inte bara orden som sjuåringen hade skrivit ner, ord som barnet formulerat med sin penna på ett papper. Snarare gick funderingarna kring hur han hade kommit att förstå det han skrivit. Att hans kompisar tröttnat. Hur hade detta förmedlats? Hur säger sjuåringar till varandra att en kompis är tröttsam? Är det genom ord, och i så fall hur taskiga ord då? Genom att låta bli att svara när han pratar? Eller att bara vända honom ryggen och dra mitt i det han berättar? Genom att inte be honom vara med eller genom att gömma sig?

Alla barn kommer till den punkt i livet när de förstår att de inte är bäst. Det som mamma och pappa, farmor och morfar, kusiner och fastrar alltid välkomnat och jublat över, faktiskt kanske inte var så bra trots allt. Det är då barnet börjar jämföra sig med andra och hur mycket de än försöker, undrar de om de är bra nog. För det är inte vad de känner. De har nu förstått att det finns alternativ. Om man har fyra kompisar, är flera av dem bättre hela tiden och det är alltid någon som är bättre än man själv är på nåt. Där börjar minuslistan fyllas på.

Och vem har sagt att just du kom till världen
För att få solsken och lycka på färden?
Att under stjärnornas glans
Bli purrad uti en skans
Att få en kyss eller två I en yrande dans?
Ja, vem har sagt att just du skall ha hörsel och syn,
Höra böljornas brus och kunna sjunga!
Och vem har sagt att just du skall ha bästa menyn
Och som fågeln på vågorna gunga.
Evert Taube listade ut det på sin tid och just så kör det på

genom åren. Vem har sagt att just du kan få solsken på färden?

Ibland känner sig barnet ursopigt och ibland rätt okej, en stund åtminstone. Med lite tur i alla fall som good enough.

Med detta i bagaget är det klokast att göra sig fri bojan av dem som för det mesta godkänner en. Barnet har räknat ut att de där som hurrar åt allt mest troligt har fel. De står ju alltid där och applåderar, godkänner och jublar. De verkar inte veta hur det verkligen ska vara, hur saker fungerar. De fattar ingenting. Bästa sättet att göra sig fri är att börja vid tolv års ålder. Man startar ett litet krig.

Sakta men säkert maler man på med det ena efter det andra tills det där hemmafolket är nära en försvagning. Ungefär på liknande sätt som en sol nöter på is. Det finns en tjock kärna med något kompakt i mitten. Men utmed kanterna är materialet svagt och där är det lätt att nagga. Och tjat ger resultat.

Föräldrars alla regler suger och en mammas "ja" blir mest bara starten på besvärliga dialoger.

Barnet: "Får jag komma hem halv tolv (23.30) i stället, snäääälla?"

Mamman: "Ja det går bra".

Barnet: "Mehhhh, alla andra får ju va' ute till 12, när ska jag nånsin få...?"

B: "Kan jag sova hos en kompis?" (klockan är 22.30 när frågan kommer).

M: "Ja om du hade frågat tidigare. Jag vill gärna prata med föräldern först men vill inte ringa så här sent".

B: "Så himla löjligt".

B: "Kan jag äta middag med min kompis?"

M: "Ja men landa hemma här en stund först".

B: "Åh, varför måste jag komma hem innan?"

B: "Kan jag göra spanskan i morgon i stället, jag har ju studiedag?"
M: "Ja det låter ok".
B: "Va? (nästa dag) Ska jag behöva plugga när jag är ledig. Det är det ingen annan som måste?"

B: "Har vi makaroner och köttbullar?"
M: "Ja, men du har väl redan ätit?"
B: "Men min kompis är hungrig".
M: "Oj! Då lagar jag i ordning något till din kompis" (frågar kompisen): "Hur många köttbullar blir lagom?"
B: "Meh, mamma... HUR PINSAM är inte du? Så STELT!!"

B: "Kan jag sova hos en kompis?" (klockan är återigen 22.30 när frågan kommer).
M: "Ja, om du hade frågat tidigare. Jag vill gärna prata med föräldern först men vill inte ringa så här sent".
B: "Så himla skitfånig regel".

B: "Jag vill ladda telefonen vid sängen. Var är laddaren. Va? Får jag inte? Inte ens på helgerna?"
M: "Jo, det kan väl vara okej men verkligen inte på vardagarna".
B: "Åh så himla löjligt. Alla andra kan ladda sina telefoner i sina rum, varför ska vi alltid ha så knäppa regler?"

B: "Kan jag få barnbidraget? Alla andra har det och kan handla själva?"
M: "Jo det går bra, jag ska visa vad det ska användas till".
B: "Va? Det kan jag väl bestämma själv. Det gör mina kompisar".

B: "Förresten, kan jag sova hos en kompis?" (klockan är än en gång 22.30 när frågan kommer).
M: "Ja om du hade frågat tidigare. Jag vill gärna prata med föräldern först men inte ringa så här sent".

B: "S U C K".

B: "Kan du hjälpa mig med svenskan, vi har prov i morrn.
M: "Ja... va?!? I morrn?"
B: "Vadårå, jag kan redan allt. Vi har pluggat på lektionerna".
M: "Jag såg det, att det är alla ordklasser och lite till".
B: "Vadå, vad är ordklasser för nåt?"

B: "Kan min kompis sova här?"
M: "Ja".
M: "Blev ni fyra stycken igår?" (på morgonen är det fler skor i hallen än vad som kan tillhöra en kompis).
B: "Mmmm... och det vore bra om du kunde gå till nån, vi vill gärna vara själva".

B: "Kan jag låna busskortet".
M: "Ja, men jag vill veta vad du har för planer".
B: "Va? Måste jag tala om vart jag ska? Det behöver ingen annan".

B: "Här är SO:n, förhör mig".
M: "Japp, gärna! Världsreligioner alltså".
B: "Äh, man ska bara kunna litegrann".
M: "Jaha? vadå lite grann, vet du vad exakt? Provet är i morgon sa du?"
B: "Litegrann bara, börja nån gång då".

B: "Kan jag få äta framför teven, snääällllaaaa?"
M: "Ja, bara du plockar undan efter dig".
B: "Äh, gud vad du tjatar. Måste jag ta bort tallriken från soffbordet idag? Chilla!"

B: "Kan du göra pannkakor till middag?"
M: "Ja".
B: (ringer) "Kan jag äta hos en kompis?"

M: "Fast jag hade ju gjort pannkakor, du ville ju ha det?"
B: "Va?! Idag? Har du gjort det? Jag ville inte ha pannkakor
idag".

B: Kan jag sova hos en kompis?"
M: "Absolut, ge mig telefonnumret till hans föräldrar så kan
jag slå en signal dit först".
B: "Va?!? Varför måste du det? Ingen annan gör så, värsta
pinsamt. As-stelt".

Men så var det också en hel del saker som alltid och för
evigt var ett "nej". Eller sådant som bara var beslutat en
gång för alla och inte gav utrymme för diskussioner. Här
hade den så kallade orubblighetsprincipen trätt in. Besluten
var ingenting annat än gåtor för en tolv-, tretton eller
fjortonåring och evinnerlig tid kunde läggas på att komma
underfund med dem. Lika mycket tid som lades för att
komma på gåtorna, lades också av beslutsfattarna att förstå
varför gåtorna nödvändigtvis behövde knäckas. Åklagaren i
fjortonåringens domstol kunde låta på många sätt men i
stället för att stå vänd mot försvaret och tala ur skägget (det
lilla trasslet som alls fanns) kunde målet läggas upp från
olika håll. Till exempel från ett angränsande rum, bortifrån
en kompis, i mobilen, hojtandes från cykeln eller någonstans
från toaletten. Eller kanske från övervåningen eller andra
sidan gräsmattan. Frågorna kom ofta i ett påtagligt snabbt
tempo, där själva snabbheten gick ut på att förvirra
försvaret.

"Varför måste jag använda mobilskal, det är ju min telefon?"
"Varför måste jag ha hjälm när jag cyklar?"
"Varför måste jag ha speltider?"
"Varför måste jag tala om var jag är?"
"Varför måste jag läsa bok en halvtimme varje dag?"
"Varför måste jag ha en fast middagstid?
"Varför måste jag fråga er innan jag bokar och bestämmer

saker?"

"Varför kan jag inte ha mina kläder på golvet? Det är ju mitt rum."

"Varför måste jag planera mina läxor?"

"Varför måste jag vara med er, jag ska vara med mina kompisar".

"Varför måste jag bädda? Det är ju mitt rum".

"Varför kan jag inte ringa klockan sex och avboka middagen?"

"Varför får jag inte ha barnbidraget längre?"

"Varför får jag inte ta hem fem kompisar och göra pannkakor, det är väl mitt hem också?"

"Varför har vi en massa knäppa regler för?"

INGEN ANNAN HAR DET SÅ!! "Va?! Kan du inte bara svara på det?"

Och här om inte förr, så hade Pernilla bestämt sig för att svara "nej". Hon förklarade för Tor, eller förresten, hon *försökte* förklara för Tor att inga svar skulle upplevas bra nog. Han skulle inte bli nöjdare för att hon förklarade. Hans vilja kommer alltid att vara tusen gånger starkare än något av hennes skäl. Vilka anledningar hon än hade till sina regler, finns det ingen som Tor skulle förstå eftersom han bara ville, ville, ville. Det var anledningen till varför Pernilla hade lagt ner alla försök till att förklara. Inte heller det förstod Tor trots att två av tre telefonsamtal slutade med att de la på luren i örat på varandra eftersom det inte ledde någon vart trots att förklaringar getts på än det ena, än det andra. Så här blev det bara "nej".

Tor fick inte ladda telefonen vid sin säng eftersom risk fanns för brand. Dessutom blev kvällarna sena eftersom aktiviteterna i telefonen tenderade att bli oändliga. Det kunde Tor inte för sitt liv förstå logiken i. Tor skulle ha hjälm eftersom det var lagstadgat att ingen under femton år skulle behöva krossa skallen på cykel. Skitfånigt enligt Tor.

Han fick efter ett försök inte längre ansvara för barnbidraget eftersom han hade köpt hamburgare och godis för nästan tvåtusen kronor på fyra månader och bara ett fåtal klädesplagg. De ansåg att Tor behövde ha mobilskal på sin telefon eftersom den skulle må bra mycket bättre då. Föregångarna hade getts HLR för att återfås till livet och den behövdes mycket väl i ett friskt skick.

Tor behövde ha speltider eftersom han inte hade en egen upp-och-hoppa-klocka i sig, så upplevda två timmars spelande var i själva verket åtta. Tor behövde ha läxplaneringar och kompisstopp eftersom han knarkade kompisar. De var underbara och superfina allihop men alltför uppslukande.

Om kompisarna sjöng Pernilla och Beyoncé tillsammans:
Something don't feel right
Because it ain't right
Especially comin' up after midnight
I smell your secret, and I'm not too perfect
To ever feel this worthless
How did it come down to this?

Hold up, they don't love you like I love you
Slow down, they don't love you like I love you
Back up, they don't love you like I love you
Step down, they don't love you like I love you

Tor blev helt enkelt hög av kompisarna och det var ett ständigt flängande i trakten för att hinna med allt som föreslogs. Han var som hemmahörande bland resandefolken.

Pernilla hade smusslat in en "worry doll" i Tors örngott. En liten docka, cirka två centimeter stor, tillverkad av trådar och små tygbitar. Enligt legenden berättar Mayaindianerna att dockan ska placeras under huvudkudden sedan man viskat sin oro för den. På morgonen sedan skulle dockan ha tagit bort alla rädslor. Dockan har liksom tagit sig an oron. Det var bara det att Tor som inte visste att dockan låg där, viskade inte sin oro till den. Och någon särskild oro kände han inte precis. Det var det bara Pernilla som gjorde.

Kapitel 6
Om kollektiva trauman, pistolskott och smällkarameller
samt de tre himlarna och björnen med gröna öron

Det var mitt på dagen vid lunchtid. Bengt hade lämnat jobbet för att åka hem och fixa med tomten. Morgonens rutiner med kattmatning, promenad och frukost hade inte utrymme för några särskilda tomteutsvävningar. Därför beslutade han att ta sig hem på lunchen.

Bengt la fram en av sina gratistidningar på köksbordet och vecklade ut den på mittuppslaget. Han gillade egentligen inte att bryta serien av datumsorterade tidningar, men just gårdagens tidning hade han ett extra exemplar av på jobbet så det var okej. För den här gången. Han slätade ut papperet som om han var orolig att tomten skulle ligga knöligt på ryggen. Därefter tog han ett fast tag om magen på den och placerade den mitt på. Det var verkligen inte någon snygg lagning det där med skylten. Tvärtom var den ohyggligt ful, det måste till och med Bengt tillstå. Ett par centimeter silvertejp som doldes av lite färg, så träfärgad som möjligt, det hade han i alla fall tänkt på. Han hade med sig det handlaget hemifrån, att måla på allt som såg lite sjavigt ut. Så hade hans pappa alltid gjort. Där fick målarfärg täcka de flesta missöden men särskilt hyggligt underarbete gjordes sällan.

Bengt mindes särskilt en sommar då hans pappa hade inhandlat en burk färg till landet för att måla luckorna i köket med. Det blev en halv burk över, så då målade han vattencisternen i källaren. När det fortfarande var färg över målade han ett bord. Färgen hade inte tagit slut för det, så några verktygsskaft förskönades med samma färg. Och en zinkkanna. Plus ett par träskor. Allt detta hade varit både

100

trevligt och smart om det inte var så att färgen var dammigt olivgrön. Den var verkligen fruktansvärt ful och hade inte blivit snygg var den än penslats. Så då hade de sju skåpsdörrar och sex lådor, en vattencistern, ett bord och några verktyg, en före detta zinkkanna och ett par träskor i någon slags snubbig grön färg. Bengts pappa var nöjd. Bengts mamma mumlade något om mardrömmar och Bengt själv gav blanka fan. De fick väl hålla på bäst de ville där ute.

Landstället låg på Tegelön med ett alldeles ypperligt avstånd på trettio minuter från Strömkajen varifrån man tog skärgårdsbåten. Färden gick via Gåshaga, Hasseludden och Riset. Sedan var man framme. När man klivit av landbryggan på Tegelön tog en lång brant stig över som ledde besökarna från bryggan. Där stigen tog slut mötte den en annan stig i en av öns alla T-korsningar. Precis där står posteken. En blixt hade tidigare slagit ner och rumsterat runt inne i det gamla trädet och minnet efter det blev ett stort hålrum. Inuti stammen läggs tidningar och brev. Meddelanden sätt upp med häftstift. En mer central anslagstavla finns inte och eken, som alla vet var den är, har blivit mötesplats nummer ett. Öborna kallar denna plats lite skämtsamt som Tegelöns Stureplan.

Ön som tidigare hette Knarrnäsön eller Maderön, ligger med norra Boo i ena riktningen och med Vaxholm ett par distans åt andra hållet. Tegelön är en av fyra bebodda öar utan broförbindelse i Nacka.
Tegelön har fått uppleva många ägarbyten. Både kungligheter, munkar och grosshandlare ska ha disponerat öns marker. På 1600-talet slogs Knarrnäsområdet ihop med Velamsundsgodset, som anlade tegelbruk och torp på Tegelön. Det var Velamsundsgodset som tog initiativ till utvecklingen av alla sommarvillor i området under 1800-talets senare del. Från 1866 arrenderade Alfred Sandahl hela

101

Tegelön. Det var då som många av de stora villorna med verandor, spröjsade rutor och snickarglädje växte fram. Planen var att hyra ut husen till välbeställda stockholmare vilket också skedde. Trots att Sandahl inte ägde ön styrde han under fjorton år där ute. Själv bodde han i residenset Lindset, en ovanligt fantasifull tornvilla med tre torn. Byggnaden förblir lite som ett mysterium och vid de få tillfällen som Bengt hade återbesökt ön, tog han gärna en sväng ner till Lindset. Nu för tiden ser Lindset nästan lite spöklik ut bakom en stor järngrind där stora terrasseringar omger villan.

Än idag är Tegelön ett närbeläget paradis för semestrande stadsbor, även om ön är lite av en doldis. Ett trettiotal är bofasta på ön men det finns inga restauranger eller andra kommersiella inrättningar. Den enda lilla affären som fanns, lades ner 1972. För de bofasta blir det lite isolerat på vintern men ändå med väldigt fin gemenskap. Det är ganska mycket jobb att ploga vägen över isen till fastlandet och att hålla en båtränna öppen, men man hjälps åt. Veckoinköp kan skötas från fastlandet vid Sommarbo dit man i så fall tar sig med en fyrhjuling över isen. Om den bär.

Bengts föräldrars tomt hade, precis som de närmaste grannarna åt vardera håll, något så ovanligt som eget vatten en bit ut där strandkanten tog slut. Tre tomter med varsin privat skärva av oxdjupet.
Synd att de inte kunde behålla stället. Eller, i och för sig, vad skulle de ha det till? Fastigheten såldes strax efter Bengts pappa dog för drygt tjugo år sedan. De behöll det så länge som han levde, det var viktigt att hålla det så. Mamman var död redan sedan många år och döttrarna var inte intresserade. Pernilla hade småbarn och tyckte att tomten var brant, stenig och farlig för barn. Dessutom hade hon tyckt att det var ett jädrans kånkande med mat och blöjor för att kunna vara där. Hennes syster resonerade om möjligt

än mer banalt över situationen. Hon ville helst vara i stan, och levde med tillräcklig brist på tid redan som det var så; nej tack.

Bengts pappa var en hejare på att konstruera och pyssla, han kunde liksom aldrig låta fingrarna vara still. När han gjort allt som fanns att göra av sitt dagliga pyssel kunde han gå utanför tomtgränsen och fortsätta där. Där hittade han en dag en stubbe. Den var nära två meter hög, lätt krökt och lutade lite åt ena hållet. Den satte han näsa och morrhår på med hjälp av en grov spik och lite ståltråd. Sedan slet han av sulorna på ett par dåliga skor som ändå skulle slängas. Dessa blev öron som spikades fast på stubben. Nu liknade stubben en säl. Eller var det en björn? Eller kanske bara en stubbe med skosulor på? Skosulorna blev gröna förstås för än fanns det ett par droppar kvar i burken.

Bengts pappa skötte allting minutiöst på landet. Allt skulle fungera och då helst på hans vis. Mycket var lappat och lagat, provisoriskt fixat och långt ifrån på det sättet att vem som helst kunde räkna ut hur det fungerade. Därför var det fullt med instruktioner kring vad som skulle vridas åt höger eller vänster. I kvarts varv eller halvvarv. Medsols eller motsols. Vad som skulle sitta i eller tas bort, vilka moment man gjorde först och vilka man skötte sedan. En del kranar skulle dras åt hårt, andra skulle först ner i botten och sedan några varv tillbaka. Några dörrar skulle hållas stängda medan andra behövde vara öppna. Och vatten sparades och togs om hand på en mängd olika vis. Runt varje stuprör satt en nylonstrumpa fast med hjälp av ett gummiband, Strumpan samlade upp barr och skräp ur regnvattnet. Upp- och nedvända hinkar utgjorde hattar över andra kranar och slangar spreds ut i solen för att lagra värme. Gruset på backen fick inte sprättas på stenplattorna och vinbärssnäckorna skulle hållas undan. Dynor i stolarna låg i stolarna när man satt där, annars skulle de lyftas upp och ställas på högkant. Det var pappans idéer.

Mammans hang ups såg lite annorlunda ut. Hon var noga med att man gjorde rätt vid matbordet. Man fick inte sitta hur som helst och absolut inte med armbågar på bordet. "Inga stöttor på nya hus" sa hon då. Bengt funderade lite över om det var så att händerna och armarna fick vila i knäet eller om det såg illa ut. Det kunde ju bidra till dålig hållning, så troligtvis inte. Servetten hade man i knäet, så där kom väl svaret då. Armarna hade inte där att göra. Man fick givetvis, under inga omständigheter väga på stolen och heller inte skjuta in den mot bordet så att den nötte på bordsskivor eller bordsben. Och man satt rakt i alla möbler och självklart inga fötter någon annanstans än på golvet. På golvet med viss försiktighet, behövde tilläggas, allt för att inte stöka till mattfransarna. Huvudet skulle balansera på halsen som det var tänkt och den som lutade huvudet mot väggen fick genast en tillrättavisning. Det kunde bli fettfläckar på tapeten förstod man inte det? Ett gemensamt intresse som föräldrarna hade var att spara på allt vad påsförslutningar hette. Klämmor, clips, ståltrådsband eller vad de nu kallades. Alla dessa små plastbitar och band som slutit igen brödpåsar och andra förpackningar, skulle sparas. Det fanns hundratals sådana. Eventuellt tusentals.

När Bengts mamma och pappa inte var på landet bodde de på Lundagatan inne i stan. Lägenheten låg några våningar upp i fastigheten och hade två hallar, två kök, två vardagsrum och två badrum. Bostaden hade från början varit två separata lägenheter som sedan slagits ihop. Även om de gick in genom en och samma ytterdörr och även om de delade kök, så huserade de i stort sett varsin lägenhet. Trots att de sedan hopslagningen kunde röra sig fritt på den totala ytan förekom det sällan. Föräldrarna behöll upplägget med två lägenheter och förutom de fasta väggarna som syntes där, fanns det en hel del osynliga också. Bengt trodde absolut inte att föräldrarna hatade varandra, det var nog inte skälet till att de hade det på det uppdelade

104

viset. Men de tyckte nog inte så värst bra om varandra heller, det var möjligtvis så det var. En viktig samhällsdebatt blossade upp då och då där det ifrågasattes varför äldre människor, som levt ihop ett helt långt liv, plötsligt tvingades dela på sig för att få plats i ett äldreboende. För Bengts föräldrars del hade det i stället varit oetiskt att tvinga ihop dem. Bengt hade sin pappa boende hos sig under några år i syfte att ta hand om honom. Det gick så där. Även de höll på att ha ihjäl varandra mentalt och det fungerade faktiskt inte alls. Hur som helst blev det aldrig någon äldreomsorg eftersom föräldrarna gick hädan på samma effektiva sätt som de hade levt. Om man nu kunde välja, så kändes det orimligt att tvinga in dem i samma himmel tänkte Bengt. Den där himlabiten kunde han inte låta bli att grubbla över. Han höll tummarna för att det i bästa fall inte bara fanns två himlar, utan kanske så många som tre.

Bengt hade turen med sig på många plan tyckte han själv. Exempelvis hade han klarat sig undan att bli en så kallad hamburgerpensionär som verkade så jobbigt. En som satt i kläm mellan omsorger om barnbarn *och* gamla föräldrar. Hans föräldrar klarade sig, så länge de satt i varsin himmel, och någon kontakt med barnbarnen hade han inte heller. Nej, faktiskt inget av det. Han var en lätt och ledig hamburgare utan bröd tänkte han, fast underligt nog kändes det ändå inte så. Bengt ville nog inte ha några fler alternativa åtaganden än vad jobbet redan erbjöd så det var rätt bra att landstället var sålt. De som tagit över huset på Tegelön hade rustat upp det till oigenkännlighet och lagt ett stort trädäck ut mot farleden. Fasaden var inte längre gul utan röd och huset med flaggstången på tomtens högsta punkt syntes tydligt från vattnet när man passerade. Huset hade aldrig kunnat få det bättre, det hade sannerligen blivit snyggt som snus.

Nåväl, tomtegubben då? Hur såg han ut egentligen efter lite reparationer? Lite lappad och lagad, mycket påmålad. Var det vad man skulle kalla ett socialt arv? Eller upprepningstvång? En upprepning av händelser och förutsättningar. Nu hade Bengt försatt tomten i ett tillstånd som han själv så väl kände igen, en situation han kände sig trygg med. En lappad och lagad tillvaro. Trots att det fanns resurser, så slösade man inte. Hade man champinjonsoppa och makaroner, och var och en av dessa rätter inte räckte för att komponera en middag så la man ihop dem till en ny kulinarisk anrättning. Champinjonssoppa med makaroner.

"Näe, vad jag grubblar och håller på, tycker du inte?" sa Bengt till tomten, samtidigt som han tänkte att det var väl för fånigt att stå här och prata för döva öron. I ett svagt ögonblick kom Bengt sig för att undra om tomten hade några öron så han lyfte lite på tomtens luva. Nej, där fanns inget som liknade tomteöron. Tror jag det, att tomtar inte har öron så som barn jämt tjatar om allt de vill ha. Klok tomte. Stackars tomte. På platsen där ett litet tomteöra kunde ha suttit var det i stället slätt som en barnrumpa. Med två undantag; ett bitmärke vid ögat och ett på halsen. "Hoppas den som bet dig ändå var snäll. Man kan bitas och vara snäll samtidigt, så det så. Nu är du i alla fall tillfixad. Hade jag kunnat sticka hade du fått en ny tomtedräkt också, du ser för bedrövlig ut". Bengt småpratade vidare.

Han hämtade tejpen och började sedan rulla in tomten i tidningspapperet. När han kommit ungefär halvvägs såg han att mittuppslaget handlade om Palme. Om mordet på Olof Palme.

Det var nu många år sedan statsministern mördades och spekulationer blir alltmer vilda kring vad som egentligen hände den där fredagskvällen i februari för snart trettio år sedan. Bengt rullade upp tomten ur tidningspaketet igen och började läsa. Leif GW Persson hade uttalat sig i artikeln. Nu visste väl inte Bengt om det var vad journalisten skrivit ner eller om det var vad GW faktiskt sagt som stod att läsa. Hur som helst beundrade Bengt professorn så vad han än hade sagt, var det läsvärt. Gubben hade huvudet på skaft och om det inte var för bilden på honom och hans medverkan i artikeln, hade Bengt inte brytt sig om att läsa.

Mordet på Sveriges statsminister blev givetvis en nationell angelägenhet för många oavsett ålder och politisk tillhörighet. När en statsminister mördas på öppen gata i ett land där människor ser sig som neutrala och utan fiender, då rasar väldigt många föreställningsbilder. Det blev som ett kollektivt trauma, ett paradigmskifte i hur man ser på världen. Tilliten till skyddet i samhället ställdes plötsligt på sin kant.

Egentligen dödförklarades Palme några minuter efter midnatt lördagen den första mars men eftersom skotten i sig fick sådan uppmärksamhet och var det som alla mindes, så blev 28 februari den officiella dödsdagen. För Sverige kom detta mord att bli brytpunkten och inledningen till ett annorlunda Sverige. Skotten på Sveavägen raserade för alltid bilden av Sverige som ett tryggt och lugnt land. Bengt funderade över var han själv höll hus och vad han gjorde den här speciella dagen. Han trodde att de allra flesta visste vad de gjorde just i denna stund, då de slog på radion eller på annat sätt nåddes av den obegripliga nyheten. Bengt minns att han låg i sängen och hade svårt för att sova. Han hade slagit på radion för att lyssna på musik. När siffrorna på klockans display klickat över till 01:10 kom det en extra ekosändning. Det var Jan Ström som levererade meddelandet:

Sveriges statsminister Olof Palme är död. Han sköts ikväll i centrala Stockholm. Olof Palme sköts ner vid korsningen Tunnelgatan – Sveavägen och han dog senare på Sabbatsbergs sjukhus. Polisen söker en man i 35- till 40-årsåldern med mörkt hår och lång mörk rock.

107

Vägen från landsbygdsidyll till storstadsliv hade dittills ändå varit hyfsat trygg. Man läste bara om läbbigheter och oftast var det alltid någon annanstans det som hände, hände. Om hemskheter som hade med kidnappning, brutala mord och överfall, knarkkarteller, överfall på civila, terrordåd, flygplanskapningar, gruppvåldtäkter, sprängningar och korruption. Fast i Sverige var det lugnt. Nästan. Visst hände det grejer men de som varit inblandade var ofta några som kallades "tidigare kända av polisen" eller "undre världen". Så länge man höll sig långt från båda dessa fenomen, klarade man sig. Ungefär så. Samtidigt förstod nog alla att det-där-särskilt-skrämmande kröp allt närmare eftersom Sverige inte längre var en autonom och försynt liten ärta i salladsbuffén. Nej, Sverige anammade det nya, tog del av världen, hakade på och låg i vissa avseenden till och med framkant. Exempelvis fanns en politiker som stack ut näsan och tog del av världen. En politiker som jobbade utrikespolitiskt. Olof Palme.

Vid den här tiden hände det massor av saker i samhället minns Bengt. Inte minst rent tekniskt. Frågan var om det svenska folket orkade med några fler överraskningar. Det blev en brytpunkt på flera andra plan samtidigt. Den första PC:n lanserades, videoutrustning brädade filmtekniken och CD-skivor gällde framför vinyl. NMT infördes och de första mobiltelefonerna såg dagens ljus. Och från den här morddagen var det spaningsledarna Hans Holmérs och Hans Ölvebros presskonferenser som trollband svenska folket. Långt mer än Sonny Crocket och Thomas Rico Tubbs i Miami Vice. Ja, ungefär så. Den hippa men också den läskiga världen var här.

Bengt fortsatte att läsa i artikeln. På trettioårsdagen för mordet på Statsministern, låg det på trottoaren i korsningen Olof Palmes gata/Sveavägen nu återigen rosor. Ros på ros i hög bildade tillsammans ett nytt hav av kärlek som en slags vördnadsfull hälsning. Vare sig man gillade Olof Palme eller inte lades det en hälsning där, kanske som en hälsning till den "gamla" tiden. Det som skedde den där fredagskvällen 1986 är ännu olöst. Mördaren försvann spårlöst från platsen och är fortfarande spårlöst borta. Just detta tillsammans med att motivet till mordet fortfarande är okänt, gör att den kris som mordet utlöste fortfarande finns kvar. PKK-spår, kurdspår, 33-åringen, bombmannen, polisspåret och Christer Petterssonspåret... allt detta var enbart spaningsuppslag och några av dessa uppslag har ännu inte helt släppts. Petterson är väl det spår som många haft svårast att släppa. Han hade setts i närheten av biografen där paret Palme tillbringat kvällen och utpekats av vittnen som den som följde efter dem. Att han var där, råder det inga tvivel om, frågan är bara vad anledningen var. En kan ha varit att han hade sin langare där i närheten till exempel.

Pettersson plockades givetvis in som misstänkt och användes i den vittneskonfrontation som fru Palme deltog i. Hon hade obegripligt nog fått förhandsinformation om att den misstänkte var missbrukare. Denne amfetaminberoende, kriminelle alkoholist i skitig islandströja och risiga gympadojor ställde upp bland poliser och brandmän som övriga figuranter. Lisbeth Palme pekade ut Pettersson. Det hela påminde mer om en enkel fågelskådning än någonting annat. GW som inte för ett ögonblick trodde på uppslaget Pettersson, menar att det förmodligen var lika svårt att peka ut honom, som att upptäcka den enda papegojan bland tolv bofinkar. GW tror inte att fru Palme ens sett mördaren och därför inte kunnat vara säker vid utpekandet. Mördaren hade nämligen stått bakom henne, i hennes synskugga. GW hävdar att det finns ett starkt vittne som talar för att det inte var Pettersson. Vittnet kände Pettersson som "kvartersskräcken" där de bodde, och han var i närheten men gömde sig bland

Tunnelgatans byggbaracker precis efter skotten. Han såg mördaren på nära håll och hävdar att det *inte* var Pettersson. Just det vittnesmålet bortsåg man ifrån när man fokuserade på Pettersson. Pettersson greps 1988 och dömdes till mordet men frikändes av hovrätten senare. Och nu är han död sedan tolv år tillbaka.

Att polisen misslyckats med att klara upp Palmemordet spär på det nationella traumat. Idag finns det 250 hyllmeter utredningsmaterial, nära nog 22000 spaningsuppslag och en bit över 10000 personer har förhörts. Cirka 1000 vapen och 4300 fordon har undersökts. 134 människor har erkänt, den senaste bara för några dagar sedan. Det ligger en belöningssumma på 50 miljoner i potten för den som med sitt tips leder polisen i rätt riktning. Man tror sig vara övertygad om att svaret finns någonstans i allt material och alla uppslag gås igenom igen och igen och igen. GW menar att det på sin höjd är några hundra sidor av allt utredningsmaterial som är intressant.

Nationell kris? Kollektivt trauma? Så länge Leif GW finns i livet har i alla fall inte Bengts nationella kris infunnit sig helt. GW verkar arbeta frenetiskt med mordet fortfarande och undersöker varje tips som kommer in till honom vilka är många. Till och med fler än de som når Palmegruppen. De enda spåren som finns, är de båda kulorna som hittades av privatpersoner helgen efter mordet. GW menar att om man hittar den revolver som användes så utgör den, tillsammans med kulorna, det som skulle kunna kallas spaningsgenombrott.

GW tror att mördaren inte är en person utan flera. Dessutom har de god kännedom om Palmes förehavanden den aktuella kvällen. Kanske kan det ha handlat om en mindre konspiration av människor i offrets närhet. Människor inom säkerhetsbranschen eller i säkerhetspolisiärt arbete. Personer som drivits av ett starkt

110

Palmehat. Mordet tros ha begåtts av en professionell skytt med bra lokalkännedom, alltså förmodligen ingen utländsk förmåga. Att mördaren är vid liv och mest troligt har behållit vapnet som en trofé, är något som GW är helt säker på och han känner sig hoppfull kring att den nytillsatta mordutredningen kommer att kunna lösa mordet.

Så, mord på nationella ledare var inte särskilt vanligt i Sverige och är det i och för sig fortfarande inte. Vår kungafamilj transporteras i öppna hästdroskor till och från bröllop och andra högtidsdagar genom stan. Folket bara jublar medan kungligheterna vinkar och hittills har ingen galning brutit sig loss och skjutit vilt omkring sig. Nej, Sverige är trots allt ett öppet land fortfarande. Mordet på Palme var det första på en nationell ledare i landet sedan Gustav III sköts på Stockholmsoperan 1792. Då handlade det om politiska motiv och kungen blev skjuten av personer som fanns i hans närhet. Så visst finns det likheter här tänkte Bengt där han stod med tomten i ena handen och läsglasögonen i den andra. Han kunde sin historia och visste att Kung Gustav III var en skicklig politiker och domptör. I ett rike som styrdes av riksråd och riksdag hade han avskaffat frihetstidens riksdagsvälde och införde censur. En trygg och välbekant utväg på 1700-talet. Gömde man undan det obehagliga så försvann det, tänkte Bengt och nu skulle tomten rullas in och försvinna. Tre tejpbitar senare fanns det ändå öppningar i paketets ändar. Han gick och hämtade lite snöre och drog igen öppningarna så att paketet liknade en smällkaramell. Bengt kände sig skitnöjd. Värsta julgransplundringen så här i februari. En tomte i en smällkaramell. Hur leveransen skulle gå till var också väl genomtänkt och förberett vid det här laget.

Bengt åkte till jobbet för att avverka det som var kvar av dagen. Han kände sig grymt nöjd och full av energi efter allt

111

fixande med smällkaramellen och fick ett plötsligt behov av att framstå som den omnipotente fryntlige Bengt. När han parkerat och klivit in i butiken kände han sig laddad för att ta del av personalen lite extra, och särskilt hälsa på Simona i kassa tre. Den där trevliga flickan som jämt hejade och var så glad.

Bengt hade träffat Simona som hastigast på julmarknaden och då hade det visat sig att hon var Tobbes dotter. Dessvärre jobbade hon endast ett fåtal helger eftersom hon egentligen bor i Göteborg. Hon jobbade bara extra på ICA när hon var i Laduvik och hälsade på sin pappa och Pernilla. Nu var det länge sedan Bengt hade sett henne men han visste att kassa tre skulle bemannas idag. Och så rätt han hade, där satt hon. Nu skulle han hälsa så det hördes. "Och här sitter du och är flitig Simona!", sa Bengt när han närmade sig. Rösten hade blivit lite för hög och lite för skrikig för att låta ens i närheten av omnipotent. Eftersom han var osäker på om han av allt sittande på kontoret hade tillräckligt bra kontakt med personalen hade han tagit sats ända nerifrån tårna när han hälsade. Han ville att de övriga i personalen, de som var i närheten, skulle både se och höra honom. Bengt ville visa att han minsann hade koll på sin personal, både vad de hette och vad de hade för sig. Men varför kunde det inte bli riktigt som han tänkt sig? Var det nödvändigt för rösten att skära sig precis nu så att alla, inklusive kunderna, släppte det de hade för sina händer och undrade vad det var som lät. Alla tittade på Bengt. Varubanden slutade surra. Allt blev stelt.

"Äh, hehe, låt inte mig och Simona störa nu. Vi skulle bara hälsa, skulle vi inte Simona?"
Plötsligt bröts tystnaden av att en röst harklade sig och den person (vad var det han hette nu igen) som stod närmast Bengt och frontade barnmatsburkar, tittade på honom och sa:

"Simona jobbar inte här längre. Hon slutade typ förra månaden".

"Vafalls? Har hon slutat utan att säga till mig? Var är hon nu då?"

"Hon har börjat plugga i Göteborg och kommer nog inte att hinna jobba här så mycket. Särskilt inte nåt alls kanske", sa killen som Bengt fortfarande inte hade namnet på.

"Så pass", sa Bengt som precis i samma ögonblick kom på att killen hette Jörgen.

..."Jörgen", la han till. En ny tystnad la sig.

"Men om det här inte är Simona, vilket jag ju nu ser att det inte är" ljög han, "vem är det då som sitter i kassa tre och inte har presenterat sig?"

"Hon heter Fia", svarade killen.

"Det är ditt barnbarn Bengt... och förresten så heter jag Stefan", sa Stefan innan han fortsatte att fronta barnmatsburkar. Denna gång med hyperfokus på uppgiften för att Bengt skulle förstå att de hade pratat klart.

I takt med att Bengts öron blev allt rödare återtog affären sin vanliga atmosfär. Artigt prat, varubandens surrande, kassaapparaters transaktioner och kassar som prasslade. Allt var som vanligt igen. Nästan.

Kapitel 7

Om tidningshögen på gräsmattan och de två loken
samt näsborreandningen och osorterade pizzamenyer

Pia-Carin och Mac satt vid frukostbordet och surade
eftersom våren gjort ett bakslag. De hade unnat sig en
sovmorgon vilket innebar en stunds korsordslösning för
Macs del och bokläsning för Pia-Carin.

"Tre millimeter snö idag". Mac måttade mellan tummen och
pekfingret.

"Oj det är rätt så mycket det!", menade Pia-Carin.

"Ha! Tur att inga norrlänningar hör oss nu, då skulle de få
vatten på sin kvarn", skrattade Mac och tänkte på Maja som
varit omgiven av snödrivor sju, åtta månader om året under
sin uppväxt.

"Men det är fortfarande ljust. Igår så sent som till fem över
fyra på eftermiddagen. Jag har en plan på att kolla hur länge
ljuset står sig om dagarna men som vanligt kommer en ny
tanke i vägen för den första", la Pia-Carin till.

"Nu är det i alla fall becksvart två timmar senare, det gillar
vi. Fast det innebär också en himla massa jobb". Mac reste
sig och tittade ut mot verkstaden.

"Min fjärde bok har listats hos bokhandlare runt om, både i
Sverige och utomlands. Visste du det?"

"Det är ju fantastiskt min författargumma", svarade Mac.

"Tänk vad du kan, det är ju jättekul! Och vad ska den femte
heta då?"

"Ja, visst är det kul. Den ska nog heta "Skrot och Korn"
och jag har kommit halvvägs. Du finns med i en episod där,
därav skrot", skrattade Pia-Carin.

Mac tittade misstänksamt men anade vartåt det barkade.

"Och idag ska jag ta hjälp av Mini att lyfta över en kartong
med böcker till Ruts gårdsbutik. Hon vill gärna ha mer

prylar där".

Mac började svettas lite och såg plötsligt ut som om han blivit åksjuk. Han visste att det var hans förråd av toppmoderna antikviteter hon syftade på. Med allt större intensitet hade hon försökt driva sina idéer om rensning av källarförråden där hemma. Och Rut hade hejat på.

"Kul!", svarade han och försökte hålla god min.

"Har du fått något betalt för böckerna då? Något arvode eller vad det heter?"

"Honorar heter det visst. Ett helt omöjligt ord att både uttala och komma ihåg. Det blir kanske en tia per bok men det tänkte jag efterskänka till UNHCR".

"Smart tänkt", svarade Mac och så nickade han bort mot tavlan i hallen som syntes från köket.

Motivet var *Grindslanten*, en kopia av August Malmströms kända målning, där ett antal barn slåss om en slant. Pengen hade strax innan slängts från en förbipasserande hästdroska som tack för att barnen öppnat grinden.

"Riktigt så där funkar det inte nu för tiden. Om målningen skulle ha gjorts idag, skulle en folierad SUV åka förbi, hissa ner rutan och fråga om barnen hade kortläsare, eller möjligtvis swish. Förresten skulle det inte finnas någon grind utan en kodad vägspärr med fjärrstyrning".

"Men Mac, varför måste du alltid vara så bitter på teknik. Kan du inte komma över sånt och ta det hela lite mer med ro?"

"Pffft....", lät det när han fnös fram ett svar så hårt att en oidentifierad flaga sköts ut genom näsan. De båda tittade på den när den landade.

De hörde fotsteg utanför och någon tog ett rejält tag om dörrhandtaget och klev in. Det var Mini.

"Hej! Har du matat djuren där borta nu och klappat på dina killingar?"

"Äh lägg av morsan, det vet väl både du och jag att det inte är mina men ja, jag har matat djuren. Idag var vi tvungna att laga staketet borta vid tjuren, han hade haft en jobbig natt."

"På grund av älg eller vad tror du?", undrade Mac.

"Det börjar bli vår pappa, vad tror du själv?"

"Hm", lät det från Mac.

"På tal om tjurig", sa Pia-Carin och log lite. "Jag har föreslagit pappa att rensa bland sina gamla klenoder för att ställa dem i Ruts och Twists gårdsbutik. Lite kuriosa så där. Kan du hjälpa honom att rensa av i källaren och bära över några kartonger?"

Pia-Carin såg i ögonvrån hur Mac satt och kippade efter luft men hon malde på.

"Om du först bär över mina böcker? Jag kan hänga med över till gården, jag behöver prata med Rut, så kan du väl hjälpa pappa sen?"

Mac satt fortfarande och såg ut som om någon tömt en halvsläckt engångsgrill innanför skjortan på honom. Han kunde inte sitta still utan uppvisade ett mycket nervöst beteende.

"Men hallå farsan. Du vet väl att Rut inte kommer att sälja dina saker, de kommer bara att bli exponerade. De försvinner ingenstans".

"Ja ja ja, det får väl bli så då", svarade han och tittade på Pia-Carin.

"Det är lika bra att vi kör på med en gång, inget att skjuta på. Snart börjar båtsäsongen och då har jag inte tid med några rensningar".

"Om man städar förrådet ungefär vart tjugonde år, då är jag kring 95 år nästa gång och du ännu äldre", svarade Pia-Carin som var glad över att ha Mini på sin sida." Hon tystnade för att se Macs reaktion men han verkade mest ha retirerat så hon fortsatte:

"Så gamla som våra kroppar är redan idag, tippar jag på att någon nästa städning inte blir av. Men det är mest bara en prognos. Vi får se när den dagen kommer. Röj på du så plockar jag av frukosten här".

Mini och Mac försvann och Pia-Carin gick raka vägen till norra kammaren och la sig i vilstolen där. Frukosten lät hon stå kvar eftersom hon fick ett oväntat behov av att vila sig. Alltid när hon la sig ner påminde det vilsamma läget henne om vikten av avkoppling och sinnesfrid. Andningstekniken hon anammat under vintern kallas "4-7-8" och ger ett stöd på vägen: Andas ut genom munnen med ett susande ljud. Stäng sedan munnen och andas in samtidigt och räkna i tankarna till fyra. Håll andan och räkna till sju. Andas ut hela vägen genom munnen med ett susande ljud, och räkna samtidig till åtta. Samtidigt som hon pysslade med detta låg hon och planerade tiden framöver och kände sig skön i hela kroppen.

Hon hoppades att våren skulle bli lång, slapp och skön. Fixa i trädgården, rensa lite ogräs och se över det exteriöra. Tankarna rumlade runt. Plötsligt kom hon att tänka på en lustig händelse många år tidigare. Fast egentligen var den inte lustig. Den var i själva verket allt annat än lustig, men när man tänkte på den i efterhand kunde man fnissa lite. Det var en eftermiddag mitt i sommaren när Pia-Carin stod på knäna bakom häckplantorna och rensade ogräs. Strå för strå, tistel för tistel och maskros för maskros. Det var ett ändlöst, långsamt och trist jobb egentligen men det blev sakta finare och finare. Det var då, när hon ställde sig upp för att räta ut ryggen som hon kände en stark känsla av att något var på tok. Har man bott på samma tomt nästan hela sitt liv, så kan man omgivningen utan och innan. Man behöver inte precis titta med fokus för att *känna* när något inte stämmer. Som om Karlavagnen skulle lämna himlavalvet, sånt märker man. Pia-Carin visste att något var på tomten som inte skulle vara där. Hon ställde om skärpedjupet på blicken från den skärpan som behövs för att hitta tistelrötter till att i stället kika lite längre bort. Det var då hon såg vad detta något var. Hon såg en äldre dam. I fin sommarklänning och en kofta, med strumpbyxor och någon form av lägre klacksko. På deras tomt, alldeles stilla, en bit bort mot skogen. Varför hon stod som fastgjuten berodde på att hon var i färd med att ta sig upp på en liten bergsklack, vilket krävde sin koncentration. Snart började hon också krypa runt på alla fyra i sina fina kläder, i klänningen och strumpbyxorna.

Pia-Carin ropade hej och hallå åt henne samtidigt som hon gick närmare. Hon funderade över hur man på bästa och mest respektfulla sätt mötte en äldre dam som kröp runt i trädgården. Kvinnan måste ha känt sig hur dum som helst.

När Pia-Carin var framme hos damen hade hon precis kommit på fötter och borstade av sig som om ingenting hade hänt samtidigt som hon tittade på Pia-Carin. De hälsade på varandra och ganska snart visade det sig att kvinnan var rätt förvirrad. Alternativt kan hon ha blivit överansträngd av krypandet eller så hade hon känningar av värmeslag för särskilt normalt reagerade hon inte i kontakten med Pia-Carin.

Damen kunde inte förklara vart hon var på väg, inte heller var hon kom ifrån. Hon verkade helt borta och svamlade något om att hon skulle till sin man men det hela var för luddigt för att begripas. Pia-Carin tänkte att damen kanske hörde till äldreboendet ett par gator bort så hon gick in och ringde dit för att fråga. De saknade ingen där så då ringde Pia-Carin till polisen i hopp om att kunna koppla ihop damen med någon slags efterlysning. Även där gick hon bet. Polisen sa att de skulle komma över och hjälpa till.

Poliserna anlände och försökte prata den gamla damen till rätta för att ta reda på vem hon var. Det visade sig vara ungefär lika lätt som att få en vägbeskrivning på norra otillgänglighetspolen. Någon enkel beskrivning gick inte att få. Efter lite lock och pock hamnade damen i alla fall i polisbilen och det hela såg faktiskt lite sorgligt ut. Hon var så liten att hon nätt och jämnt nådde upp till fönstret där bak. Pia-Carin hade ringt polisen senare för att få klarhet i vad de hade lyckats ta reda på och det visade sig att damen var rejält mycket på rymmen. Närmare bestämt åtta, nio kilometer hemifrån. Hur hon hade tagit sig fram var det ingen som kände till men man kunde alltid hoppas att det inte var på alla fyra hela vägen.

Det här var andra gången en polisbil kört upp på Macs och Pia-Carins infart. Gången dessförinnan var för att hämta en aggressiv katt som med bakdelen släpande efter sig hade hamnat under Macs bil. Den gången var det poliserna som stod på alla fyra.

"Kissekissekisse... kom då. Ksssksssskssss, kom nu då".

"Vad gör du?", hörde hon från dörröppningen. "Har du jobbigt med andningen eller?" Det var Mini som stod där med en kartong framför sig.

"Ska vi gå över till Rut med den här nu eller?"

"Ja tack absolut", svarade Pia-Carin. "Jag höll på att andas lite bara".

"Andas? Vet du... sånt kan jag göra utan att prata om det faktiskt", svarade Mini. "Det är väl en av de få saker som sköter sig per automatik om jag förstått det hela rätt".

"Absolut, visst är det så. Men jag höll på att andas på ett litet speciellt sätt".

"Finns det fler sätt än in och ut menar du?", undrade Mini som såg lika förvirrad ut som Eratosthenes när han sedan jordens omkrets mätts, fått reda på att jorden inte var platt.

"Jag kör 6-7-8-metoden men just nu tränar jag på att andas in genom en näsborre i taget".

"Men mamma, det måste finnas vettigare saker att göra i din ålder. Tänk på att tiden är begränsad. Andas som folk, Hänger du med mig nu?"

Pia-Carin älskade Mini för att han var så rak. Han skulle aldrig krångla till något med omskrivningar, väga på guldvåg eller välja sina ord. Han sa vad han tänkte bara. Hon fortsatte att berätta om näsborreandningen.

"Genom att andas med en näsborre i taget balanserar man upp hjärnhalvorna. Det kallas växelvis andning och då täpper man för höger näsborre med höger hands tumme och andas igenom vänster näsborre". Pia-Carin visade. "Sedan lägger man lillfingret över vänster näsborre, lyfter tummen och andas genom höger näsborre. Det är en slags yoga".

"Trams", kontrade Mini. "Jag kan säga att åttiofem procent av oss andas med en näsborre i taget. Vilken näsborre man andas genom varierar i cykler, och de flesta byter näsborre ungefär var tredje timme. Men kom nu, vad väntar vi på? Det går att gå och prata samtidigt", sa han och sköt upp ytterdörren med ena foten.

Just precis det undrade Pia-Carin också. Vad väntade hon egentligen på?

De hittade Rut i gårdsbutiken. Hon hade musik igång på ganska hög volym så hon hörde först inte att Mini och Pia-Carin kom. Det var låten "What" med Linnea Olsson som hördes visste Mini. Det var en låt som Rut hade fått fullkomligt dille på. Trots att musiken spelade högt, hördes det att dörren gnällde mer än lovligt. Mini ställde därför bara in bokkartongen och gick efter smörjmedel.

"Oj, hej!", sa Rut och sänkte volymen.

"Halloj! Gudars var fint ni har fått här och nu kommer jag med påfyllning".

"Menar du? Har ni grejer från Macs samling med er? Gick han med på att röja och plocka hit en del?

"Njae, det satt hårt åt men han och Mini ska plocka lite idag och kommer över med det om en stund. Jag är här med mina böcker bara".

"Det är väl inte så bara", sa Rut och öppnade kartongen. I den låg tio böcker av varje titel plus en vepa med kort information om böckernas innehåll. Tanken var att fästa upp den på väggen bredvid bokhyllan.

"Så himla trevligt! Böcker är sånt bra inredningsmaterial, det ger en hemtrevnadskänsla på något sätt. Ja, alltså inte som tidningspapper i väggspringorna precis, utan lite designsnyggt så där".

"Mm", sa Pia-Carin lite förstrött utan att verkligen förstå hur Rut menade. Hon la upp böckerna på bänken.

Rut strök med handen över den första boken och tittade på den infrusna tomten på bokens framsida.

"Det ser kallt ut att stå i ett isblock", sa hon till Pia-Carin. "Eller hur? Men det här var en händelse som utspelade sig i tomtens liv när han bodde med Pernilla och Tobbe. Jag förstår att han inte trivdes där", svarade Pia-Carin. Så skulle han aldrig ha det hemma på Laduviks gård, eller hur?"

Rut funderade ett tag och så kom hon på att han visst fick det ännu värre. Ingen visste ju längre var han var.

"Jag saknar min tomte", sa Rut till Pia-Carin samtidigt som hon tittade ner på omslaget.

"Han kommer tillrätta, var så säker", svarade hon.

Mini kom tillbaka med smörjmedel till dörren. Han hade hittat någon bike oil som stått i hallen och med några oljeduschar på de båda gångjärnen blev dörren snäll som ett lamm.

"Mini, tack snälla", sa Rut.

"Vet du vad jag hade för idé?" Hon fortsatte att prata utan att få något svar.

"I den där delen av rummet"... hon pekade lite förstrött med ena handen, "i den där delen tänkte jag att vi kunde ha en tevehörna".

"En tevehörna?" Mini tittade på henne med ett snett leende. Inte för att han inte tyckte att en teve skulle vara fel att ha på den platsen som Rut pekat ut, utan mer för att det var just en teve. Kanske också för att det var just Rut som föreslagit det. Alltså hade hon sagt kuddhörna, lekplats för besökande barn, tyst avdelning, kaffestation, pussel- och knåp-plats, konstverkstad eller ett ställe för högläsning hade han förstått. Men tevehörna?

"Ja, en tevehörna", förtydligade Rut. Jag vill att det här ska vara ett rum för många ändamål. Twist har köpt en ny datorskärm, en stor rackare. Den kunde vi ha här och så kunde vi ta ut farmingspelet hit. Snart kanske de första små läxkompisarna kommer hit och de måste ha en morot i pausen".

"En morot?", undrade Mini. Nu var han säker på att Rut fått för mycket av nåt, oavsett vad. Ord som inte gick att begripa forsade ur henne och hon viftade med armarna samtidigt. Ibland skrattade hon och ställde fundersamma frågor. Hon påminde lite om en plåtleksak som Mini haft som liten som man skruvade upp i magen och som sen körde järnet på en enda uppskruvning.

"Ja, man kallar det för morot när man ger någon något att se fram emot. Du vet så där som man kan locka en åsna att öka takten om man håller ett spö som man hängt en morot på en bit framför den.

"Åsna?" undrade Mini, helt säker på att han aldrig hört något om åsnor på gården tidigare. Han funderade helt kort över om Twist kände till att Rut skulle skaffa åsnor. Han kände sig som ett frågetecken och för att slippa utsättas för fler knäppa ordsvador lämnade han gårdsbutiken och gick hem till Mac för att plocka grejer.

"Vad tog det åt honom?", undrade Rut. Pia-Carin förklarade att det nog hade blivit lite för mycket metaforer där, något som han inte alls mäktade med.

I samma ögonblick kom Pernilla in genom dörren.
"Men hej, är ni här båda två!", sa hon överraskat.
"Vad bra Pia-Carin, då behöver jag inte ringa om gymmet i morgon. Det är dags igen. Du är ju helt gymgrym. Helt enkelt bäst som gör det!"
"Ja det är verkligen kul med stationsträning", svarade Pia-Carin.
Pernilla berättade att tränaren hade kommit fram och gett tummen upp när han berömde Pia-Carins framsteg. Alltså

122

inte till Pia-Carin direkt, utan till Pernilla. Det var kul, men jag vet inte... det blev en flashback. Samma känsla som när man hämtade Tor på dagis och fick beröm för att han suttit fint i samlingen eller ätit upp alla köttbullarna". De skrattade åt liknelsen.

"Och jag har precis lärt mig lite nytt på gymmet", fortsatte Pernilla. "Man behöver varken ro eller cykla, lägga på vikter eller springa kilometervis på bandet om någon trodde det. I stället kan man bulka. Det är ungefär detsamma som att moffa i sig".

"Perfekt för mig", sa Rut.

"Då kan jag köpa ett gymkort, hänga med till gymmet och säga: hej, jag vill köpa ett årskort och lära mig bulka. Så himla bra!" Pernilla skrattade åt Rut.

"Förresten, jag har ett par elever som gärna vill börja plugga lite extra här från nästa vecka så jag skulle kolla om det funkar", sa hon.

"Om Sigge har fullt upp i skolan, kan säkert Fia rycka in lite. Hon har inte jobb varje dag, långt därifrån.

"Jaha! Har hon kommit hem nu. Varför kom hon så hux flux och var bor hon?"

"Alltså hon tvärtröttnade på allt. Eller tröttnade gjorde hon verkligen inte, men hon blev så uppfylld av alla behov runt henne och kände sig så otillräcklig att hon själv blev sjuk. Hon har tydligen inte jobbat på två månader och insåg att det skulle ta tid att komma tillbaka så hon drog hem bara. Hon bor hos oss så länge men har en hyreslägenhet på gång i stan".

Pernilla berättade vidare om Fias arbete på Röda Korset i Syrien nu senast. Efter år av krig är situationen för människorna där desperat. De skadas och dödas varje dag och massor av människor är fängslade eller försvunna. Miljoner människor befinner sig på flykt och matbristen är akut. Fia arbetade som volontär på platsen och bistod då med mat, vatten, sanitet, första hjälpen, sjukvård och psykosocialt stöd. Många människor i akut behov och med allt våld runt omkring gjorde hjälpinsatserna komplicerade. Volontärerna riskerade sina egna liv och allt detta blev till slut för mycket.

"Herregud", var allt Rut fick ur sig. "Siri har också berättat mycket om hur de ensamkommande flyktingbarnen har det som kommer hit, om vad de flytt ifrån. Vilka duktiga tjejer vi har". Pernilla höll med.

"Jösses, ja verkligen", sa Pia-Carin som kom på att hon vid ett av sina tidigare biblioteksbesök, alltså innan hon fick sin dator då när hon jämt hängde på bibblan, hade pratat med bibliotekarien där. Hon hade berättat att det fanns ett prata-svenska-café i en lokal ovanför biblioteket dit flyktingar hänvisats för att träffa lokalbefolkning och prata svenska. Där fikade och spelade de bland annat spel tillsammans. Två unga grabbar var ofta där och gjorde sina läxor.

"Med tanke på att ni tänkte ha läxstuga här så kanske de kunde hänga med på ett hörn?"

"Bra idé. De gossarna fångar vi in. Vi försöker köra igång från och med nästa vecka", svarade Rut och i samma stund kom Twist in genom dörren. Han hajade till när han märkte att dörren inte gnisslade längre och puttade den fram och tillbaka några gånger.

"Mini", sa Rut som förstod vad han pysslade med.

"Wow! Här var det folk ska jag säga, men inga åsnor", sa han och blinkade till Rut. Strax efter slank Mini in genom dörren och tittade sig förvånat omkring. Efter honom kom Mac med en stor kartong på sina armar.

"Oink, oink, här kommer packåsnan", hann han säga innan alla skrattade så högljutt att det nästan lät hysteriskt. Ja, alla utom Mini då förstås, han drog inte ens på munnen. Och Mac, han förstod inte att han varit precis *så* rolig. Han tittade från den ena till den andra, som då skrattade ännu mer.

När de alla hämtat andan, plockade Mac upp det han hade i sin kartong. Det första han fiskade upp var ett Märklin tågset. Det bestod av ett lok och fem vagnar plus några spårlängder. Alla jublade och en svag applåd hördes från Twist. Nästa föremål var Macs gamla Schucobil. En svart liten gangsterbil från trettiotalet, i plåt och cirka tio centimeter lång. Nyckeln var med också. Nästa pryl som halades upp var en fantastiskt fin rakspegel med två lådor. Varje låda hade en porslinsknopp att dra i. Spegeln var från sent 1800-tal. Ytterligare ting från samma tidsera var en gammal brandspruta och ett trådrulleställ. På den senare satt fem trådrullar med sköra trådändar upprullade. Med extra stor försiktighet lyfte Mini upp en Leica-kamera ur kartongen. Alla tittade med längtansfulla ögon precis så där som barn gör när tomten står och halar upp paket ur sin säck. Så här dags i kartonghalningen hördes ett susande ljud i församlingen. Pia-Carin var den som mest av alla stod och såg förundrad ut. Detta eftersom hon inte alls känt till att Mac hade haft några av dessa föremål hemma. Det hon hade önskat genom rensningen bland tingen hemma, var att bli av med prylar som exempelvis den gamla bakelittelefonen och Eclisselampan. Eller kanske Pyrexskålen, visselpannan och Tandbergbandspelaren med tillhörande rullband.

Ur tidningspapperen lyfte Mac snart upp ännu fler nyheter. En bålskål som designats av någon som han kallade Schreckengost. Han såg nöjd ut när han höll upp den. Ingen av de andra fattade någonting. Sist men inte minst plockade han upp en matberedare i metall som han daterade till året 1918. Han log lite när han sa det men informerade herrskapet sedan om att detta var samma år som Paris besköts med artilleripjäsen Tjocka Bertha. Ett nytt sus hördes i församlingen, kanske aningen mera osäkert bara. "Som kronan på verket, när vi nu ändå pratar beskjutning", sa han, så har jag den här. En Blunderbuss, sannolikt från andra hälften av 1700-talet. Kan laddas med upp till tio blykulor men det går bra med vilket metallskrot som helst egentligen".

Församlingen stod nu och tittade på det Mac hade lagt på bordet. Det liknade inget mindre än ett riktigt hagelgevär och Twist spärrade upp ögonen som om ett fat med gräddbullar lagts där.

"Vapnen användes av engelska ostindiska kompaniet på handelsfartyg och slavskepp", sa Mac sedan och lyfte upp Blunderbussen mot väggen samtidigt som han förklarade att den gjorde sig bäst på väggen. Där skulle den sitta. Ingen utom Twist sa något och han höll givetvis med.

"Och detta är bara början", sa Mac sedan. "Jag har fler saker där hemma". Det var information som vid det här laget inte förvånade någon av dem.

"Vad sägs om en kaffeservis designad av Clarice Cliff till exempel? Ni vet en sån där prålig rackare. Det finns en Hoffmannskål och en... visserligen tom men ändå, en Zenobia parfymflaska. Den är fin."

"Men Mac", var det enda Pia-Carin fick ur sig.

"En beige hårtork på stativ, en Kewpie-docka, en Libertyklocka och en Hoover dammsugare från 1920. Jag tror jag har lite hattar och skor också, något plommonstop och ett par T-balkskor någonstans."

"Bring it on", sa Rut och applåderade.

"Du är för gullig som delar med dig. Allt detta tjänar två syften. För det första kommer föremålen till sin rätt här som dekoration i gårdsbutiken och för det andra kan skolungdomar som kommer hit "forska" och ta reda på så mycket som möjligt om dem. Årtal, ursprungsland, vad som hände i världen vid den aktuella tiden, vad som hände i Sverige och så vidare."

"Tre", hörde de från Mini.

"Det tjänar tre syften", sa han. "Vi blir av med skiten på hemmaplan."

"Förlåt", sa Pia-Carin och harklade sig. "AEG-fläkten då, kan du inte slänga med den också", sa hon och lät som Leif

Loket Ohlsson när han generöst la på lite extra för dem som redan vunnit Volvon, en resa till Fjärran Östern, kattmat för ett helt år och bensin för fyrtiotusen.

"Eller?"

"Jo det kan jag säkert om Rut och Twist så tycker. Jag har en fantastisk pryl till kom jag på nu. En Rolodexsnurra. Ni vet en sådan där makapär med kullagerförsedd mekanik som snurrar kort, som ett kartotek. Jag sticker hem på en gång", sa Mac och försvann ut genom dörren.

Pernilla och Pia-Carin hade börjat ställa upp alla prylar på hyllorna som fanns i rummet och det började nu se riktigt trevligt ut. Verkligen som ett litet museum. Rut gjorde under tiden ett nytt försök att förklara vad hon hade för tankar med teven i hörnet. På dagtid då gårdsbutiken var öppen, kunde det rulla bilder på gårdens djur och aktiviteter där. När skolbarnen var på plats kunde de ha genomgångar på skärmen med hjälp av Youtube. I exempelvis matten. Det kunde rulla musikvideos och de hade en inspelad eld som kunde stå och småknäppa där i hörnet på vintertid. Man kunde också få prova på att spela Farming Simulator. Vad hon hade för tankar med den där sista idén sa hon inte högt men den hade hon delgivit Twist vid ett tidigare tillfälle. Tanken var att kunna få ut Mini till gårdsbutiken vid de tillfällen de höll läxstuga där. Han behövde bli återställd, liksom omprogrammerad gällande skolsituationer. Hans egna erfarenheter var hemska och alltför många dåliga minnen fyllde honom från den egna skolgången. Skola kunde vara trevligt också, och vad skulle inte kunna stötta den tanken bättre än att fösa ihop det Mini älskade, tillsammans med det han fruktade mest av allt? De andra tyckte det hela lät briljant även om just det där med den knäppande brasan kändes lite obegripligt men Twist lovade hur som helst att hjälpa till. Det skulle bli en mycket bra multiavdelning där i hörnet lovade han. Snart skulle allt vara klart inför kommande vecka då de första ungdomarna kanske skulle kliva över tröskeln.

"Börjar vi inte bli lite hungriga?", sa Twist samtidigt som det än en gång var någon som tog i dörrhandtaget. Denna gång var det Tobbe och strax efter kom Mac tillbaka med de prylar han sist hade nämnt. Mac presenterade sina föremål, svarade på frågor och lät grejerna gå runt innan de hamnade på varsin plats i hyllorna. Nu var samlingen fullkomligt komplett. Både beträffande grejer, antalet människor och mängden betraktare i gårdsbutiken.

Det hade blivit eftermiddag och de alla bestämde sig för att ta en sväng till pizzerian, Greken även kallad. Rut var så nöjd över hur allting hade utvecklat sig, att det enda som nu behövdes var att få rull på hela taffeln. Hon gick och hämtade Sigge och så fort de fördelat sig i bilarna åkte de iväg.

Att beställa pizza tar alltid evinnerlig tid eftersom det är så svårt att välja. Något som pizzabagare har gemensamt är deras oförmåga att göra pizzamenyerna strukturerade. Pernilla tyckte att alla pizzor med tonfisk kunde stå ihop, alla med salami och de med kyckling för sig och så vidare. I olika avdelningar liksom. Då kunde hon smidigt och enkelt välja bort hela avdelningen från menyn. Hon hittade nämligen aldrig i den, hon kunde inte se skogen för alla träden och det tog en evinnerlig tid att välja. Det hela slutade ofta med att deras gulliga pizzabagare gav tips bland något av det de brukade äta. Hans minne gick nämligen inte av för hackor. Men denna dag gick det raketfort att beställa och pizzabagaren behövde inte hjälpa till. Pang tjong bara så var det klart.

Efter ett par minuter sträckte han ändå lite på halsen och ropade ut till Pernilla:

"Äter du verkligen salami? Det är ju det i den här pizzan, tänkte du ville veta det". Och det gjorde hon ju helst inte

så... som sagt, han har minne och koll deras pizzakille.
Räddade läget alla dar.

När de mätta och nöjda hade sagt hejdå till de andra, rullade
Pernilla, Tobbe och Sigge hemåt. Mini åkte med Pia-Carin
och Mac eftersom Twist intygat och försäkrat att han och
Rut kunde ta kvällsrundan själva med djuren.
Det hade börjat bli ganska mörkt ute men när de närmade
sig gården igen såg Sigge att det låg något på gräsmattan.
Något som såg ut som sopor av något slag.
"Stanna!", ropade Sigge. "Jag går ut och tar rätt på det där.
Håll Sverige Rent har väl inte försvunnit under mina år i
Kanada va?"
"Aha", sa han sedan. "Det ser ut att mest vara
tidningspapper. En sån där gratistidning. Jag har märkt att
folk slänger såna omkring sig så fort de läst klart. Fast här
på gräsmattan behöver den väl inte ligga?"
Han hoppade ut för att plocka upp högen med papper men
kände på tyngden att det var mer än bara papper. Något
slags innehåll var det allt. Inte bara ord och bilder.

Kapitel 8
Om egna ansvar och att inte störa eller förstöra
samt följa allemans rätt plus Ordning och Reda

De två finaste pronomina är jag och du. Gång efter annan
lyfts det fram i fortbildningen bland lärare att det viktigaste
en särskilt skicklig lärare har, vid sidan av ämneskunskaper,
är förmåga till relationsskapande. Man kan vara än så duktig
på sitt ämne, men lyckas man inte nå elever i en
förtroendefull relation, kan man vara "rökt". Särskilt om det
handlar om omotiverade, skoltrötta och ofokuserade elever.
Man måste kunna slänga ut "jag-och-du-trådar"... slänga ut
och fånga, kroka i och hala in. Är man alltid på humör för
det då? Svar: nej, men man måste hålla på ändå.

De två finaste pronomina alltså; jag och du. Därefter
kommer "vår". Äntligen hade de kommit dit! Liksom de där
första skotten på trädgrenarna, likt det nya friska som
poppar upp ur rabatten hade de kämpat, inneslutna i
mörker. Tobbe och Pernilla alltså, inte bara det som växte.
De hade värjt sig undan vinden, hukat i kylan, försökt stå ut,
och de hade längtat efter ljuset. Gud vad de hade längtat.

Därmed har det blivit hög tid att damma av kunskaperna
om allemansrätten. Tobbe och Pernilla hade ibland olika
uppfattningar om vad man fick och inte fick göra på sina
olika strövtåg. De var ofta ute och rörde på sig och
hamnade ibland i bryderier. Exempelvis diskuterar de vad
som gäller varje gång de kommer fram till en skylt där det
står "Privat Väg". Där brukar Tobbe tvärnita. Pernilla som
tycker att marken är naturens egendom, skiter väl i en sån
skylt egentligen. Hon tänker att skyltar kan man skaffa hur
lätt som helst och bara sätta upp. Frågan är om man
verkligen har rätt att sätta upp dem. Kan man verkligen

skylta bort allemansrätten? Hennes pappa hade alltid varit
en skyltmästare. Han spärrade av, rekommenderade och lät
folk förstå. Han var i och för sig också den som kunde ta
fram hagelbössan och skjuta ner en eller annan skräpfågel
som satt på fel ställe, så om han visste vad som var rätt lät
hon vara osagt.

Detta gäller: *Vägens ägare får bara stänga av vägen för trafik med
motordrivna fordon. Ägaren kan inte förbjuda någon att gå, cykla
eller rida på vägen. Utan tillstånd från kommunen är det förbjudet att
sätta upp skyltar som avvisar allmänheten från område av betydelse för
friluftslivet. En enskild väg får inte skyltas med förbud mot gångtrafik
eller cykling, och i normala fall inte heller mot ridning.*
Om man rider eller terrängcyklar kan risken för markskador
vara stor särskilt över mjuka och ömtåliga marker. Så det
fick vara regeln för Tobbes och Pernillas promenader i
framtiden sa hon, att ställa hästen hemma innan de gick.
"Men vi har ju ingen häst", hade Tobbe svarat henne.
"Nej just det och skylten 'Privat Väg' är ingen förbudsskylt,
punkt slut". Pernilla kände sig nöjd, herre jävlar vad hon
skulle gå på privata vägar från och med nu. Med högburet
huvud och hatt. Hur Tobbe skulle trivas med upplägget var
oklart men nu visste de i alla fall hur det förhöll sig.

Allemansrätten etablerades efter andra världskriget till följd
av en fritidsutredning som tillsattes redan 1937. Med
anledning av den andra lagstiftade semesterveckan som kom
det året, ville man ta fram åtgärder som kunde underlätta
för tätorternas befolkning att komma ut i naturen. Sedan
1994 är allemansrätten inskriven i en av Sveriges grundlagar;
Regeringsformen. Där står: *"Alla ska ha tillgång till naturen
enligt allemansrätten."*
Det innebär rätt för alla människor att färdas över privat
mark i naturen, att tillfälligt uppehålla sig där och till
exempel plocka bär, svamp och vissa andra växter. Men med
rätten följer krav på hänsyn och varsamhet mot natur och

djurliv, mot markägare och mot andra människor. Man får exempelvis passera genom inhägnad betesmark och liknande bara man inte skadar stängsel, stör boskapen eller glömmer stänga grindar så att boskap kommer lös. Huvudregeln är att inte störa – inte förstöra. Du får ta dig fram till fots, cykla, rida, åka skidor och tillfälligt vistas i naturen om du inte riskerar att skada gröda, skogsplantering eller annan känslig mark. Men du måste respektera hemfriden och får inte passera över eller vistas på privat tomt. Tomt, som inte alltid är inhägnad, är området *närmast boningshuset.* Där har de boende rätt att få vara i fred. Om insynen är fri måste du hålla dig på rejält avstånd så att du inte stör. Vistelsen i naturen får inte heller medföra att markägaren hindras i sin verksamhet. Det är tillåtet att slå upp ett tält för något dygn på mark som inte används för jordbruk och som ligger avlägset från boningshus. Ju närmare bebodda hus du befinner dig ökar risken att du kan störa någon. Då kan det finnas anledning att be markägaren om lov att få uppehålla sig där. Kravet på hänsyn är ännu större vid fri camping med husvagn eller husbil.

Man får plocka vilda bär, blommor och svamp, nedfallna grenar och torrt ris på marken. Vissa blommor är så sällsynta att det finns risk för att de kan utrotas. Sådana blommor är fridlysta och får inte plockas. Du får inte ta exempelvis kvistar, grenar, näver eller bark från växande träd. Naturligtvis får du inte heller ta buskar eller träd. Jakt och fiske ingår *inte* i allemansrätten, alla vilda djur och fåglar är fredade, men jakt får bedrivas enligt bestämmelserna i jaktförordningen. Just den här biten var den tråkiga delen för Tobbe även om han sedan vådaskottet på landet, blivit lite mindre sugen på jakt. Fast fiska fritt går bra med spö och vissa andra handredskap längs kusterna och i Sveriges fem största sjöar: Vänern, Vättern, Mälaren, Hjälmaren och Storsjön. Annars krävs fiskekort eller annat tillstånd. Att bada, förtöja båten tillfälligt och gå iland går bra nästan överallt, utom vid tomt eller där det är särskilt tillträdesförbud. Man får också förtöja tillfälligt vid annans brygga förutsatt att det inte hindrar ägaren. Övernattning i båt bedöms ungefär på samma sätt som tältning.

Pernilla läste på och bad Tobbe lyssna lite med jämna mellanrum. Fast han tyckte fortfarande att det enklaste trots allt var att hålla sig borta och följa de skyltar som fanns uppsatta.

"Jamen då kan du ju ta hästen då om du inte ser någon hästskylt", skojade Pernilla.

"Vilken häst? Vad pratar du om", undrade Tobbe och reste sig från sin plats.

"Äh", sa Pernilla och fortsatte att läsa men nu för sig själv.

Djurarter som hotas av utrotning är fridlysta, exempelvis alla grodor och ormar. I den här delen av läsningen började Pernilla svettas lite. Hon hade många vårar tagit med sina barn ner till sjön och fiskat upp fler grodyngel än vad som rimligtvis kunde rymmas i ett moraliskt omdömes semantiska funktion. De hade visserligen inga onda avsikter med handlingen eftersom de alla, såväl barn som mamma, drevs av ren och skär nyfiken. De följde ynglens utveckling från svansvarelser till svanslösa och så långt som till att ben och armar sakta började titta fram. Men sen hände något. Innan de små varelserna blivit till grodor, dog de ofta. Med lite tur kanske ett par överlevde men som sagt många gick till spillo i Pernillas experimentella naturverkstad. Detta återupprepade de varje vår som i ett försök att nå personbästa. Få se här nu... förra året överlevde två eller kanske tre... hur många kommer vi att klara i år då?

En annan gång hade hon och barnen hittat en massa små ludna larver i några buskar. De samlades in, med kvistar och allt, och stoppades i en stor genomskinlig skål. Larverna hängde upp sig efter några dagar på kvistarna, och puppor började utvecklas. Nu hade de chansen att på nära håll kunna beskåda puppor som förvandlades till fjärilar. Dessvärre efter en liten weekend då de varit hemifrån hade hela bunken med larver, puppor och kvistar blåst omkull och rullat runt på gräsmattan. Det var halv storm när de kom hem och hela experimentet hade omdanats till en tumbleweed, en sån där kvistboll som rullar runt i öknen på westernfilmer. Bollen rullade fort, nästan som förbytt, omkring på gräsmattan i den hårda vinden. Knappt något levande gick att återsamla och flera puppor hade lossnat från sina fästen. Pernilla hade än en gång förbisett vad som utmärkte en god handling vid studiebesöket i naturens rum. Hon hade inte visat prov på vad som kännetecknar en bra människa och heller inte följt allemansrättens regler. Ajabaja.

"Jag åker nu, jobbet kallar", sa Tobbe plötsligt.
"Oj, har klockan blivit så mycket? Puss puss, ses i eftermiddag", mumlade Pernilla.

Linor och krokar, glas, burkar och kapsyler och all form av nedskräpning... behöver det sägas? Det kan bli dödsfällor för djuren. Eldning och fimpar kan ödelägga värden för miljoner. Eld direkt på berg gör att berget spricker sönder och får fula sår som aldrig läks.
Med facit i hand inser de flesta kanske att de brutit mot många regler. Eller "råkat" bryta mot många regler. Pernilla hade många gånger plockat fridlysta blommor med stort välbehag. Det var ju själva grejen just att blommorna var fridlysta. Hon hade brutit åtskilliga kvistar från träd i jakten på det perfekta påskriset, trots att det kunde köpas minst lika fint hos blomsterhandlaren. Hon hade skurit bort stora sjok med näver och använt till brevpapper, rullat ihop och postat iväg med frimärke och allt. Bara för att det var kul och lite ovanligt. Hon hade slängt ut fimpar genom bilrutan under färden både en och två gånger, hur torrt det än varit

134

ute. För fimplukten ville man ju inte ha kvar i bilen. Hon hade definitivt inte respekterat husfriden när hon busringt på dörrar. Hon hade pallat äpplen och genat över tomtgränser både med och utan cykel (fast aldrig med häst). Fiskat hade hon nog gjort både här och där. Och eldat. Till och med myrstackar, med bensin och fotogen. Och som sagt fångat tjogvis med grodyngel bara för att roa sina barn lite... och sig själv ganska mycket. Däremot hade hon aldrig vågat gå på PRIVAT VÄG. För att Tobbe sagt stopp åt henne. Så där ja, tänkte Pernilla. Nu får det vara slut på bekännelser. En av de lagstadgade rättigheterna alltså; Allemansrätten.

Pernilla släppte sina morgonfunderingar för att strax ge sig av till jobbet hon också. Tor hade nyligen vaknat och kommit upp ur sängen. De både gjorde aldrig sällskap till skolan. Tor fick rysningar, lika fruktansvärda som om de vore utlösta av stannioltuggande, av bara tanken på att göra sällskap med morsan. Dessutom började de sällan samma tid eftersom Pernilla ville vara på plats tidigare.

Det var tisdag, en dag då sista lektionen verkligen var som att tugga på stanniol, både för Pernilla och Tor. En särskilt stor bävan låg i luften eftersom Pernilla då inte längre bara var mamma och Tor enbart son, utan mamman hade blivit lärare och sonen elev. På schemat stod ämnet kunskapsförstärkning och två lärare fanns till förfogande. Pernilla var den ena. Lektionen innebar att ett ganska stort gäng åttor inklusive Tor, skulle omfamna ett eget ansvar och upplägg av lektionen. Var och en skulle med start klockan 14:15 på eftermiddagen, efter en dag med många lektioner och sociala interaktioner, ta nya tag och planera sitt eget lektionsupplägg. Med kunskapsförstärkning menades att man gjorde det man behövde. Pluggade till prov, kom ikapp, gjorde läxor, repeterade och fick chans till extra mycket hjälp. Säg de kroppsliga kemiska ämnen som inte trängdes i

135

klassrummet så dags på eftermiddagen ihop med trötthet, frustration, oro och ilska. I de allra flesta fall var dessa både Pernilla och hennes kollega imponerade av elevernas flit och arbetsro. De allra flesta visste *exakt* vad de behövde jobba med och tog tag i situationen under timmen. Det hände att en del av dessa lektioner spårade ur helt och just efter en sådan lektion sammanfattade Pernilla vad som skett. I dokumentationen kallade hon sig själv för Reda och den andra läraren för Ordning. Ytterligare några lärare var inblandade just denna eftermiddag. Lärarna Hola och Struktur.

På en skola någonstans fanns det en gång två lärare som arbetade frenetiskt. Den ena hette Ordning och den andra hette Reda. De hade nästan trettiofem elever att ta hand om och alla gick i årskurs åtta. Ämnet de hade kallades Kunde-vi-skapa-förstärkning.
Till sin hjälp hade de ett planeringspapper. Eller närmare bestämt många planeringspapper, faktiskt ett för varje elev. De hade också två klassrum. Ett alldeles vanligt klassrum och ett större grupprum. Till grupprummet låg ytterligare ett klassrum, vägg i vägg. I det klassrummet arbetade ännu en lärare med hög frenesi. Den läraren hette Struktur. Hon arbetade med årskurs nio.

En dag beslutade Ordning och Reda att inga elever skulle sitta i det stora grupprummet. Det blev lite för rörigt i deras ordning och reda tyckte Ordning och Reda, när de tvingades röra sig mellan *dessa båda rum. I stället beslutades det att alla skulle sitta i det större klassrummet. Grupprummet skulle enbart användas om särskilda skäl förelåg. Vi skulle kunna säga att det just denna dag var väldigt många särskilda skäl som förelåg. Närmare bestämt fem stycken faktiskt. Eller möjligtvis sex. Eller kanske sju.*

Alltsammans började med att både Ordning och Reda hade en klar plan i sina huvuden. När lektionen började skulle alla elever hitta sina platser, de skulle lämna ifrån sig sina mobiler, ett upprop skulle ske och snart därefter skulle var och en få sina planeringspapper att

fylla i. Det skulle vara lugnt och tyst, och så fort alla var klara med
sina planeringar kunde de obemärkt börja arbeta. Var och en med
sitt, i godan ro.
Exakt så skulle det gå till.
Exakt så gick det inte till.

Här tog Pernilla en paus i läsandet och kunde inte låta bli att
fundera över Tobbes arbete och vidare hur hans dagar skilde
sig från hennes. Han hade titeln Configuration Manager, en
titel så komplex att den lite grann stod för sig själv. Ordet
manager bar en klang som dessutom motiverade en
tillfredsställande lön, i vart fall bättre än en lärares, även om
arbetssysslorna på många sätt påminde om varandra. Att
vara CM handlar lite förenklat om att se till att det finns
vettiga rutiner och att folk tar rätt ansvar. Man ska känna till
hur allt är uppsatt i systemet, att rätt program lirar på rätt
maskin och att rätt uppkoppling finns mot nätverket. Kort
sagt att ha koll på miljön och veta att systemet för
dokumentation är bra. Pernilla undrade i all hast hur många
lampor och alarm som skulle ha gett sig tillkänna om
Tobbes arbetsplats utsatts för liknande kaos som hennes
denna enskilda timme. För de var så, att särskilt många
uppkopplingar och rutiner fungerade inte den här lektionen.
Exakt ingenting gick som det skulle.

Lärare Ordning hade fått en fråga redan innan lektionsstart av
eleverna A, B och C om de fick sitta i grupprummet för att göra ett
gemensamt arbete. Det skulle nog gå bra trodde Ordning men ville för
säkerhets skull kolla detta med Reda först. När Ordning frågade
Reda sa Reda på en gång:
"Oh, nej. Jag har redan lovat elev D att sitta där för att slippa bli
störd idag."

Okej, det skulle nog lösa sig tänkte Ordning i samma stund som hon
närmade sig klassrummet. Precis på tröskeln mellan korridoren och
klassrummet kom elev E, F och G och bad om att få vara i

grupprummet en snabbis för att fortsätta spela in en film som de redan
påbörjat där. De behövde ha samma bakgrund som sist, så de kunde
bara sitta där inne. Ordning sa till dem att det skulle nog gå för sig
om de gick in dit på direkten och arbetade snabbt. De behövde bli
klara i tid eftersom grupprummet redan var utlovat.

Men... eleverna E, F och G tvingades tvärnita i dörren till
grupprummet för där var redan lärare Struktur tillsammans med elev
H i årskurs nio. För den som har hängt med så här långt var det
redan nu nio intressenter till ett och samma grupprum. Tre som ville
arbeta med ett gruppjobb, tre som ville spela in en film, en som ville
arbeta ostört plus ytterligare två som av okänd anledning hamnat där.
Struktur berättade också att hon tänkte använda grupprummet till
eleverna I och J som skulle komplettera något i ett prov. Okej, tänkte
Ordning, därmed var de uppe i elva elever. Det behövde skakas fram
fler grupprum. Hon drog sig också till minnes att hon erbjudit sitt eget
arbetsrum i andra änden av skolan till säkert fyra av dem som frågat
henne. Erbjudandet var mest bara för att få tyst på alla frågor. Som
tur var hade ingen nappat på det för då hade även det rummet varit
sprängfullt vid det laget.

"Jag ger mig ut på jakt", sa Ordning till Reda som hade fullt upp med
uppropet. Ordning hörde att hon ropade upp elever som spansklärare
Hola redan lånat för att köra hörförståelse i spanska med. Det hade
Reda tydligen glömt bort, vilket var fullt förståeligt eftersom den
informationen getts för över en vecka sedan. Då kom Ordning på att
hon faktiskt skrivit upp på en lapp ytterligare elever som skulle ha
hörförståelse i spanska. Lappen letade hon fram och gav till Reda så
att hennes upprop skulle bli komplett. Det var eleverna K, L M och
N som skulle vara på annan plats denna lektion. K var sjuk men L,
M och N hade redan gått till fröken Hola.

Under tiden hade lärare Struktur schasat ut elev H ur grupprummet
och hittat fram till eleverna I och J för att informera om det SO-prov
som skulle skrivas. Men ingen av dem var intresserade av att skriva
något prov. De ville vänta till torsdag.
Ordning började kika runt i klassrummet efter eleverna A, B och C

138

som hon ju lovat ett mindre grupprum. De hade börjat arbeta i klassrummet men hon sa till dem att det nog fanns ett litet grupprum ledigt nu lite längre bort i korridoren. Lärare Struktur visade sig ju inte längre behöva det för provskrivarna I och J. Eleverna E, F och G höll fortfarande på med sin inspelning och elev D satt snällt och väntade på sin tur för att få tillgång till grupprummet. Det var elev D som ville arbeta ostört någonstans. Nu kunde hon inte arbeta alls eftersom hon var strängt upptagen med att bara vänta.

Ännu hade inte alla hittat sina platser i klassrummet. I stället var det någon som hade hittat en boll. Bollen studsade runt tills Ordning kom på att den nog hade det bäst i diskhon. Lärare Reda var klar med mobilinsamlandet och uppropet. Det senare var en svår konst just denna dag eftersom så många elever hade sprungit åt olika håll. Reda hade också hunnit skriva dagordningen på tavlan samt hyschat klassen ett par gånger. Ordning hade under samma tid inte ens hunnit få av sig sin jacka.

Plötsligt kom eleverna L och M tillbaka från spanskan. Lärare Hola hade inte lyckats få fart på filen med hörförståelseprovet, så de kom tillbaka tidigare än vad som var tänkt. Elev L tyckte att hon kunde få sluta 40 minuter tidigare eftersom hon lovat sin PRAO-plats att hon skulle visa sig där inför Praon som snart skulle gå av stapeln. Det tyckte både Ordning och Reda var ett synnerligen bra initiativ, problemet var bara att Praon började nio veckor senare så det kanske inte hade högsta prioritet just idag. Detta var Reda klok nog att informera om, medan Ordning inte riktigt hade sinnesnärvaron att göra detsamma. Hon letade ju efter elever som hade gått upp i rök. Elev L blev besviken eftersom hon bespetsat sig på en tidig eftermiddag men det var i alla fall bättre att hon var på plats än någon annanstans. Bra mycket bättre än det läget som elev N hamnat i efter spanskan. Hon hade nämligen inte kommit tillbaka alls. "Lite svinn får man räkna med", sa Ordning och Reda i mun på varandra.

På tal om svinn, tänkte Ordning. Undrar just var eleverna A, B och

C hade hamnat? De som redan innan lektionen hade bett om ett grupprum, och vad värre var, också lovats ett. Ordning beslutade sig för att se efter. När hon öppnade dörren till det lilla grupprummet såg hon att det satt elever från årskurs nio där i stället för eleverna A, B och C. Det var bara att leta vidare.

A, B och C hittade hon i stället en trappa upp i ett grupprum där. En av dem hade fått svarta mustascher målade i ansiktet och verkade nöjd med det. Ändå gjorde han sitt yttersta för att dölja det. På frågan hur det kom sig att de hamnat en trappa upp, informerade mustaschpojken lärare Ordning om att de gått upp en trappa upp för att lärare Ordning hade sagt så. Eller rättare sagt, hon hade pekat uppåt med sitt finger samtidigt som hon bett dem ta det lilla grupprummet längst ner i korridoren. Ordning hade ingen som helst aning om att detta skett, vare sig att hon hade pratat eller pekat medan eleverna bergsäkert tolkat pekandet som ett tecken på att röra sig uppåt i byggnaden.

Ordning hittade Reda i skrattparoxysmer på nedervåningen och Ordning själv hade vid det här laget ganska svårt för att hålla sig för skratt. Det hade säkert också lärare Struktur som precis blivit uppsökt av eleverna I och J (de som skulle skriva prov) eftersom de ändrat sig. De ville nog ändå ha lite information om provet först. Då som först slog det lärare Struktur att J inte alls skulle skriva något prov eftersom hon redan gjort det. I stället var det I och N som skulle skriva prov. Detta verkade förvåna elev J som alltjämt var beredd på att skriva det prov hon redan skrivit.

Precis då bad elev O om ett randigt papper, eller förresten två. Randiga papper är inte sånt som växer på träd i skolan. I vart fall inte i något av de närliggande klassrummen. Då råkade Ordning veta att det fanns några papper i en låda i det stora grupprummet. Och mycket riktigt. Hon drog ut lådan och hittade randiga papper. Exakt två stycken, vilket gjorde henne mycket nöjd. Dessa gav hon till elev O och innan hon hunnit svänga på klacken frågade elev P om det fanns några randiga papper. Suck.... men även det löste sig. Ett kollegieblock fick sätta livet till. Ja, ungefär så här gick det till när Ordning och Reda hade lektionen Kunde-vi-skapa-förstärkning.

140

Efter en sån eftermiddag var det skönt att utföra lite kroppsarbete. Pernilla skulle hem och måla. Tobbe och Pernilla hade beställt, och även levererats en friggebod på tjugofem kvadrat. Tanken med denna var att göra om carporten så att två bilar skulle få plats under tak. Det skulle göras möjligt genom att slå bort förrådsväggen och sedan flytta allt förrådsinnehållet till friggisen. Stora delar av innehållet... det vill säga blomkrukor, pulkor, verktyg, trädgårdsprylar, diverse byggmaterial och gud vet allt skulle flytta in i ena änden av friggeboden. Tor skulle flytta in i den andra. Eller så sa han i alla fall. Han tyckte att han kunde bo där på heltid. Kissa i buskarna men äta hemma. Det säger väl en hel del om enkelheten i en fjortonårings leverne. Det viktiga var att veta att det fanns en säng, att man fick mat och att det gick att kissa. Som ett litet minikretslopp i det stora hela.

All den koldioxid som bildas av levernets ständiga förbränning, skulle tas om hand av träden. De hade tur som bodde på ett av de få ställena i Storstockholmsområdet med lite skog. Träd har ju den förmågan att ta hand om koldioxid och spotta ut friskt syre åt dem. Dock hade denna skog varit så duktig att den blivit lite väl vildvuxen. Något behövde göras, om inte annat för att rädda den. Därför tog de motorsågen i hampan och arbetshandskarna på och röjde av några småtallar, lite sly och annat som växte för tätt. Till detta hantverk föddes idén om friggeboden. Med facit i hand, hade det varit bra att behålla lite sly så det fanns nånting att kissa i. Fast det behovet kom ju upp långt senare.

Friggebodsbyggandet hade tagit både fart och form efter skogsavverkningen och ganska snart var alla väggar målade och resta. I och med denna framfart upptäcktes nyligen ett litet fel. Dock inte allvarligare än det som märks när vänster sko hamnat på höger fot eller när man stickat ett avigt varv på en rät sida. Inte mer allvarligt än att dra ut fel tand, salta i kaffet eller köra högervarv i Londons rondeller. Precis bara så odramatiskt som att dra kaviar i stället för tandkräm på tandborsten eller sätta blommor upp och ner i blomvasen. Inte allvarligare än så, det krävde bara lite eftertänksamhet och nytänkande. Men... några väldigt viktiga skivor såg plötsligt ut att ha blivit över. Innan takstolarna skulle hamras fast, skulle lite annat också ha hamrats fast, vilket fick Tobbe att plötsligt ändra aktivitet. Han började i stället att dra ut ett okänt antal spikar och liksom göra plats för de överblivna skivorna som skulle ha stoppats in tidigare.

Dagarna senare la Tobbe tak som en riktig takläggare och Pernilla målade och jagade småflugor. De senare för att de satte sig i det som hon nyss målat. Hon hade upptäckt ett utvecklingsområde. Hon målade nämligen med samma snits som en tvååring äter mjukglass i solen. Med rinn och dräll och med en koncentration så usel. Det var just denna aktivitet hon skulle hem till efter dagens arbete som Fröken Reda.

Pernilla började med att ta en kopp kaffe i eftermiddagssolen, den hade så här dags på året blivit riktigt varm och kändes ljuvlig. Mars månad innehöll inte mindre än två lov. Först sportlovet och sedan påsklovet. På sportlovet hade de mest förberett för friggeboden och på påsklovet skulle det se ungefär likadant ut.

Medan andra åkte skidor, var i Thailand, körde en weekend i London eller åkte på herrgårdsvistelse i Uppland, var Tobbe och Pernilla på hemmaplan. De började känna sig lite som Rut och Twist faktiskt och njöt av det.

Tobbe var visserligen iväg en sväng, och snart på väg hem igen, från Åre. Där hade han varit över helgen, men inte för att åka skidor så klart. Nej, han hade kört bil på isen där uppe tillsammans med ett gäng likasinnade. Stolt som en tupp skickade han ett MMS med bilden på sitt diplom:

"Tobias Wanjelin har framgångsrikt deltagit i BMW xDrive

Experience i Åre."

xDrive är lika med intelligent fyrhjulsdrift. Inga kabinbanor, inga liftköer, inga skidor... bara lite brummelibrum Åresjön. Så tänkte han. Pernilla öppnade färgburken och doppade penseltoppen. Lugnt och kontemplerande, utan hastiga rörelser eller svagt fokus. Hon strök ut färgen på en planka, doppade igen och strök ut. Doppade och målade, droppade och drällde.

Kapitel 9

Om fågeln som kom sist och lagring av älgar
samt analyser av toarullar, mjölk och gråsparvar

Mellan oktober och mars pågår en årlig vinterfågelräkning i
Laduvik och andra närliggande kommuner. På vilket sätt
räknandet går till och resultatet av detta satt nu Rut och tog
del av. Lokaltidningen var sedan en tid tillbaka nedlagd men
Laduvik omnämndes och fick vara en del av ett par
intilliggande kommuners gemensamma lokaltidning. De små
snart-finns-vi-inte-ens-som-prickar-på-kartan-kommunerna
hade slagit ihop sig för att rädda livhanken.

Fågelräkningen gick ut på att man som räknare promenerar
runt till tjugo olika punkter som ligger omkring fyrahundra
meter från varandra. På varje plats räknar man fåglarna i
fem minuter och detta upprepas vid fem tillfällen.
Hallååå?! tänkte Rut. I sex månader, verkligen? Är det ingen
mer än jag som tänker något här?
Rut undrade till exempel om de som dragit igång
fågelräkningen, visste om att fåglar flyger? Hon undrade
också om de känner till att fåglar flyger lite kors och tvärs,
alltså att det kan vara samma fåglar de räknar om och om
igen. Rut funderade över vem som hade kommit på
metoden och varför man egentligen skulle utföra räkningen?
I en kommun finns det brister på många plan. Kulturen får
stryka på foten, tryggheten försämras, barngrupperna är
rekordstora, lärare går på knäna, sportanläggningar möglar,
tiggare och hemlösa kantar trottoarerna och åldringarna får
nöja sig med en dusch varannan vecka. Typ.
Är det verkligen jätteviktigt att veta att pilfinkarna är 277
stycken och därmed utsågs till vinnare av tävlingen? Och att
talgoxarna är 266 och koltrastarna 256 stycken? Det verkar
konstigt på något sätt att sådant ska göras. Okej, men nu vet

144

vi i alla fall hur det förhåller sig. Rut sträckte på sig och gäspade lite. Gråsiskan kom sist i listan, på tionde plats. De var bara 61 stycken *eller* så var det en enda gråsiska som flög runt 61 varv. Rut skrattade för sig själv när hon för sin inre syn såg den lilla gråsiskan som flög sig svettig för att gäcka fågelräknaren. Ändå förlorade den stort.

I och för sig var det en smula intressant att veta att gråsparvarna hade minskat med 90 procent under senare delen av 1900-talet. De lever mest på frön i hästspillning och det är tydligen inte så lätt att få tag på. Fast hur hänger egentligen det ihop? undrade Rut som sällan lät saker passera. Det finns ju hästhagar och gödselstackar överallt, och kan en fågel flyga härifrån och till Afrika, borde den väl kunna hitta hästbajs någonstans?

Några sidor senare i tidningen kom hon till ett uppslag som handlade om Skansen. Under vintern ligger de flesta djuren och sover, stod det och flera hägn är avstängda för reparation. Rut funderade över deras senaste intryck av Skansen förra vintern när de var där. Lodjuren och rävarna var pålitliga och oftast på plats där man förväntades hitta dem. Skatorna likaså, i och runt skräpkorgar. Djur som heller aldrig gick i ide, exempelvis ekorrar och grisar, kunde de också titta närmare på men så fanns det djur som aldrig syntes. Exempel på dessa var björnar och järvar. Hur många gånger hade de inte stått exempelvis vid järvarna och verkligen glott sönder inhägnaden medan de inbillat sig att en lurvig rygg eller en svanstipp syntes. Där är det något va, bakom rotvältan? Eller där förresten, under stammen. Högst uppe i trädet, bakom stenen, under vattnet, inne i hålan... någonstans borde det finnas ett djur väl? Men icke. Inte ett djur så långt ögat nådde. Till slut gav de upp djuren, köpte varsin bulle i bageriet och besökte de olika gårdarna. Något som verkligen inte var fy skam.

I tidningsuppslaget gavs information om att vargarna inte fanns på plats under vintern eftersom de inte hade flyttat in än, men var kunde de nu tänkas vara? Ruts fråga var... vart stoppar de alla djuren medan de reparerar och byter hägn? Var lagrar man exempelvis en älg? Och alla vildsvin? Och tänk på myskoxarna. Var stoppar man undan dem? Bara att få en vettig människa att passa en rumsren katt, kan ställa till problem. Så vem i hela friden ställer upp på att passa en myskoxe? Eller en femtontaggare?

Ytterligare några sidor senare hamnade Rut i läsvärd läsning om simhallen. Alla, precis alla pratar om simhallen. Ska simhallen rivas? När ska den rivas? Vart ska den flyttas? Vad ska det bli på platsen där bassängen nu är? Ska hela sportcentrumet rivas? Och så vidare... JA! Simhallen ska rivas vilket är oerhört synd för de som nöter på springband och roddmaskin på gymmet ovanför. De får ingenting att titta på då medan de sliter. Luften kommer att förändras från fuktig, pooldoftande till vanlig tråkig torr gymluft. Men det var mest ett bekymmer för Pernilla och Pia-Carin, tänkte Rut. Hon minns en anteckning ur den gamla dagboken: *"25 jan 75. Idag har Titti och jag varit och badat i nya badet i Laduvik Centrum."*

Nu ansågs samma bad inte särskilt nytt längre utan tvärtom ganska så gammalt. Nästan en hel Rut-livslängd hade passerat. Badet skulle bort och den nya simhallen skulle i stället hamna en kilometer bort. Till det som för en herrans massa år sedan var en annan av kommunens stoltheter. En splitterny, oerhört exklusiv badmintonhall. Den invigdes under pompa och ståt, och som skolelev var det en ära att få titta in. Besöket skedde under ceremoniella förhållanden då fröken klev först in genom dörren och följdes av minst tjugofem nyfikna parvlar som kryllade av nyfikenhet.
Samma hall hade nu, trots enorma investeringar för att sanera mögel, slutligen bara varit att jämna med marken. För att klämma upp en ny simhall uppe på liksom.

...223, 224, 225, 226... 267, 268... 274, 275, 276, 277
pilfinkar, tänkte Rut medan hon läste. Så funkade hon
ibland. Hennes tankar for lite hit och dit, ett fenomen som
ändå blivit bra mycket bättre på senare tid.
Där simhallen nu är, kommer Laduviks gymnastikförening
att hålla till. De ska använda den till en så kallad motorikhall.
Parkour, akrobatik och truppgymnastik men också för idrott
för funktionshindrade. Laduviks gymnastikförening är en av
de största klubbarna i Sverige, något som få känner till, och
givetvis ska de ha någonstans att vara. Om cirka tre år
kommer allt att vara klart.

Rut tittade ut och såg att solen sken. Himlen var i det
närmaste helt blå. Det enda vita som syntes var de vita
strecken som flygplanen gjort på himlen. Det såg ut som en
slags himmelsk konversation:
"Hallå, du får en vit krita av mig och så får du rita vad du
vill på min blueboard."
"Meh jag vet inte vad jag ska rita, hur då menar du?"
"Jamen dra några streck bara då åtminstone. Nåt kan du
säkert få till? Här, ta kritan nu."
"Okej... Men vem ska se det sen då?"
"Åh, det vet jag väl inte. Det är nog inte så många, rita nu...
se så."

Någon som definitivt har slutat med såväl akrobatik som
gymnastik... ja som rent av har slutat att andas, var Bo
Ljunggren. Han kom från Laduviks Kyrkby och gick bort
vid en ålder av 102 år. Det kommer att vara begravning
någon gång under april, såg Rut i tidningen. 1952 fick Bo
Ljunggren i uppdrag som den kemist han var på
Mjölkcentralen att ta fram ett recept på en ny chokladdryck
till sortimentet. Han gjorde specialanalyser av grädde, mjölk
och glass för att hitta ett lämpligt recept och själva
chokladsmaken kom till efter flera tester och slutligen med
hjälp av en brittisk kollega. Så kom drycken Pucko fram

vilken har glatt många korvätare genom tiderna. Fast själva Puckon som namn är redan borta, ersatt av något så fånigt som "Cocio".

"Näe Rut, det här duger inte. Nu är det dags att gå ut en sväng", sa hon till sig själv. Ibland behöver man ta tag i saker, bara en sväng på toa först.

Twist hade hängt en ny toarulle på plats och den studerade Rut. Det sägs att man kan avslöja hur en person är genom att titta på hur toarullen hängts upp. Det finns två varianter. Endera låter man den orullade delen hänga under rullen eller så får den ligga uppe på. Alltså, frågan är om papperet rullas ut underifrån eller ovanifrån innan man river av det. Det är viktiga grejer nämligen, men det känner nog inte Twist till.

Det finns en undersökning, en studie gjord av relationsexpert Gilda Carle på New York Times, som visar att hur du hänger upp toarullen säger mycket om dig som person. Om du hänger toarullen på hållaren så att papperet kommer fram underifrån visar det att du är en mer undergiven och beskedlig människa i dina relationer. Hänger du upp rullen så att papperet kommer ovanifrån är du mer dominant och bestämmande. Värt att veta när man träffar nya människor eller kör den där första trevande dejten alternativt knyter affärskontakter. Försök få till ett toabesök så får du veta om din nya bekantskap är dominant eller undergiven. Lyckas du inte med något toalettbesök, kan du alltid vara rakt på sak och fråga. Folk uppskattar klarspråk, tänkte Rut. Fast egentligen tänkte hon inte det. Egentligen tänkte hon att det hela var minst lika dumt som att räkna gråsiskor. Rut lämnade toaletten och gick ut på gården.

Hon gick raka vägen fram till tomten och hälsade på honom. Återigen stod han i staketnischen och höll span. Framåt, bakåt och åt sidorna.

"Var hälsad ädle turtomte", sa hon och drog honom lite i

148

skägget innan hon gick vidare in till getterna.
På något oförklarligt sätt var tomten hemma igen och ingen visste hur det kom sig. Den bara låg där inslängd på gräsmattan, inrullad i en gratistidning utformad som en smällkaramell. Ingen fattade någonting, de var alla lika förvånade. Hela tomtedräkten var perforerad av små hål och skylten hade gått av. Det här var sent på kvällen och det var ganska mörkt ute, så de tog in honom för vidare inspektion.

Tomtekalufsen var i oordning och när Rut lyfte på skägget såg hon att det var ofräscht, ja rent av ohygieniskt. Men inget av detta gjorde något, Rut var bara glad över att ha sin tomte hemma igen. Hon hade blivit så till sig över att han var tillbaka att hon först bara hade pussat på honom. Därefter hade hon börjat inspekterat honom och såg att han såg ut som något nyss hemkommet från fronten. Först hade hon inte reagerat över det, men snart nog såg hon vad det stod på skylten som tomten höll i. Och när hon väl sett den drog hon åt sig andan. Hon skrek till och pekade på skylten. Twist såg det hon hade sett och förstod vad hon menade. "Halt!", sa Rut. "Vem har skrivit det? Någon annan har skrivit på vår tomtes skylt. Och tydligen någon som tycker att vi ska varva ner. Halt, stopp, sluta... Det kan bara betyda en sak".
"Tror du verkligen det?", sa Twist i ett försök att lugna Rut samtidigt som han trodde exakt samma sak som hon. Hittills hade budskapen på tomtens skylt skrivits för att ge stöd i olika göromål, som en slags affirmation. Halt betydde stopp. Det kunde vilken dumskalle som helst förstå. Lätt upprörda bestämde de sig ändå för att sova på saken och bara glädjas över att tomten kommit tillrätta.

Nästa dag ställde de ut tomten på sin plats i nischen igen.
"Vi *måste* ta budskapet på allvar", gnällde Rut.
"Det är det enda som funkat hittills. Då blir nog ingen gårdsbutik, ingen läxstuga och ingen palzeria, och ingen

honungstillverkning", la hon till vilket Twist reagerade på.
"Honung, sa du. Rut... du har väl inte gått och köpt en
massa bin och väntar på leverans nu utan att ha pratat med
mig?"
"Beställt och beställt vet jag inte. Men jag har börjat göra
bihotell där borta i närheten av Ellas grav. Det kan väl inte
störa någon?"
"Bihotell, vad är det?"
"Jag har gjort två olika varianter. Det ena är ett hotell i form
av en kubbe som jag helt enkelt har borrat lite olika stora
hål i. Det andra hotellet är mer som en camping, ett lite
enklare boende". Rut log åt sin beskrivning och så fortsatte
hon att berätta.
"Det enklare boendet består av ett knippe bamburör som
jag har buntat ihop och sågat av. Alltså för att vara exakt har
jag gjort fem såna buntar och allihop har jag hängt upp i
träden där borta". Rut gjorde en lätt nonchalant visning med
ena handen som om hon hoppades att bisvärmarna knappt
skulle synas då. Tydlig visning, lika med aktiva bin. Disträ
visning lika med smygflygande bin. Fasen också att hon inte
hunnit tämja dem, tänkte hon.

"Bin gillar söderläge", la hon till också fast nu med lite darr
på rösten.
"Men varför har du inte sagt något?", undrade Twist.
"Ja, varför har jag inte sagt något?", svarade Rut. "Jag trodde
väl helt enkelt att du skulle säga H A L T, stopp och belägg
med alla dina idéer. Men nu har ju tomten gjort det i stället".
"Vad gör vi nu då?" undrade Rut sedan.
"Vad gör man med sånt som flyger sedan man ångrat sig?
Man kan inte precis koppla dem och leda bort dem". Hon
kom att tänka på Skansen igen. De lyckades tydligen ställa
bort sina djur nånstans. Hur skulle de ha gjort med bin tro?
"Och inte fånga in dem, och släppa dem en bit bort heller
väl?", tillade Twist. "Det har man väl sett på film hur det
brukar bli".

150

"Ja! Vi kanske kan be Bengt ta hand om dem. Eller kanske *inte* be Bengt att ta hand om dem, utan helt enkelt smyga över hotellet och hela campingen till honom vid ett bra tillfälle". Precis när hon sagt det, fick hon dåligt samvete. Hon ville ju ha sina bin kvar.

"Nej skärp dig nu Rut. Inte Bengt. Berätta mer om bina i stället", bad Twist.

Så berättade Rut att hon redan när hon beställde äppelmusteriet hade läst att mustmaskinen på enkelt vis kunde tillverka honung. Hon hade länge tänkt att gårdens egen honung skulle passa fint i gårdsbutiken. Det var självaste centrifugalkrossen, den som krossade äpplena, som också kunde användas vid honungsframställning. För att börja i någon ände och bara testa om det skulle komma några bin, och ännu mer spännande att se om de stannade kvar, laborerade hon med olika bibon. Rut hade läst redan i höstas att bin har svårt att hitta en naturlig plats att övervintra på. Det föreslogs att man genom att hänga upp bibon, kunde hjälpa bin att hitta en plats att vila på. I skydd från regn, i söderläge, helst med både morgon- och kvällssol. Så då hade hon gjort det.

"Och för några veckor sedan, när det blev så där varmt ute, så bara kom de! De flög in och ut, in och ut". Rut berättade att hon hade hoppat jämfota av glädje.

"Jaha, och jag som har undrat så vad du har ägnat dig åt där borta på tomten. Jag tänkte att du fått hästlängtan och bara velat hålla dig kring Ellas grav."

"Nja, inte precis. Jag har smugit bakom din rygg helt enkelt", svarade Rut. "Igen", la hon till för säkerhets skull och sedan fortsatte hon att berätta.

Bin hjälper till att pollinera med, så det fåtalet frukt- och bärträd de hade kanske äntligen skulle få lite fart. Det blir i alla fall fler blommor. Rut hade läst om människor som hade bin på sina balkonger och en helt vanlig liten balkongsvärm hade gett tjugo kilo honung första året. En drottning lägger ungefär 2000 yngel per dag. Hon måste jobba hårt för att inte bli dödad och utbytt. Det är med hjälp av doftämnen som hon styr livet i samhället. Arbetsbina är också honor men saknar flygförmåga och får därför ägna sig åt inomhusarbete. De matar larver, putsar celler, packar pollen, håller rent och vaktar. När de blir äldre går de vidare till utomhustjänst med uppgift att samla in nektar, pollen och vatten. Ett arbetsbi blir cirka fem till sex veckor om det föds på våren eller sommaren. Föds det däremot på hösten övervintrar biet i kupan tillsammans med drottningen. Drönarna som är hanar, har en enda huvuduppgift och det är att säkerställa ungdrottningarnas parning.

"Men de sticks väl?" flikade Twist in.

"Visst kan de göra det men de har ofta så fullt upp att de inte bryr sig om en. Dessutom finns det skyddskläder".

"Hur sjutton blir det honung då? Hur gör de?"

"Bina samlar in nektar från blommorna. Nektarn transporteras i en liten honungsblåsa inuti bikroppen. Nektarn lämnas över till arbetsbina som blandar enzymer från sin saliv in i nektarn och då spjälkas sockerarterna. Det är här som de enkla sockerarter framställs, alltså fruktsocker och druvsocker som honungen till största delen består av. Därefter fläktar de bort vattnet från nektarn och lägger den inuti vaxcellerna i bikupan. När bina har satt ett vaxlock över kakan är honungen mogen att skördas. Man plockar då ut vaxkakorna, placerar dem i en honungslunga och slungar honungen ut ur kakorna och sedan silar man. Så fort vaxkakorna satts tillbaka, börjar bina fylla kakorna igen".

"Wow, vad du har lärt dig!", sa Twist. "Jag är imponerad!"

"Japp! Men det häftigaste av allt; för att få ihop nektar till ett halvt kilo honung måste bina göra cirka tre miljoner blombesök. Det motsvarar en flygsträcka på två varv runt jorden".

"Det avgjorde! Vi behåller dem och jag tycker att vi trotsar tomten med", sa Twist.

"Hans uppgift är att speja efter räven, inte att tala om för oss när vi ska varva ner eller inte. Det som går åt pipan får gå åt pipan. Att misslyckas är inte slutet på resan. Att misslyckas är en bit på vägen att lyckas". Rut fångade in Twist i en kram.

"Tack!", fick hon ur sig, samtidigt var hon lite förundrad över Twists plötsliga entusiasm som också fortsatte.

"En arbetskompis som jag hade en gång sa alltid att om du startar tio företag och ett lyfter är det allt du behöver. Det är åtminstone något som räcker gott som en början."

"Hm, men...", Rut avbröts.

"Vi byter lapp på tomten. Sist hade vi GOD JAKT och vi vet faktiskt inte vem som skrivit HALT, så det kan vi bara ta bort. En sak är säker och det är att det varken är du eller jag som skrivit lappen, och tomten själv kan inte skriva, så bort med den bara".

Så sa Twist och det han tänkte sedan var att byta ut en enda bokstav på skylten utan att visa det för Rut. Hon fick upptäcka det själv vid lämpligt tillfälle. Bokstavsbytet skulle göra att tomten spred en helt ny sorts energi.

Ja, ungefär så hade det gått till när deras gårdstomte kom tillbaka och sedan dess hade den stått på sin plats i nischen. Nu som sagt, önskade Rut honom ännu en god dag. Hon var så glad över sina välplanerade funderingar om gårdsbutiken och på läxstugan som så klart skulle hållas öppen nästa vecka som planerat. När hon kommit in i gethägnet var Ulvar den som först kom henne till mötes och strax efter följde resten av gänget. Sist av alla kom Syn fram med sin lilla Villa, killingen som förresten inte alls var särskilt liten längre.

Plötsligt hördes ett envetet mullrande. Ljudet kom från vägen och lät som något som gick tungt, så otroligt tungt. Någonting som tuggade långsamt. "Ja!", skrek Rut rakt ut. Det var vårens mest efterlängtade ljud och man hörde dem komma långt innan de syntes. Så underbart. Grussoparbilarna!

Kapitel 10
Om Idolfinalisterna och utmärkta tak
samt andens frukter och tålmodig kärlek

Att jobba med teknik, kunna beteckningar och lära sig allt om kapaciteter och tillbehör, skulle vara en mardröm i Pernillas värld. Detta kände Tobbe till, men ändå hade hon precis fått tipset av honom om att söka jobb som receptionist på Bavaria. Han kunde visst gå hur långt som helst för att få provköra alla bilar om och om igen. Kanske var det just bavariatipset som fick Pernilla att drömma en halvt panikslagen dröm den senaste natten.

Pernillas syster och kusin plus Pernilla själv och en arbetskollega var nämligen allihop bland de tio fredagsfinalisterna i teveprogrammet Idol. Fatta! Att vara en av de tio som kommit så långt. I drömmen var Pernilla mest skeptisk över hur just *hon* hamnat där, det var minst sagt en gåta för särskilt mycket hade hon inte sjungit. Och tur var väl det för då hade hon definitivt inte varit i final. Det som nu kändes en smula oroande var hur juryn skulle reagera när det väl gick upp för dem att de köpt grisen i säcken. Förmodligen handlade Pernillas positionering mer om att andra tävlande hade varit för ivriga, använt sina vassa armbågar och sopat ut såväl sina motståndare som sig själva i deltävlingarna. Hon själv däremot, som inte alls tagit för sig, hade slunkit igenom nätet.

Pernilla var glad att hon kände några av finalisterna men av dem tre, var hon den enda som inte hade kommit på vilken låt hon skulle sjunga. Det kändes allt annat än bra. Hennes kusin hade till och med alla moves klara vilka bestod av magdansrörelser och snygga armsvepningar. Dessa hade hon visat och alla gick och småtrallade på sina beats.

155

För tillfället var de hemma hos Pernilla och Tobbe. Alla utom Pernilla var glada. Stämningen var hög och de såg det hela som en kul grej. Det gjorde inte Pernilla. En stor leverans av köksskåp och nya vitvaror anlände och invaderade hemmet, som om det inte redan var världens röra. Som sagt; de andra var nöjda och "klara" medan Pernilla själv hade totalt fullt upp... alltså vid sidan av att dirigera kylskåp och köksskåp rätt, med att lägga kraft och tankar på följande:

1) Att hon faktiskt inte kunde sjunga och än mindre hålla i en mikrofon.

2) Om hon nu måste hålla i en mikrofon, var det väl ändå surt att hon inte hade snygga naglar.

3) Hon kom inte ihåg texten, och vid en närmare fundering över dilemmat, inte melodin heller.

4) Alla på jobbet skulle sitta framför teven och titta *om* det skulle komma ut att de var med i Idol.

5) Hon hade glömt att ta ledigt.

6) Det fanns ingen sportslig chans att hon skulle klara av det här, snart kommer hon att avslöjas. I direktsändning.

På måndagens första bästa jobbmöte berättade arbetskamraten för alla att hon och Pernilla kommer att vara med i fredagsfinalen. Punkt 4 var farligt nära att infrias. Precis då vaknade Pernilla ur sin dröm. Ibland fanns det ingen bättre vän än just väckarklockan. Hon kände sig lättad och fylld av energi inför kommande arbetsdag. Överlycklig över att det inte var finaldags kommande fredag.

Nu var det morgon, veckodagen var lördag och hela helgen låg utbredd framför dem som en fin salongsmatta. Fast egentligen var det rena skitsnacket. Helgerna var fullspäckade som vanligt.

"Ska jag ha med mig psalmboken?", hörde Pernilla från hallen strax före tio på förmiddagen. Det var Tor som undrade innan han gick iväg till Gudstjänsten, och Pernilla

156

som satte i halsen eftersom hon inte trodde det var sant, det hon nyss hörde.

"Vet inte säkert, men ta med den tycker jag", blev svaret.

Tor som hade önskat att få konfirmera sig behövde gå på tiotalet gudstjänster under våren. Nja, inte riktigt så förresten. Det var Pernilla som önskade att Tor skulle konfirmera sig. Hon ville att Guds varma hand och allsmäktiga styrka skulle få vila över två av Tors sommarveckor mellan årskurs åtta och nio. Kanske inte bara Guds hand utan också en massa upplevelser som kunde slå knut på vissa av tonåringens tankegångar och i bästa fall helt bräda andra. När Pernilla föreslagit Tor att konfirmera sig, fast kanske inte just i detalj de där tankarna om Guds hand utan mer med ett upplägg av att få vara med kompisar på två grymma lägerveckor, svarade Tor rätt och slätt: "ALDRIG i livet".

Efter en halv dag sa han plötsligt: "Jag vill konfirmera mig och jag vill till just läger 4, jag vet fler som ska dit. Kan du anmäla mig... snälla, kan du göra det fort?"

Detta utspelade sig förra sommaren och nu var konfan i full gång. Mot bakgrund av att behöva gå på tio Gudstjänster var han inte längre lika sugen på att konfirmera sig. Men lagt kort fick allt ligga. Så här dags var det mesta betalt och hade man satt Fan i båten fick man ro honom i land, även fast det kanske den här gången inte var just Fan som satt där.

Konfirmanderna hade också blivit inbjudna till olika event innan lägerstarten. På ett av dessa event blev även föräldrarna inbjudna och det var för att lyssna på fem musiker ur Laduviks församlings musikalgrupp som dammade av hela Pink Floyds dubbelalbum "The Wall". Upplägget på showen gick helt enkelt ut på att spela låt efter låt, från den första till den sista i LP:n, i rätt ordning från dubbelalbumet. När bandet hade spelat i en hel timme, lutade sig vokalisten fram mot mikrofonen och meddelade lite skämtsamt att det blivit dags att byta till LP nummer två. Och så spelade de en timme till. Tänk att ordningen på låtarna satt som gjuten i cement. Pernilla visste exakt vilken låt som skulle ta vid när den senast spelade var slut. The Wall hade minst sagt gått varm i både Tobbes och Pernillas respektive ungdomsrum på 80-talet. Den fick sig nu en liten renässans tack vare Tors konfirmation. Uppträdandet var långt och det lät delvis riktigt bra, so Thank you for the music!

Att ha en tonåring är extremt spännande. En ära så stor att den blir svår att omfamna eftersom man samtidigt lär känna sig själv. Alltså alla ens sidor, från de barnsligaste till de mest hämndlystna. Om man dessutom har en prestationsdriven tonåring, alltså en som tror att tonåringsskapandet behöver bedrivas prestationsinriktat och särskilt ambitiöst, då blir det extra medryckande.

Första Korintierbrevet 13 är bland det finaste som står skrivet i Bibeln. Pernilla satt och tittade i Tors Bibel och på sidan 1237 hittade hon det.
"Kärleken är tålmodig och god. Kärleken är inte stridslysten, inte skrytsam och inte uppblåst. Den är inte utmanande, inte självisk, den brusar inte upp, den vill ingen något ont. Den finner inte glädje i orätten men gläds med sanningen. Allt bär den, allt tror den, allt hoppas den, allt uthärdar den. Kärleken upphör aldrig."

Det rafflande med att ha en tonåring är att man som förälder, ena dagen kan sitta som sällskap på polisstationen då tonåringen som den gode medborgare han är, tvingas avlägga ett vittnesmål. Ett mycket viktigt vittnesmål också för att hjälpa polisen att få stopp på "buset" som det kallas. Tonåringen som är en slags krigsherre hemma är faktiskt mest som en lammfiol borta, och en eftermiddag lyckades han vara på fel plats vid fel tillfälle. Han blev vittne till en tråkig händelse där han faktiskt också själv fick känna sig rädd, för vem skulle inte göra det när tre kaxiga personer går på. Tre mot två, där de tre dessutom var äldre. Fast egentligen var de tre mot en, för det var Tors kompis de ville trycka till. Tor själv kunde vare sig dra eller göra något eftersom han hade en kompis att stötta. Och ge igen, det gör man ju inte. Inte heller hakar på.

Ett par dagar efter besöket på polisstationen hade Pernilla hämtat samma tonåring efter en av alla konfirmationsträffar. Han hade blivit lång nu, över en och sjuttio och eftersom han därmed skymde sikten, fick hon lägga blicken på självaste honom istället. Då såg hon vad han höll i handen. En röd psalmbok. En alldeles egen psalmbok låg tryckt i handen i ett stadigt grepp. På konfaträffen där Tor först hade fuktat strupen med lite förstklassig sång, hade han sedan blivit med den lilla röda.

Som sagt, rafflande var ordet. Med polisförhör och psalmbok på en och samma vecka. Helt ärligt var det svårt att avgöra vad som skulle vara värst, eller bäst; att lägga sin tid i polisrelaterade händelser eller bli bokslukare av psalmböcker. Det ena söker nog sin förtröstan i det andra och en god balans där emellan är kanske att föredra. Pernilla hade för övrigt numera en något udda notering i sin kalender på klockslaget elva, dag sju i augusti. Det står: *Tor döps*. Ingen får konfirmera sig utan att först vara döpt och det skulle ske under lägerveckan i augusti. Alla ungdomar som inte blivit döpta ännu klär sig denna dag i en fotsid, vit kåpa och sänks ned i vattnet. Och upp igen. På en av lägrets besöksdagar kommer detta att ske. En stund att se fram emot.

Pernilla bläddrade lite i Tors Bibel. Den var verkligen fin. På pärmens insida fann hon texten: *Alltid sedd – alltid älskad.* En fin start på en bok. En fin start på hela livet, om det nu fick vara så. Om det nu var så enkelt.

Bibelns historia spänner över mycket. Sjuttiosju böcker,

159

sammanslagna i en enda. Först hela skapelseberättelsen, därefter historier om människornas synd. Om Gud som valde Abraham och om sonsonen Jakob som blev pappa till tolv söner varav Josef, en av sönerna blev såld som slav till Egypten. Ett öde som för övrigt hela det israeliska folket mötte under flera hundra år. Ända tills Gud gjorde israelerna till sitt utvalda folk och David gjorde Israel till den mäktigaste nationen. Berättelserna om alla profeter som Gud sände, om folket som vände sig ifrån Gud och om Israel som delades i två delar. Folket som besegrades av fiender och fördes bort i fångenskap. Samt fortsättningen, då Romarna kom in i handlingen genom att de ockuperade Israel. Händelserna kring Maria som födde Jesus och som kallade sig Guds son. Han som hjälpte fattiga och utstötta vilket gjorde de religiösa ledarna arga. Så arga att han fick dö på korset för människornas skull, för att de skulle få evig förlåtelse och ett evigt liv. Berättelserna utan tydligt slut där folket i väntan på att Jesus ska komma tillbaka och besegra ondskan, sprider hans budskap i världen.

Så skulle man kunna ge en kortversion av innehållet och konstatera att dramaturgin är mycket välbekant. Inte helt olik en actionfilm, vilken som helst. Eller vilken sandlåda som helst.
Tors moderna Bibel var i stort sett upplagd som många andra, åtminstone rent innehållsligt. Gamla testamentet kom först, Apokryferna till Gamla testamentet sedan och Nya testamentet sist. Men, i denna Bibel fanns det också många bilder som förklarade budskapen och texterna. Många av bilderna föreställer ungdomar. Till och med tatuerade och piercade ungdomar. Som sagt, en modern Bibel. De tio budorden hade fått en egen sida och många ordspråk lyftes fram. Likaså viktiga saker i livet som exempelvis tröst, glädje, frid, vänskap, utmaningar och så lite om framtiden. Andens frukter förklarades vara kärlek, glädje, frid, tålamod, vänlighet, godhet, trofasthet, ödmjukhet och

självbehärskning enligt Galaterbrevet 5. Pernilla kände att hon älskade Galaterbrevet bara därför. Hela Tors Bibel avslutades med tretton kapitel om tro, liv, bön, relationer och sorg. Små tips och kom ihåg. Förklaringar och tankeväckare. Budskap och idéer. Några sidor där allmänmänskliga frågor lyftes upp. Pernilla tummade på sidan där det stod att hämnd är en lat form av sorg. Där stannade hon upp en stund med sina funderingar.

Försoning är otroligt viktigt i relationer. Hon minns från den tiden då de gick på valpkurs med familjens hund att man där la stor vikt kring detta med försoning. Man fick visst bli arg på sin hund, bara man hade förstånd att försonas med den. Visa att "nu är allt bra igen". Pernilla hade ett styng av dåligt samvete där, när det kom till barnen alltså. I perioder hade det varit så galna tonårsdiskussioner där hemma och klart med begränsat tid till dem, att mycket aldrig reddes ut. Till varje ny dispyt, oförrätt eller orättvisa vällde det gamla och gruvliga upp. De *hann* helt enkelt aldrig att försonas. Inte med någon ömsesidig försoning i alla fall, utan möjligtvis till något som kunde kallas tillfällig fred. En fred som berodde på att den ena av dem hade fått vika sin vilja och den andra möjligtvis vunnit en känsla av framgång. Nästa gång var det tvärt om. Kanske. Det var liksom alltid så bråttom. En kort fråga, ett snabbt svar, osäkra kroppsrörelser, himla med ögonen, höja rösten, prata fort och helst också från ett annat rum.

Det finns tid till försoning innan dagen är förbi. För jag tror, jag tror på friheten jag lever i. Och är det inte verklighet så drömmer jag sjunger Ted Gärdestad. Och ja, bäste Ted jag tror faktiskt att du drömmer, men tänker också att det finns många vägar att gå för försoning. En är att passa på när det ska till att bli vintertid. Då får man ju plötsligt en hel timme till att använda. Kvalitetstid kallas det.

161

Pernilla plockade undan flytvästar, selar och annat som hängt på tork på alla möjliga håll i huset. Äntligen hade en ny säsong börjat. De hade först nätt och jämnt överlevt vårens kallaste pyssel helgen innan. Den som går ut på att man måste trassla ut, masta på, rigga upp, göra fel, masta av, göra rätt och så äntligen efter många kalla timmar bli klar. Sen kom premiären. Dels under torsdagseftermiddagen, då första träningen kördes med Vipern. Och dels under helgen då det första racet med Hobie 16 avgjordes. En segling som innehöll precis allt. Dimma, regn, sol, vindstilla, dubbeltrapets, tepåse, tjuvstart, rörlig mållinje, kass babordsstart, krock med märke ... ja, trängsel helt enkelt. Bitvis kallt men syrerikt och fantastiskt kul.

Segling, i alla fall katamaransegling tydliggör vad som skiljer ohälsosam stress från mycket att göra. Ombord är den plats där man kan ha händerna fulla, där man bitvis jobbar hårt och kämpar med hela kroppen. Man står i underliga ställningar, vrider kroppen åt ena hållet och huvudet åt ett annat. Håller koll efter vind, kikar efter andra båtar och spanar efter rundningsmärken. Man känner att man inte räcker till och inte begriper allt, tar snabba beslut... men *utan* att känna splittrad stress. Då segling pågår finns inte en tanke på disk, tvätt eller handling, på övriga måsten eller jobb. Det kan var mycket att tänka på ombord. Att vara på rätt plats, vara tajmad, hålla koll på vind, skota lagom mycket, trimma och balansera. Det är så otroligt avkopplande och allt fokus ligger på seglingen. Pernilla har en teori om att det handlar om att man använder flera små delar av hjärnan och får dessa att samverka. Exempelvis ägnar man sig åt strategi, planering, förutsägande, beräkningar, analys och kaoshantering samtidigt som man njuter. Detta gör att fokus måste vara här och nu. Man växlar sekundsnabbt mellan långsiktigt planerande och det som akut behöver åtgärdas och resultatet syns direkt. Ingen tid läggs på att oroa sig. Som en extra ingrediens ingår att

162

man kan lägga blicken långt bort. Det finns inga begränsningar i synfältet. Inga skyltar, hus, träd eller någon trafik som stör ens skärpa och fokusering. Kodningen ligger på ett annat plan.

Seglingssäsongen anlände aningen lite för snabbt inpå att friggeboden inte kommit så långt som de önskat. Visserligen hade den växt så det knakat och varje ledig stund hade ägnats åt den, men det var mycket kvar. Tak, dörr och fönster var uppsatta och färg hade målats på. Faktiskt sattes även fönsterplåtarna på plats och snart också hängrännorna.

På Pernillas frågor om allt funkade och gick som planerat, använde Tobbe gärna formuleringar som: "det är okej", "det funkar väl bra" eller "jodå det är bra". Sällan starka uttryck som: "bravo!", "utmärkt!", "fabulous!", "perfekt!".

Plötsligt en dag, när Tobbe och herr Frödin jobbade med taket hade Pernilla ändå hört honom säga: "utmärkt", flera gånger och detta fick henne givetvis att reagera. Mac hade erbjudit sig att hjälpa till med taket eftersom han tyckte det var kul att bygga. Han hade också mycket goda erfarenheter av det, dels genom det tak han lagt hemma men även med den hjälp han nyligen gett Rut med hönshuset. Var det Mac som fick Tobbe på så jovialiskt humör att han började använda glada interjektioner helt plötsligt?

"Utmärkt", hörde hon honom säga igen och då kunde hon inte hålla sig utan gick upp till bygget för att se vad som pågick. Hon log lite när hon insåg att det var i sammanhanget av att förklara att på var trettionde centimeter på takpappen var platsen för skruv utmärkt. Tobbe räknade: "27...28...29... utmärkt, 27...28...29... utmärkt, 27...28...29...", ropade han bort till Mac där han stod.

"Okej", fick han till svar.

Mitt i Pernillas funderingar visade sig Tobbe i

dörröppningen. Han hade äntligen tagit sig tid att packa upp väskan sedan han var i London en vecka och jobbat.
"Vad du ser nöjd ut, är allt bra?", sa han till henne.
"Utmärkt!", svarade hon. Tobbe tittade till.
"Varför tycker man att ska ha robotar till allt... till och med till sådant som att plocka undan från matbordet och diska, vad är det egentligen va?", sa han sedan.
Exakt samma sak hade han undrat redan framför teven kvällen innan, så något störde honom väldigt. Han lät otroligt negativ och menade att det kunde man väl klara av själv eller skulle man inte behöva göra någonting längre?
"En del har levande robotar, andra får utveckla sina på teknisk väg. Resultatet blir detsamma, nämligen att få disken avklarad. Av någon annan", svarade Pernilla.
"Vad menar du med det?", undrade Tobbe.
"Sedan urminnes tider har det funnits robotar i var mans kök. Mänskliga robotar som inte bara plockat undan och diskat, de har också lagat maten som ställts på bordet. Tänk! Redan på stenåldern, trots att de inte ens kunde stava till t e k n i k, så var de först med det. En lydig, snabb, arbetsvillig, duktig, uppfinningsrik, kreativ och tyst arbetskraft i köket". Tobbe började ana att han var ute på hal is här. Å, varför ställde han ens frågan, hur dum fick man vara? tänkte han. Pernilla fortsatte.
"Och handen på hjärtat bäste Tobbe. När diskade du senast? Framför allt, när lagar du någonsin mat? Kan det vara så att du har en alldeles egen robot här hemma?"
Ett högt och gällt skratt hördes från "The anti-robot man" Tobbe himself, ett skratt som snart klingade av för en sekunds eftertanke. Det här med robotar var verkligen ingenting att uppröra sig över trots allt, och definitivt inte för den som faktiskt behövde en.

Tobbes arbete i London hade gått ut på att flytta datorer på ambassaden. Från tisdag till tisdag. Det var både utmärkt och utmärkt inte. Halvdant väder, halvdan mat, halvdana hissar och halvdan säng. Men jobbet blev gjort och slutkörda blev de av allt kånkande och som sagt... hissarna slutade att fungera. Vilket otroligt tråkigt jobb det verkade vara. Flytta datorer? Bära och dra sladdar. På Tobbes vykort från London skulle det kunna stå:

Hej! Idag har jag kopplat loss datorer. Jag har också shoppat lite, gått på pub, burit datorer, besökt sevärdheter, sett hissar ur funktion, gått på Portobello Road, fått sladdtrassel, sett Trafalgar Square och London Eye, gjort sladdragningar, sett Big Ben, Westminster Abbey och rett ut sladdtjafs.

Fast nu skickar man ju inte vykort längre. Pernillas jobb var liksom mer levande. Hon hade sin loggbok som hon förde anteckningar i efter varje lektion. Vitsen med noteringarna var att dokumentera arbetssysslor och följa elevernas arbetsgång. Det senaste hon hade skrivit liknade mer en saga och var inte en helt ovanlig situation på högstadiet. Det var dessutom en ganska humoristisk händelse om man valde att sätta på sig de glasögonen. Just den här berättelsen hade en mamma beskrivit för Pernilla, men också återgetts av läraren i matematik.

"Sagan om rutorna som var på vift":
Det var en gång ett räknehäfte som alla bara tjatade på. Eller om snarare. Eller kanske efter.
Lärarrösten sa:
"Var har du ditt räknehäfte?" och svaret blev:
"Jag har tappat bort det. Jag kan räkna på lösblad".
"Då är det bättre att du får ett nytt häfte av mig", sa rösten och fortsatte sedan:
"Men slarva inte bort det nu".
"Nej då", blev svaret.

Två veckor förflöt, och så kom frågan igen:
"Var har du ditt räknehäfte?", och svaret blev:
"Det är i skåpet".

"Men hämta det då", sa rösten.

"Nä, meh… måste jag? Jag kan räkna på lösblad".

"Jo hämta det, du måste ha det, spring iväg snabbt nu."

"Det är trasigt", blev svaret.

"Är det trasigt?" sa rösten. "Hur kommer det sig då?"

"Det är sönderrivet. En kompis rev sönder det".

"Hämta det ändå, vi kan nog tejpa ihop det".

Ytterligare några veckor gick och nu var det fler som undrade över var rutorna fanns. Exempelvis en mamma.

"Varför har du inte tagit hem ditt räknehäfte?" sa mamman.

"Äh, jag glömde. Det ligger i skolan".

"Men hur ska du då kunna jobba matte?"

"På lösblad".

"Okej, men du måste ta hem det i morgon då".

"Mmmmm".

Nästa dag:

"Glöm nu inte ditt räknehäfte idag, se till att få hem det".

"Mmmmm".

På eftermiddagen:

"Var har du ditt räknehäfte?"

"Jag har inget".

"Vadå har inget? Det var det enda du skulle ta hem, hur svårt kan det va?"

"Fast egentligen behöver jag inte jobba matte, det är ingen som har sagt det".

"Jo, det behöver du. En halvtimme varje vecka, så är det. Var är ditt räknehäfte?"

"Det är i min kompis ryggsäck".

"Hämta det då".

"Jag vet inte var han är, jag har ringt honom men han svarar inte".

"Hur ska du då kunna räkna?"

"Jag fixar det".

På kvällen:

"Fick du ditt räknehäfte?"

"Ja, fast jag stoppade det i bakfickan så jag måste ha tappat det".

"Nu driver du med mig. Var har du ditt räknehäfte?"

"Alltså han (kompisen) hade det inte".

"Och...?"

"Äh, det var ändå nästan slut. Jag kan be om ett nytt".

"Är det okej då, du har gjort av med några stycken...? Hur ska du nu kunna jobba matte?"

"På lösblad. Eller förresten, kan vi inte köra muntligt. Det är mycket softare?"

Veckan därpå:

"Va? Jobbar du i ett skrivhäfte? Med ränder? Var har du ditt räknehäfte, du skulle ju be om ett?" undrade mamman.

"Jamen det går bra. Jag orkade inte fråga och så hade jag ju det här".

"Hur går det nu då när ni jobbat geometri? Behöver du inte ha rutor då?"

"Meh, då kan jag köra på lösblad".

Ny vecka och lärarrösten undrar:

"Jobbar du i linjerat häfte?"

"Nej, det tror jag inte, nej så är det inte".

"Jag tyckte att någon sa så, har jag gett dig fel eller hur kommer det sig?"

"Men jag har inte skrivhäfte, det var ju jättelänge sedan jag hade det".

"Det var konstigt, jamen då så", sa rösten.

"Var är ditt häfte då?"

"I skåpet".

"Vår fader, du som är i himlen. Låt ditt namn bli helgat. Låt ditt rike komma. Låt din vilja ske, på jorden så som i himlen. Ge oss idag det bröd vi behöver. Och förlåt oss våra skulder, liksom vi har förlåtit dem som står i skuld till oss. Och utsätt oss inte för prövning, utan rädda oss från det onda. Ditt är riket, din är makten och äran, i

167

evighet. Amen." Matteusevangeliet.

Pernilla la ett blått märkband i Tors Bibel på den sidan. Sidan 1047.

Kapitel 11
Om preppern, rösterna och de olika kropparna
samt det ynkliga tygskynket på gården

Twist hade gått undan lite för att få prata ostört i telefon.
För att vara så långt utom hörhåll som möjligt, sökte han sig
ner till Ruts bihotell. Då kunde han samtidigt kika lite på
trafiken där borta, på hur de små guldtillverkarna flög in och
ut ur alla ingångar. Han hade undrat, men inte kommit sig
för att fråga, var han varit när Rut letat fram borrmaskinen
och alla borrar. Hur lång sladd hon hade dragit och var hon
hittat den. Eftersom hon inte frågat honom om något av
detta, kan han knappast ha varit hemma just då. Det var lite
typiskt Rut att operera i det tysta, att vilja göra saker själv
och se hur det gick. Hon hade nog det med sig sedan
barnen var små då hon var tvungen att fixa det mesta på
egen hand.

Nu var det Twists tur att operera i hemlighet. Han slog
telefonnumret till Maja och väntade på signalerna som gick
iväg, en efter en. På femte signalen svarade hon.
"Hej Maja, det är Twist".
"Jaså Twist, är det du som ringer. Det har väl inte hänt nåt?"
"Absolut inte, jo lite kanske", sa han, samtidigt som han
viftade bort ett flygfä som hade börjat cirkla runt honom.
"Vi har blivit lite bi här", skojade han och skrattade till.
"Har ni blivit bi? Är det Sigge som kommit ut eller vad
menar du?", undrade Maja. Det var ganska typiskt henne att
snabbt fatta vad det var man pratade om, haka på det hela
och replikera kvickt.
"Rut har gjort i ordning ett bihotell borta i skogen i
närheten av där hästen begravdes vet du. Både ett bihotell
och en campingplats. Det senare är vad hon kallar det något
enklare biboet på skoj. Det är helt enkelt en massa

169

bamburör, du vet blompinnar som man kan staga upp blommor med... de är hopsatta och avkapade. Rut har fixat". "Rut fixar och fixar. Ja, hon har pratat länge om den där honungen och i hennes värld verkar inget stanna vid prat. Det mesta blir verkstad i mer eller mindre genomtänkt form".

"Japp, det var så jag tänkte också sa Twist och det är därför jag ringer till dig. Jag tänkte ha en överraskningstillställning för Rut om några veckor." Nu fick han vifta omkring sig igen i luften. Vad var det för envisa flugor som surrade runt honom?

"Om några veckor? Du är galen, vilken framförhållning Twist, vad har hänt? Din planeringsförmåga måste ha slagit personligt rekord nu?"

"Visst, men jag sår idén nu så kanske vi kan hjälpas åt. Jag kommer att behöva din hjälp ser du".

"Berätta", bad Maja.

Twist avslöjade sin plan med att hjälpa Rut att få igång palzerian. Från början var det egentligen Majas idé, så särskilt långt från upphovet till tanken var han inte när han bad henne om hjälp. Maja var minst lika taggad som Rut. Twist visste att Rut skulle behöva sin mammas hjälp med projektet så om han nu hann blanda in henne först, kunde hon hjälpa honom att maska och skjuta lite på det. Få Rut att varva ner, hon skulle säkert ha fullt upp med läxstugan och gårdsbutiken så hans plan borde funka. Twist ville att palzerian skulle få bli ett projekt som Rut inte behövde driva ensam. Hon skulle få det i present av honom, att få vara gäst och bara bli överraskad, åtminstone i uppstarten.

"Jag är på", sa Maja. "Jag förstår hur du tänker och om Rut kontaktar mig, så krånglar jag lite lagom så där. Låter henne förstå att den finaste paltpotatisen kommer senare på säsongen så om hon var ute efter att göra succé så borde hon vänta lite... och så vidare. Det kommer hon att förstå. Vi håller kontakten!"

"Hallå?", sa Maja men fick inget svar. "Vart tog du vägen? Hallå?" Konstigt, tänkte Maja men mobiltäckningen kanske inte var den bästa där borta i skogen. Jaja, de var väl ändå ganska färdiga med samtalet.

Kul med palzerian, tänkte Maja vidare men det där med honung var ingen dum idé. Förutom att det är otroligt gott och användningsbart som livsmedel så har honung använts som folkmedicin i hela världen. Dessvärre har den moderna biodlingen och även upptäckten av penicillinet gjort att honungens folkmedicinska användning fallit i glömska. Tydligen är det binas mjölksyrabakterier som är nyckeln till att den kan användas som ett alternativ till antibiotika. Maja hade nyligen läst en rapport från WHO som slagit larm om den akuta situationen som kommer att uppstå när inga nya alternativ till antibiotika längre finns. Världen är numera drabbad av antibiotikaresistens, så enorma summor frigörs för att finna en lösning. Oförmågan hos anslagsgivare, universitet, stat och EU att tillhandahålla medel och stöd till nytänkande forskning och innovationer, gör det svårare att nå målet.

De som forskar på alternativ har hittat en tänkbar väg till lösning. Dagens medicinska honung, Maja vill minnas att den kallades Manukahonung, och var inget annat än mogen steril honung utan levande bi-bakterier och med väldigt liten antimikrobiell effekt. Om man i den återinför levande mjölksyrabakterier så kan den återigen användas effektivt vid sårbehandling, infektioner och inom livsmedelsindustrin. Till och med i förebyggande syfte. De har så potenta antimikrobiella egenskaper att inte heller multiresistenta sjukdomsbakterier har en chans. Genom att använda bakterierna levande, precis som bina gör, så undviks dessutom en framtida resistensutveckling som ett antibiotikapiller däremot kan leda till. Eller snarare; nog redan lett till. Ämnen i mjölksyrabakterierna är mycket starka tillsammans och skapar en ogenomtränglig barriär för att skydda bina och deras vinterföda mot alla mikrobiella hot som finns i naturen. Som Maja fattade det lever bi-bakterier endast under en kort tid i färsk honung, så även om forskarna hade hittat nyckeln, gällde det nu att sätta den rätt i dörren. De såg det också som en stor utmaning att finansiera de fortsatta kliniska studier som behövs. Ett alternativ till antibiotika behöver inte vara ännu ett piller som tas fram av ett läkemedelsföretag med resistens som väntar runt hörnet. Målet för forskarna är att hitta ett hållbart alternativ till antibiotika som görs tillgängligt för alla som behöver det.

Rut drog en lättnadens suck där i hönshuset bland Prillan, Höna-Pöna, Cindy och de andra. De värpte som aldrig förr. Nu hade hon inte minsta problem att leverera den utlovade kvoten till Bengt. Till hans delikatesshörna på ICA. Folk var som galna i dagsfärska ägg. Hon bestämde sig för att ta en promenad senare denna härliga vårdag för att prata lite med Bengt. Han var trots allt hennes samarbetspartner och han fick nog inte uppskattning särskilt ofta. Och heller inte särskilt många besök anade hon.
Usch vad trist att bli gammal om man inte har vänner omkring sig. Visserligen kanske Bengt hade bäddat för det, trodde Rut och någonting missmatchade nog när vare sig barn eller barnbarn hängde där särskilt ofta. Särskilt aldrig, närmare bestämt.

Hur vet man när man "snäppat upp" i ålder? Ja det finns flera tecken, tänkte Rut. Ett är att man en dag upptäcker att man har många kroppar. Faktiskt jättemånga. När Rut ännu var ung och liksom slät hade hon en enda rak, stark, hophållen, smidig, smal och välformad kropp. Vare sig hon sprang eller hoppade, spelade boule eller rodde hade hon en och samma kropp.
Så fort man passerar "fyrtio plus plus" som det så käckt kallas, inser man att ens kropp inte längre är något man är

172

särskilt bekant med. Denna dittills enda självklara kropp multiplicerats på ett obemärkt sätt. Man har exempelvis en kropp när man står och en helt annan när man lutar sig framåt. Hänget, fläsket, hållningen och allt överskottsskinn formar sig på helt nya sätt och på helt *olika* sätt beroende på aktivitet. När man springer uppför sig kroppen på ett sätt, och på ett helt annat när man sitter. Egentligen har man redan bara när man står och sitter många olika former. Exempelvis en kropp med rak rygg och en som krummar, Man har också en stel och en haltande, en rask och så plötsligt som från ingenstans, en stark kropp. Man har en kropp när man sitter i soffan, en annan på köksstolen, en tredje i bilen och en fjärde i solstolen. Och vid en ålder runt 50, har man ännu många fler kroppar. Då läggs det ytterligare ett par kroppar till samlingen.

Pernilla, hade också tänkt på hur många kroppar hon fått de senaste åren. Hon hade berättat för Rut att hon aldrig sitter på en offentlig toalettstol. Hon står på huk över den i stället. En gång när hon stod och hukade sig över toan, såg hon sin spegelbild i den blanka toalettrullehållaren på väggen bredvid. Hon såg då en kropp som hon aldrig, never ever, skådat. De hade också pratat om den väldiga mängden fler miner och ansiktsuttryck de fått och att det spända ansiktet såg skrynkligt ut medan det avslappnade var enbart surt. Att bara den undre tandraden syntes när man pratade och att svålen lyste fram igenom det alltmer uttunnade håret. Men just den avdelningen lämnade Rut därhän så länge. Några tankar hade hon faktiskt lärt sig att styra undan.

Ett annat tecken på att man snäppat upp lite i ålder är att man transpirerar så hårt att man måste lämna arbetet redan vid lunchtid för att akutköpa en ny tröja OCH en deodorant. Hon tänkte på Twist som kom hem efter sitt veckovisa möte i stan förra veckan, iklädd en helt ny tröja. I den vårvärme som plötsligt hade övermannat dem, blev deo- och klädinköpet en högst nödvändig insats för att själv överleva dagen samt även för att skona sina medarbetare.

Om man bortser från de rent kroppsliga förändringarna så finns det ytterligare tecken på åldrande. Exempelvis att man störs av höga ljud, mycket prat och irriterande sorl. Alltså det man i yngre åldrar karakteriserar som skojigt, bubbligt mingel. Att man föredrar grön paprika framför gul är ett säkert ålderstecken, syltat framför stekt, mörk choklad hellre än Plopp, mineralvatten före Pepsi och P1 hellre än NRJ. Och att saker plötsligt "duger" som de är.

Ytterligare tecken är att titta på Grammisgalan utan att känna igen en endaste själ. Det hade Rut och Twist nämligen gjort kvällen innan. Det man hellre lägger fokus på när man inser att man inte längre känner igen någon, är att sitta framför teven och slänga ur sig träffsäkra kommentarer om hur alla andra ser ut. Liksom gnälla lite. Ta Rebecca och Fiona till exempel. De är så stylade och sminkade att tankarna kretsar kring både antalet timmar som krävs för att "bli" Rebecca och Fiona samt hur många timmar som behövs för att göra sig kvitt identiteterna sedan. Ruts identitet är ungefär densamma oavsett om hon precis klivit upp ur sängen, om hon matar hönsen, lagar mat, åker och handlar, sitter på restaurang eller går på Grammisgala. Hon behåller helt enkelt sitt morgonansikte på hela dagen, det är för alltid ditsatt numera.

För att återgå till Rebecca och Fiona, så kunde Rut inte låta bli att fundera över badrummet de använder när de ska avidentifiera sig. Det borde väl nästan vara avspolningsbart? Rut vet hur mycket bara *lite* avtvättad mascara stänker ner runt handfatet. Då ingen concealer, kajal, ögonskugga, ögonbrynspenna, inget läppsmink, rouge eller några lösögonfransar använts. Tänk handfatet med omgivande inredning sedan Rebecca och Fiona varit där. Rut hade faktiskt jättesvårt att tänka sig att någon av dem skulle ta sin lilla hand och snabbt dra över stänket med vatten, liksom tvätta av handfatet som det sista de gjorde. Det var ju liksom en mammagrej att inte bara borsta tänderna utan att samtidigt tvätta av handfatet, skura toan, rengöra badkaret, torka kakel, städa toalettskåpet och fylla på toapapper. Men det dessa tjejer hann med i stället mellan påsminkning och avsminkning var att stå på scenen och framträda samt att gå på en hejdundrande stor efterfest. Alldeles säkert var, att de också har helt andra läggtider än Rut. Det här var exempel på några saker som ändrade sig på vägen mot fyrtio, fyrtio plus plus, femtio och femtio plus.

Medan Rut flyttade på hönor och plockade ägg, började hennes tankar vandra i vanlig ordning. Hon tänkte att självförtroende, det var helt klart något som Rebecca och Fiona ägde. De var toppsäkra på allt det de gjorde. Självförtroende byggs upp under lång tid och handlar om att lära sig stå upp för vem man anser sig vara och att kunna tolka sig själv utifrån sina egna avgöranden. Självförtroende byggs inte enbart upp av vad andra har sagt eller framhållit om en som person. Det är utifrån den sanna bild av en själv som självförtroende kan byggas. Misslyckas man med att tolka sig själv, uppkommer svårigheter att tolka andra, att leva sig in i andras roller. Det vill säga att kunna stå på scen, oavsett hur scenen är utformad. En "scen" kan vara platsen varifrån man håller ett föredrag, ett säljmöte eller ett tal. Det kan vara att leda en klass eller att vara artist men det kan också handla om att stå för sina åsikter. Rebecca och Fiona, bara ett exempel på två mycket unga människor som är så otroligt duktiga. Ytterligare ett ålderstecken, tänkte Rut. Att titta på unga människor och beundra deras mod och kapacitet, som om det vore unikt för dagens ungdomar. Som om det vore konstigt att vara både ung *och* framgångsrik.

Rut passade på att skrapa fram och skyffla bort hönsskit när hon ändå var i farten och lite mat skulle de små rackarna nog ha också. Hon funderade kring sitt eget självförtroende och hur det hade växlat genom åren. Ibland kände hon sig säker och jagstark men ibland bara rämnade det.

När Rut jobbade på det där produktionsbolaget på slutet av åttiotalet, började hon som receptionist under några månader. Hon älskade att ta emot samtal och småprata lite med dem som ringde. Småpratet blev så småningom till längre samtal, i vart fall allt utom ett-ögonblick-jag-kopplar-vidare-kvickt. I stället flöt samtalen ut till att bli men-oj-vad-tiden-sprang-iväg-nu-hinner-jag-inte-prata-med-den-jag-egentligen-sökte-långt. Att sitta i en reception är lite som att vara bartender. Där kan man snacka anonymt och vilsamt om det mesta och Rut tog hand om dem alla. I sitt hjärnkontor hade hon massor av röster och lika många påhittade ansikten och dessa hörde mest troligt inte alls ihop. Efter alla de samtal som förts hade Rut gjort ansikten som hon tyckte passade ihop med rösterna. Hon satte hår på dem och kläder, bestämde om de var långa eller korta. Det var lite som att leka med mentala klippdockor. En av rösterna som ringde lite då och då, sa: "Du vet inte vem jag är än, men en dag kommer jag att bli känd och stå på de stora scenerna. Jag heter Torsten Flinck, kom ihåg det." Och på ett sätt fick han ju rätt även om Rut inte för ett ögonblick då trodde på vad han sa.

Så en dag, var det branschfest. En kväll för inbördes beundran, fylld av mingel och mat, prisutdelningar och spännande utmärkelser. Lite som en Grammisgala faktiskt och Rut var som en typ Fiona. En ung tjej som man tittade på. Platsen var Grand Hotell och hela stället var abonnerat för branschen. Denna kväll skulle precis alla vara där och Rut var lyrisk. Nu skulle hon äntligen få se sina klippdockor live! Och där var de alla. Hon fick tag i en person som kände till de flesta och som kunde peka ut för Rut alla dem hon undrade över. Hon träffade Inger på fotolabbet, Fredrik på teknikbyrån, fotografen Peter, ljudteknikern Lisa, Carro på bildbyrån och Robban från Sveriges television, med flera med flera. Ingen överensstämde med Ruts figurer och ingen var sig lik. Utifrån Ruts värld hade alla klätt ut sig. "Å hej, är det du som är Rut? Gud så skoj att få träffas på riktigt. Det är alltid så trevligt att ringa till er", var det flera som sa och de alla tänkte nog precis som Rut. Var det så hon såg ut? Det trodde jag inte, det var inte den bilden jag hade.

Rut fick en dag ett samtal i växeln från en kvinna som jobbade på samma gata, någon som företaget hade haft olika projekt ihop med. Hon sa till Rut att hon tyckte att Ruts händer var så fina. Frågan kom snart om hon kunde tänka sig att hålla i lite olika produkter och bli lite av en handmodell.

"Vi har lite plåtningar då och då, så om jag får ringa dig vid de tillfällena, kanske du kan tänka dig att hjälpa till?", undrade kvinnan.

De bestämdes en träff för närmare granskning av Ruts händer samt en plan för restaurering av dem i händelse av fotografering. På Ruts högra hand fanns ett ärr på tummen. Det var ett ärr från tidig begynnelse. Närmare bestämt ett suga-på-tummen-ärr. Rut sög så hårt på tummen när hon var liten att det var underligt att den alls satt kvar. Den kunde i värsta fall ha ruttnat. I alla fall var det så att tänderna hade nött sönder nedre leden så ordentligt att det fanns all anledning för Ruts mamma att köra hållfasthetsprov mellan varven. Bara en snabb besiktning för att kolla om den skulle hålla ett par dagar till. På den nedre tumleden fanns ett ärr kvar efter det kroniska såret som funnits där. På pekfingret hade hon också ett ärr. Efter ett jack gjort av en täljkniv.

Båda dessa blessyrer skulle sminkas och naglarna målas, i övrigt var handen alldeles perfekt för fotografering, tycktes

177

det. Vid jämna mellanrum gjordes då denna manikyr och Rut fick hålla i kreditkort och chips, i glasstrutar och papper, bara för at nämna några produkter. Varje plåtning tog en timme och Rut fick tusen kronor per uppdrag.

Andra gången som Rut utförde jobb i jobbet, var när hon fick hoppa in i en produktion och vara speaker. Det var ett av alla hissbolag som skulle göra en inspelning till deras hissar. Det handlade inte om hissmusik, utan om säkerhet. I de flesta hissar sitter en liten högtalare samt en knapp att trycka på om hissen skulle stanna. I andra hissar är det i stället ett litet skåp med en telefonlur. En knapp och en lur. Båda dessa varianter fanns där för att skapa högre säkerhet för hissåkaren. Om hissen skulle fastna på ett eller annat sätt, behöver hissåkaren ges möjlighet att kontakta yttervärlden. Det är här knappen eller luren kommer in i sammanhanget. Hissåkaren trycker på knappen eller lyfter på luren och i andra änden svarar en röst: "Hissjouren". Denna kontakt med yttervärlden är början på hjälpen och det var Rut som kom att bli kontakten. Alltså inspelade Rut. Så här i efterhand kunde hon undra hur kopplingen sedan såg ut mellan rösten som svarade och den verkliga hjälpen. Tänk om hissbolaget glömde att sköta den kopplingen, så att den som satt fast gång på gång bara hörde ordet *hissjouren* i luren.

"Hjälp mig, jag sitter fast i hissen!"
"Hissjouren".
"Snälla hjälp! Jag sitter fast".
"Hissjouren".
"Jag är livrädd, har klaustrofobi, snäääällllaaaa, hjälp!!"
"Hissjouren".
"Jag kommer att dö, jag klarar inte det här. Hjäääääälp!"
"Hissjouren".
"Hallå, hallå, svara då! Jag är livrädd, snälla hjälp mig!"
Tänk vad de i så fall ska hata Rut. Eller tänk om hennes röst

var den sista röst de hörde medan de ännu var i livet.

Rut visste att det fanns ett ställe till då en sån där lur eller knapp kunde ha varit bra att ha. På en bajamaja. En gång såg Rut en tjej som gick det snabbaste hon kunde mot en bajamaja. Att hon var nödig rådde det inget som helst tvivel om. Det tjejen inte såg, eftersom hon höll sånt fokus på sitt mål, var att från andra hållet hade en liten truck satt fart. Den hade ännu högre hastighet än vad tjejen hade och även den var på väg mot bajamajan. Samtidigt som trucken rörde sig framåt, fällde den sakta ner sin gaffel och riktade in den mot målet. Snabbt som ögat krokade den fast bajamajan på gaffeln, höjde upp den i luften, vred runt och styrde iväg. Tjejen tvärstannade. Vilken grämelse.

Hon borde enligt Rut vara mer lättad än besviken här för hade hon kommit ett par minuter tidigare, hade hon hängt där högt upp i luften med skiten under sig. Ingen hade vetat om det, för truckkillen brydde sig aldrig om att kolla om någon satt i bajamajan innan han lyfte iväg den. Han bara krokade på och körde. Ingen hade heller hört hennes rop på hjälp och någon lur eller en knapp fanns där inte heller. "Bajajouren, kan jag hjälpa till med något?"

Ytterligare ett tillfälle kom Rut på, när hon använts lite som en doldis. Det var när Eric Gadd, som helt nybakad artist skulle göra en lika nybakad video. Förresten var musikvideos helt nytt över huvud taget på 80-talet, så vare sig man var ny artist eller inte, så hade inte särskilt många videos gjorts. Hur som helst ville de som producerade videon att Ruts mun skulle vara med i den. Bara munnen, inget mer. Sminkning, uppställning, ljussättning, tagning, tagning, tagning, tagning... där satt den. Hon hade blivit en röst- och kroppsdelskändis.

I samma stund som Rut avslutat just dessa funderingar, hörde hon ett gällt skrikande och hysteriskt springande utanför hönshuset.

"Jag kommer att dö, jag klarar inte det här. Hjääääälp!" Det var Twist som löpte runt som en komplett tok. Han viftande och slog vildsint omkring sig. Armarna gick som väderkvarnar samtidigt som han riste med kroppen som om han fått en hink krypglada larver innanför tröjan.

"Ta bort dom, ta bort dom, ta bort dom, ta bort dom", skrek han.

"Stanna!!" skrek Rut tillbaka. Hon ryckte till sig ett tygstycke som låg i hönshusets förrum och slängde det över Twist. Då blev det tyst.

"Precis så där gör man med papegojor. För att få dem tysta och lugna", sa Rut och skrattade. Twist sa ingenting, eller jo, ett svagt ojande hördes.

När de sen satt där på gårdsplanen utanför hönshuset fick Rut en känsla av nervositet. Tänk om Twist nu blivit helt anti hela bi-idén? Han som varit så positiv, alltså det fick verkligen inte hända. Här gällde det att avleda.

"Har du hört talas om vad en prepper är?", frågade hon därför. Men tygskynket gav inget svar.

"Jag tänker att det är hög tid att bli det."

"Rut", hördes det från tyget. "Är de borta?"

"Schhh, lyssna på mig nu", fortsatte hon.

"Har du tänkt på att det inte är många som vågar välja att skippa försäkringar och brandvarnare. Många har också olika larm och kombinerade låsanordningar. Det är få som struntar i att spara eller anmäla sig till a-kassan och så vidare. I dessa avseenden är vi noga men de mest basala behoven som rent vatten och mat, skydd och värme samt möjlighet till kommunikation är det förvånansvärt få som tänkt på".

"Mm", lät det under tyget. Hela byltet vaggade till.

"Så många som uppåt femtio procent av befolkningen i Sverige tror att beredskapen är låg för att klara en eventuell dricksvatten- och livsmedelsbrist samt ett långvarigt elavbrott. Ändå är det möjligtvis bara en procent som är i närheten av att kallas preppers".

Tygskynket rörde sig mer.

"Vilka konsekvenser kan ett elavbrott få i vardagen? Vi borde gå igenom en hel dag utan ström i fantasin. När vi gjort det kommer vi lätt att kunna åtgärda de mest uppenbara problemen som kan uppstå. Det kostar inte särskilt mycket pengar att bygga upp ett nödförråd hemma för en vecka och det är inte heller svårt. Vi har mycket proviant redan. Snart även honung."

Äntligen tittade Twist fram. Det tog sin tid trots att bina hade dragit vidare, förmodligen hemåt igen ganska omgående.

"Rekommendationen är som ett första steg att åtminstone ha ett förråd för sjuttiotvå timmar", la hon till.

"Vi har ju Mac", sa Twist.

"Och...?", undrade Rut.

"Ja, något som lätt glöms bort vid ett längre elavbrott är kommunikation. Dagens mobiltelefoner har en batteritid på i bästa fall två dygn", sa Twist och han fortsatte:
"Än värre är att mobiltelefonmasterna med sina basstationer har reservkraft för upp till fem timmar. Sedan kan du varken ringa, skicka SMS eller surfa med din mobiltelefon. Och man behöver verkligen kunna ta del av samhällsviktig information vid en krissituation. Har du en vanlig hederlig telefon? Nej, men det har Mac. Har du en batteridriven radio? Nej, men Mac har. Förstår du hur jag tänker?"

Rut pustade ut. Nu var allt som vanligt igen. Promenaden till Bengt fick anstå någon dag. Det hade hänt tillräckligt denna dag, tyckte hon.

Senare på dagen baddade de Twists stickmärken med lite Salubrin. Han hade fått två stick men överlevt. Rut kunde inte låta bli att skratta inombords åt minnet av Twist när han kommit fäktande och springande. Hur tyst och absolut stilla

181

han sedan suttit under tygskynket. Som i en slags omvänd acceleration. Rut hade suttit och kramat om det lilla tygpaketet, och i den stunden kom Mini. Han ville bara säga att han hade ställt in ett keyboard i gårdsbutiken med tanken att kunna varva läxläsning med fler aktiviteter än tevespelande. "Vad är det du har under tygstycket?" hade han undrat. Mini som var så helt underbar med alla djuren på gården, skulle aldrig någonsin själv hamna i samma prekära läge som det Twist knäpptyst nu satt i. Att som gårdsägare, storbonde, getfarmare och jägare behöva sitta och trycka under nån slags filt? På sin egen hemmaplan? Rut avfärdade Minis fundering med att sätta ett hyschande finger över munnen och Mini förstod. Han lämnade dem ensamma.

Ingen visste hur Mini bar sig åt men han var den enda som klarade av vartenda ett av djuren på gården. Till och med Bengt II, gårdens tjur, lät sig klappas av Mini. Av Minis envetna kliande kunde Bengt II till och med drista sig till att gosa lite. Trots sin osäkerhet kring insekter, och med en direkt ovilja att närma sig bina, hade det ändå till slut gått hur bra som helst. Bina brydde sig inte det minsta om Minis närvaro. Rut trodde aldrig att han någonsin skulle kunna hamna under några filtar. Förresten hade han nog suttit under filtar så det räckte och blev över genom åren.

Kapitel 12
Om rymddammet och meteoriten i Brunflo
samt skrotet, hängslena och alla nollor

Rut sorterade upp tvätten innan det var dags för promenaden bort till Bengt. Det var långt att gå men det gjorde inget. Twist sa att han kunde hämta henne sedan om hon ville.

"Mina strumpor blir bara mindre och mindre", sa han till Rut när hon stod och parade ihop dem efter tvätten.

"Storlek 40 till 45, måste betyda att de är 45 i affären, sedan krymper de sakta i takt med antalet tvättar. Kolla här!" Han höll upp en herrstrumpa. En mycket liten herrstrumpa.

"Den här kan väl inte vara min?"

"Jodå", sa Rut och drog i den. "Nu är den din".

Twist hittade den andra strumpan i paret och höll dem bredvid varandra.

"Ja, det var ju det jag sa. Storlek 40 till 45".

Twist tog sina rena kläder och gick mot garderoben. Rut snodde åt sig en puss i farten innan hon gick till hallen. Hon hade tur. Solen sken sitt allra godaste leende vilket skulle matcha hennes promenad alldeles utmärkt. Hon visste att Bengt var ledig men att anmäla sig i förväg var ingen bra idé. Hon skulle knalla och gå, hade hon tur var han hemma.

Bengt hade en plan för dagen. Den gick ut på att han skulle kratta lite löv som aldrig blivit krattade under hösten. Bland det värsta han visste, var att arbeta med åtsittande kläder. Därför drog han bort bältet ur byxorna och letade fram sina hängslen i stället. Hängslen var en underskattad accessoar, eller hjälpmedel, som man kanske skulle kalla det för. Tyvärr hade det anammats först av gravida mammor och sedan av deras ungar. Man ville väl inte vara klädd som en gravid?

183

Eller en unge? Nu skulle han i alla fall passa på eftersom han ändå bara var hemma. Han hittade hängslena och knäppte fast dem i byxorna, satte tummarna innanför banden och drog dem lite upp och ner. Släppte dem och tog ett nytt tag. Det hela kändes så gott att han var tvungen att gå och spegla sig. Han ställde sig framför spegeln en stund och drog i sina hängslen och kände sig läcker. Men inte som en gravid, och inte som en snorunge, nej det fanns en kategori till som använde hängslen. Humphrey Bogart och grabbarna. De hade hatt, hängslen och allt sånt som var förknippat med skön manlighet. Men det var innan kärringarna och ungarna hade tagit över allt. Bengt beundrade sin spegelbild en stund men sedan var han tvungen att slita sig. Han klädde på sig det sista och gick ut.

När han precis hade kommit så långt att han krattat uppfarten och börjat plocka lite skräp, såg han Rut. Vad sjutton hade hon här att göra? Hon har väl aldrig kommit förut, nej så klart hon inte hade. Det var ju aldrig någon som besökte honom, eller i alla fall ingen tvåbent varelse. Rådjuren, fåglarna, en eller annan hare och så katten då... men Rut? Bengt blev supernervös och funderade på om hon kan ha sett att det var han som humpade tomten genom bilrutan och in på deras gräsmatta. Det var väl typiskt Rut i så fall att ta det face to face i så fall. Fan också.

"Jaså", inledde Rut lite skämtsamt. "Har du också såna som kastar skräp på gården din?" Hon tänkte på all vårkrattning som Bengt hade kommit igång med.
"Jaha hej, kommer du? Skräp och skräp, jag vet inte. Vad menar du?" Bengt blev kalassvettig och förstod att Ruts ärende verkligen hade med tomten att göra. Han grep tag om ett ämne han kunde väldigt väl för att förvirra henne.
"Jo, jag tänkte prata lite om..." började Rut men blev snabbt avbruten.
"Skräp och skräp... vet du hur det är med allt rymddamm,

känner vi av det här nere på jorden? Och ökar jordens vikt av det? Solens ljus som får livet att blomstra och växa och en befolkning som bara ökar och ökar... påverkar det planeten?", rappade han på. Rut sa ingenting, hon bara tittade storögt på honom och Bengt väntade inte på svar eftersom avsikten inte var att ställa en fråga. Annat än rent retoriskt alltså.

"Nej, att vi blir fler och fler på jorden påverkar egentligen inte jordklotets vikt eftersom alla atomer återanvänds. På två månader har alla atomer i vår kropp bytts ut och vi människor blir till av det som redan finns på jorden". Bengt pratade i ett rasande tempo.

"Jag ville prata ägg..." försökte Rut igen, men Bengt hörde henne inte utan tog över helt.

"Jorden och vårt planetsystem rör sig konstant i galaxen och krockar med stora damm- och grusmoln. Den största viktförändringen sker genom att jorden samlar på sig rymddamm och mikrometeoriter som kommer från asteroider som kolliderat och splittrats".

"Vet du förresten vad meteoriter består av?", frågade han men innan Rut hann svara, besvarade han sin egen fråga.

"Nittiofyra procent av alla meteoriter består av sten, resten består av nickelhaltigt järn eller en blandning av de båda. Det låter väl tungt va? Vet du hur tungt?" En ny fråga hade ställts av honom.

Rut funderade över varför han verkade så nervös. Var han alltid sån här när han fick besök, i så fall kunde hon förstå att det inte hände så ofta. Eller var det något han ville dölja med allt sitt babblande. Hon såg sig om på gården. Den liknade ett smärre skrotupplag. Litegrann påminde den om ordningen han hade på kontoret fast det här var mer som någon slags utomhusordning. Eller oordning snarare.

Hon såg högar av tegelpannor, stenplattor, sand och jord. Alltsammans övertäckt med presenningar som blivit så tärda av sol och vind att de knappt höll ihop. Det låg långa rostiga

rör utspridda, rör som någon gång säkert legat i en staplad hög. Metallskrot och bildäck, en gammal hammockställning och flera cyklar. Åt vilket håll hon än tittade såg det för bedrövligt ut. Fälgar till däck, som så vitt hon kunde se, inte ens var fyra av samma sort. En bit bort stod två olika sorters gräsklippare, en eldningstunna och en upp och nedvänd eka av något slag. Det var plankhögar och stora träskivor, fönsterbågar med kraschade glas, en toastol och mängder av gamla järnvägsslipers som inte heller de var travade längre. I stället hade de runnit ut och spärrat av halva tomten. Hon såg en tjockteve och en hög med mattor och lite längre bort en öppen kompost där några tavelramar och gamla båtdynor blivit slängda. En kärra med punkterade hjul, en trehjuling och ett plockepinn av skidor och stavar. Inte heller de skulle gå att para ihop på logiskt vis.
"Men...", började Rut vilket utlöste en ny svada från Bengt. Han tog ny sats och pratade nu växelvis på både in- och utandningen.

"Tillsammans med lite större och ovanligare meteoriter läggs 400 000 kilo per år till jordens massa. Det kan låta mycket, men på en miljard år motsvarar det bara 0,000000007... fick jag med alla nollor nu tro?", undrade Bengt i all hast, "åtta nollor?". Och så fortsatte han meningen: "...0,000000007 procent av jordens totala vikt".
Rut hade slutat lyssna för länge sen, i stället lät hon blicken vandra mellan Bengts krattande och den totala oredan på tomten. Bengt pratade på.
"Jorden väger 6,0 gånger 1024 kilo och den vikten är väldigt stabil". Ögonen rullade runt på honom till följd av all koncentration som uträkningarna krävde. Rut började undra varför Bengt alls höll på med sitt krattande, hon kunde inte förstå varför han började i den änden av trädgårdsarbetet. Att stå och fösa löv från ena hållet till det andra mitt i denna röra, var ungefär lika plausibelt som att torka upp bränsle med hushållspapper sedan en tankbil vält. Hennes blick

svepte vidare på ägorna. Bengt såg att hon tittade på
båtställningen som reste sig lika högt upp i luften som flera
av träden var höga.
"Den där rackaren, den har jag byggt", sa han. "Grucken
heter den. Fast familjen gillade inte att åka i den konstigt
nog för den hade allt. Nu har den mest stått där".
Presenningen över den fladdrade för vinden, så där som
trasiga presenningar gör. Under den, blottades något som
Rut med all fantasi i världen knappast skulle kalla båt.
"Den ser fin ut", ljög Rut. "Hur länge har den stått där då?"
"Äh, det är inte så länge. Tjugofem, trettio år kanske? Nä,
fan det är nog mer. Trettiofem?"
"Har du någon plan då?", undrade Rut trots att hon redan
anade svaret.
"Plan? Varför då? Det behövs väl inte. Det är väl som det är
bara och det funkar", svarade han.

Rut såg att det trots all röra på tomten fanns en sittgrupp
ute. Den var placerad en bit från entrén. En allround
möbelgrupp för alla årstider gissade hon. Bengt verkade inte
vara en person som ägnade sina sittgrupper särskilt mycket
tid eller omsorger så de stod nog ute för jämnan. Det var
säkert fler detaljer som vare sig plockades fram eller åter,
noterade Rut. Bengt hade fortfarande julstjärnan uppe i
fönstret och julbelysning i trädet. Om det var rester från
förra julen eller förberedelse inför kommande, kunde hon
förstås inte vara säker på men hon hade sina aningar.
"Ska vi sitta ner och prata en stund?", undrade hon trots att
hon såg att det inte fanns en enda tom fläck att slå ner sin
rumpa.
Sitta och sitta? Jaha, det var väl typiskt tänkte Bengt. Hon
var tydligen beredd att stanna ett tag också.

Rut tittade på allt som belamrade de fyra stolarna. Det var
dynor i en, ganska mögliga och solblekta. På den andra
stolen hade ett bilbatteri hamnat med kablar som slingrades

sig längs stolsbenen. På den tredje stolen hade en hink med aska ställts, förmodligen efter städning av någon kamin inne i huset. Slutligen på den fjärde stolen, låg en stor hög med gratistidningar staplade. Den sista stolen verkade lättast att röja av.

"Jag kanske kan börja med att flytta bort den här högen", föreslog Rut samtidigt som hon lyfte upp tidningarna.

"Nej, nej, nej!", nästan skrek Bengt samtidigt som han tystnade tvärt. Det var som om han själv reflekterade över hur högt det hade låtit.

"Förlåt, men varför ska du hålla på att flytta runt grejer här hemma hos mig? undrade han.

"Oj, förlåt", sa Rut.

Just skriket och reaktionen från Bengt fick henne att raskt börja plocka ihop ett plus ett. Det var precis en sådan tidning som tomten hade legat i när Rut hittade honom. Eller när Sigge hittade honom för att vara exakt. Kunde det vara så att hon återigen hade kommit på Bengt med att inte hålla reda på skillnaden mellan sitt och andras? I så fall var det inte första gången hon i förbifarten hade bevittnat hans tjuverier. Rut gjorde kopplingen och tyckte inte att hon saknade underlag för sina tankar. Nu fick hon en sån obetvingad lust att testa honom lite, så hon chansade.

Först bläddrade hon lite i tidningshögen och såg på en gång att de låg i datumordning men att det fattades en tidning. "Vad intressant att du kan så mycket om rymden Bengt", inledde hon.

"Har du läst om det i dina tidningar här? Och att det finns så mycket skrot i rymden", sa hon sedan medan hon lät blicken ta en vända till över Bengts ägor.

"Du tror inte att det finns några tomtar där uppe i rymden som helt plötsligt hamnar utanför sin bana och dimper ner på jorden. Typ i någons trädgård eller så?"

"N-n-n-nej", stammade Bengt. "Har du hört talas om att sånt förekommer? Har det hänt dig? Det vore ju

188

jätteläskigt", sa han men var redan bortgjord. Det syntes lång väg.

"Ja, det har hänt mig", sa Rut. "Man kan verkligen undra var den tomten kom ifrån?"

Bengt blinkade till och så valde han att babbla vidare. "De flesta rymdstenar kommer faktiskt aldrig fram till jorden eftersom de löses upp genom atmosfären. Av dem som kommer fram så faller sex av sju ner i vatten."

"Tack, det var skönt att veta", svarade Rut som i samma stund ställde bort hinken med askan. Därmed var två stolar nu lediga och möjliga att sitta på. Hon gjorde en gest till Bengt att sätta sig ner och det gjorde han, lydig som en hund, samtidigt som han pratade på.

"I Sverige känner man till nio meteoriter som träffat landet sedan mitten av 1800-talet. Man har också hittat spår efter två jättelika meteoriter som slagit ned i Jämtland för runt 458 miljoner år sedan. Den största av kratrarna är sju och en halv kilometer i diameter och ligger i närheten av Brunflo."

"Brunflo sa du", upprepade Rut.

"Ja, och för 365 miljoner år sedan slog en meteorit ned i Sverige med enorm kraft och bildade det som idag kallas för Siljansringen. Det är den största kända nedslagsplatsen i Europa. Siljan, Orsasjön samt flera småsjöar till i Dalarna är kraterns yttre ring. Kratern mäter 50 kilometer i diameter och är 160 meter som djupast. I genomsnitt registreras fem meteoriter om året i hela världen. Över 600 meteoritnedslag har observerats av ögonvittnen sedan 1913."

"Oj vad du kan. Och vilken energi du verkar ha Bengt", sa Rut och såg att han nästan var på väg att ställa sig upp igen. Han hade hängslen idag och det ena knäppet satt så fint bak i byxan. Det andra satt fast i kalsongen. Osäkert om det hade blivit fel eller om det var så att både byxorna och kalsongerna behövde hållas uppe. Han såg faktiskt ut som ett förvuxet dagisbarn där han stod.

"Den absolut tyngsta meteoriten som slagit ned på jorden de senaste 100 åren föll över Ryssland 1947. Den vägde runt 23 ton, bestod mestadels av järn och lämnade en krater på cirka 1,3 kvadratkilometer efter sig." När han uttalade ordet *tyngsta* tog han sats nerifrån knäna och gestikulerade samtidigt med ena handens pekfinger i luften som om han själv just upptäckt något komma farande.
"Jaha...?", sa Rut med samma tonfall som den har som nyss öppnat dörren för Jehovas vittne och fått vetskap om att Gud ser allt.
"Forskare har också hittat vad som ska vara världens *största* meteoritkrater utanför den grönländska byn Maniitsoq. Den härstammar från en meteorit som slog ned på jorden för cirka tre miljarder år sedan. Den grönländska meteoriten ska ha haft en diameter på 30 kilometer och träffat jordens yta med en hastighet på runt 20 000 kilometer i sekunden."
Än en gång tog han sats från knäna fast denna gång var det på ordet *största*.

Rut var bara tyst, helt trygg med att allt detta snart skulle få ett slut. Medan hon satt där och väntade skickade hon ett SMS till Twist och bad honom hämta henne om tio minuter.
Bengt fortsatte:
"Och 2013 slog en rejäl meteorit ned i Ryssland som också fångades av flera kameror. På vägen ned skadades över tusen personer. Sedan den slagit ned har jakten på meteoritdelar pågått och härom dagen lyckades man fiska upp en stor bit av meteoriten ur en sjö. Biten väger mer än ett halvt ton och var egentligen ännu större men gick i tre delar när man försökte fiska upp den".
"Men ingen tomte?", frågade Rut fast Bengt hade inte hört henne, det var hon säker på för han bara malde på som om han hade en jättestor skruv bak i ryggen vars fjäder var evighetslång.
"Men storlekarna varierar. För ett antal år sedan fick en tysk pojke plötsligt en glödhet sten i storleken av en ärta på sin

hand. Han fick ett sår på handen, men i övrigt var han oskadd. Han är den andra människan hittills som man känner till som överlevt att ha blivit träffad av en meteorit. I Alabama i USA 1954 föll en meteorit, stor som en grapefrukt, ner genom ett tak, studsade på några möbler och träffade slutligen en sovande kvinna. Hon var den första att överleva ett nedslag men fick ändå ett stort blåmärke på låret. Faktiskt, jag skulle vilja ha en meteorit i min stensamling. Fast bara en liten en", avslöjade Bengt.

"Har du en stensamling?", fick Rut ur sig.
"Är du kanske en samlare Bengt? Tänk, det kan man inte tro." Det där sista lät kanske lite som ironi men nu blev det i alla fall knäpp tyst ett tag.

Mellanrummet som uppstod mellan den oavbrutna svadan av ord och den absoluta tystnaden, blev platsen där ren och skär utmattning hamnade. Eventuellt också skam.
"Får jag säga en sak här Bengt?", fick Rut ur sig.
"Ehhh, ja...?"
"Du har gjort något som bara blev fel, eller hur Bengt? Något som blev väldigt mycket fel. Igen, skulle man kunna säga". Bengt visste att det var kattungen hon syftade på.
"Mm..." svarade han.
"Du behöver inte förklara något för mig Bengt, men ta dig en rejäl funderare över varför det blir som det blir ibland. Varför du inte kan låta folks grejer vara ifred." Hon var medveten om att det lät som om hon läxade upp ett barn, men samtidigt var det ju lite så han såg ut där med sina felknäppta hängslen och sin skam.
"Rädsla har vi alltid med oss Bengt, men det är en mycket dålig rådgivare". Rut tog en kort paus innan hon fortsatte.
"Och du känns som en mycket, mycket rädd plutt, som en liten räddhare". Bengt tittade ner i backen. Han flyttade runt ett löv som låg på marken vid hans fötter.
"I stället för att stå för det du gjort, blev du rädd och hoppades att ingen skulle få reda på något".

"Mm", lät det från Bengt igen men den här gången blängde han lite på henne.

"Förresten, varför hade du skrivit *halt!* på tomtens skylt. Med ett utropstecken. Tyckte du att gården började ta för mycket mark av ICA eller var du orolig för någons hälsa eller vad handlade det om?", undrade Rut.

"Halt? Nej det stod inte halt. Det stod haaaalt", sa Bengt och uttalade a:et med lång vokal. Sedan berättade han historien om resan från Härjedalen, om bränsletanken och om halkan och älgen och precis där blev Rut så evinnerligt trött på honom. Han hade babblat precis hela tiden och Rut som bara hade velat skapa en kontakt, prata ägg och ge Bengt lite uppmärksamhet. Inget av det hade gått sin väg.

I samma stund körde Twist in på infarten och Rut fick äntligen säga hejdå till Bengt. Hon gick till bilen och hoppade i den med en tung suck.

"Tack för att du hämtade, jag berättar sen", sa hon. De körde iväg i tystnad. Rut vägrade att svara Twist på några frågor och på ytterligare försök till kommunikation. Hon ville bara ha tyst och behövde grubbla över besöket, över Bengt och över hans tillvaro. Det hela var mycket förbryllande. Tystnaden bröts plötsligt av Rut med frågan:

"Tror du att vi kommer att kunna satsa på att fira pärlbröllop?"

"Hur många år är det?" undrade Twist.

"30 tror jag, hur gamla är vi då?"

"Tja... 85 ... 80", räknade Twist snabbt fram.

"Jaaaa! Då kan det ju funka. Pärlbröllop. Då satsar vi på det!"

"Vi får väl se om vi har hälsan", kom det från Twist.

"Skit samma, bara vi firar. Det kan vi väl göra även utan hälsa?" En slags tystnad utbredde sig igen.

"Faaan, det är nåt fel på framaxeln eller nåt. Bilen känns så trögstyrd. Nåt fel är det där fram.

"Men hallååååå! Vi pratade ju pärlbröllop!", fräste Rut.

Kapitel 13
Om obegripliga minnen, släktskap och tänkbar forecast
samt andningsteknik och allmänt teknikförfall

Det var eftermiddag och eleverna som hade varit på läxläsningen denna dag hade precis lämnat gården. Det var nu den tredje veckan med läxhjälp och både Fia och Sigge hade varit med dem. Först ut var killarna från biblioteket, eller först in kanske. De hade kommit punktligt varje dag under de här veckorna och älskade att vara på gården bland djuren och allt som hände. Waheed och Tariq, två bröder från Afghanistan. De hade kommit till Sverige förra hösten. Tariq hade redan lärt sig svenska flytande medan Waheed behövde kämpa lite mer. Han var också äldst med sina tolv år. Tariq var bara tio.

I Afghanistan pågår ett sexuellt utnyttjande av pojkar, ett fenomen som kallas bacha bazi. Kvinnor och män lever åtskilda, kvinnor dessutom med heltäckande slöjor och utanför offentligheten. Eftersom det är svårt att attraheras av någon utan ett synligt ansikte, så har pojkar i stället fått bli sexobjekt. De har blivit måltavlor för mäns sexualitet. Fattiga familjer säljer sina pojkar till rika män i utbyte mot pengar och förmåner. Pojkarna lär sig dansa och tränas att behaga. De kläs i kvinnokläder och uppträder för äldre män. Det är de förpubertala pojkarna som ger status, samma status som troféfruar ger rika och mäktiga män. Att ha den snyggaste pojken som dansar bäst ger högst status. Det handlar om sexuellt slaveri och barnprostitution, i många fall våldtäkter. Bacha bazi är visserligen olagligt i Afghanistan, men det är män med pengar och makt som leder det hela vilket gör att polisen blundar för lagen. Vad just Waheed och Tariq utsatts för är ännu inte helt utrett men de får samtalsstöd varje vecka här i deras nya land. Det gäller att gå varligt fram.

Ett är säkert och det är att beteendet är så utbrett att många afghanska pojkar och män har utsatts. Det kan vara så många som femtio procent av de pashtunska männen som tar pojkar till "älskare". Man beräknar att så många som en av tio afghanska pojkar kan ha utnyttjats sexuellt. Homosexualitet är visserligen förbjudet enligt Koranen men om det ska understrykas för att få bukt med den här typen av sexslaveri, förstärks homofobin samtidigt. Ett svårt avvägande, fast det inte borde vara det.

Rut och Twist kände att de gjorde en insats för Waheed och Tariq och hoppades att det här livet skulle kunna läka några sår. De hade också skapat en bra kontakt med personen som stod för godmanskapet. Som det var nu delade de på omsorgerna för pojkarna och för det fick Rut och Twist en ringa ersättning. Mest för att täcka matkostnader.

Förutom dessa båda bröder hade det kommit ströelever från skolan under veckorna men så fick det väl fungera ett tag. Halva terminen har redan gått men å andra sidan började ett race mot betygen så här dags på vårterminen, så läxhjälpen kom att bli en vän i nöden. Pernilla hade varit med i början och introducerat upplägget för tre elever. Det var två flickor och en pojke och de hade kommit på avsatt tid vilket varit två gånger i veckan, en timme per tillfälle. Den sortens hjälp som de i första hand behövde var struktur och planering. De saknade nämligen tillräckligt med kraft för att själva svara på frågan "varför". En fråga de själva ställde inför varje nytt moment. "Varför måste vi göra det här?", "varför behöver vi kunna det här?", "varför ska allt vara så tråkigt?", "varför har nån bestämt att vi ska kunna det?", "varför är det alltid så mycket?" och så vidare.

Fanns det ingen där som kunde svara på frågorna, motivera dem, putta igång startmotorn och lägga fram lagom stora portioner hade ingenting blivit gjort.

194

Rut kände så väl till vilket dilemma som kunde uppstå på hemmaplan där det inte fanns någon som kunde svara på "varför". Där uppgifter bara sköts på framtiden med sån beslutsamhet att ingenting alls blev gjort. Där högarna bara blev ännu större, restuppgifterna ännu fler, allting ännu tråkigare, med fler ogjorda uppgifter och där betygsvarningar till slut haglade in.

Precis så startade det med Sigge under senare delen av mellanstadiet och en bit in i högstadiet. Det var många dystra kommentarer i kontaktböcker och i mejlboxen under låg- och mellanstadiet. På högstadiet upphörde de helt. När Sigge efter denna tystnad plötsligt fick fem betygsvarningar, utan att Rut fått någon förvarnande information om det, blev hon sjövild. Inga åtgärdsprogram hade skrivits, inga möten hade hon kallats till trots att det var det enda hon kontinuerligt påminde om, att förses med konstruktiv, framåtblickande information.

"Skriv några rader, mejla, ring, SMS:a, skicka röksignaler... kort sagt; hör av er", sa hon gång på gång. Det enda hon fick var kommentarer på terminssamtalen som skvallrade om hans förehavanden.

"Sigge pratar för mycket med sina klasskamrater, stör på lektionerna, kommer inte till ro, får ingenting gjort i de olika ämnena, har missat läxan, hade inte pluggat till provet, verkar inte veta vad skolan går ut på... bla bla bla".

Eftersom ingen hörde av sig från skolan var det till slut Rut som kallade till ett möte och till det kom rektor, mentor och en tröttmössa till skolpsykolog. Rut hade begärt ett åtgärdsprogram där problem, möjligheter och åtgärdsförslag skulle synas. Hon ville kort sagt veta vad skolan var beredd att göra, vad de hade för plan. Det hon fick ta del av var ett dokument fullt av problem som endast innehöll förslag på vad Sigge skulle göra för att lösa problemen. Det var en lång lista med allt som Sigge *inte* gjorde rätt och som därför ansågs vara roten till alla hans problem. Det var han, och bara han som var problembäraren.

Vid ett tidigare möte hade rektorn precis varit på kurs och lärt sig att det inte nödvändigtvis var fisken som var sjuk i ett akvarium, utan att det lika gärna kunde vara vattnet. Ändå handlade åtgärderna bara om hur fisken i det här fallet skulle kunna simma snabbare, snyggare och mer effektivt för egen maskin.

"*Om* Sigge hade klarat av att göra allt det ni föreslagit här, skulle det här mötet, alla betygsvarningar och diverse mene tekel aldrig behövts", fräste Rut.

"Ska jag behöva skriva ett åtgärdsprogram som ser mer anpassat ut eller gör du som mentor ett nytt försök?", undrade hon vidare.

Vid nästa möte enades de om att byta mentor. För allas trivsel som det hette. Men på inga sätt och vis fungerade kontakterna i alla fall. Psykologen till exempel uttalade sig om Sigge (utan att en enda gång ha träffat honom) som en kille som bara kommer att hamna i trubbel, med droger och kriminalitet som en följd av det. Så brukade det gå för "såna där grabbar", sa han. Vilken tur för hela situationen att Rut redan hade förstått att han var en tröttmössa, för ett mer ångestskapande budskap från en människa i psykologens ställning kunde annars få vilken förälder som helst att tappa tron på framtiden.

När Rut frågade psykologen, eller vad han nu var, om han någon enda gång hade träffat Sigge blev svaret "nej". Och på frågan om han alls visste vem Sigge var, blev svaret också "nej". Så hur kunde han dra så snabba växlar på hur Sigges framtid kommer att bli? undrade hon sedan. Det bestämdes att psykologen och Sigge skulle träffas vilket de också gjorde. De träffades två gånger och båda de gångerna satt de mest bara och andades i trettio minuter.

Första högstadieåret passerade på så vis och allt fungerade bara sämre och sämre och till slut skrev Rut ett långt brev till rektorn och bifogade skollagen ihop med det. Under tiden var det ganska stökigt hemma vilket berodde på att det inte blev någon ordning på skolan. De satt fast i ett ekorrhjul som bara snurrade på. Familjen började gå på samtal i ett försök att hitta trådar för att kunna göra allting lite bättre och en utredning påbörjades. Sigge flyttade till Kanada för att fortsätta sina högstadiestudier där och utredningen blev klar. Han blev väl omhändertagen i den nya skolan och mognade i den mer anpassade miljön. Där handlade det om att höja förväntningarna, göra en plan, följa den och skapa goda relationer. Sigge repade sig ur sitt vingklippta tillstånd och började ta större ansvar för skolan. Så, Rut kände till problem av den sorten som de tre skolungdomarna hade. Mycket väl skulle man kunna säga. Hon visste vilka konsekvenser som följde med i paketet, inte minst sett ur ett hälsoperspektiv där samtliga berörda faktiskt bara mådde skit. En utomstående hjälp var då mer än välkommen.

Den här eftermiddagen hade det blivit lite väl mycket på agendan med både läxhjälp och mellanmål. Rut hade testat konceptet med Heuriger, det vill säga kalla charkuterier till mellanmål och äppelmust att dricka. Eftersom hon ville att allt skulle vara perfekt hade det till slut fullkomligt kört ihop sig. Hon hann inte med i svängarna och mitt i allt behövde Twist Sigges hjälp med att flytta en hög jord. Det hade han och Rut pratat om fram och tillbaka. Ibland blev det så, att när de just pratade fram och tillbaka blev vare sig det ena eller det andra bestämt. Alla tankar blev bara hängande i luften som några slags slappa telefonledningar. Då blev det lätt lite dålig stämning.

"Du sa ju att Sigge kunde hjälpa mig, det var han också inställd på", började Twist.

"Jag förstår inte vad du pratar om och inte han heller. Han var så glad över att få vara med på läxhjälpen idag, så det tror jag knappast".

"Fast vi hade pratat om det där med jorden".

"Ja, vi hade pratat om mycket, bland annat om jordhögen men sen har vi tänkt om. Du har fått en vana att ta fasta på det *näst* sista som sägs och inte det sista. Just det har hänt flera gånger".

"Men jag trodde vi var överens?", sa Twist.

"Överens? Utgå aldrig från att vi är överens så går det lättare att komma med idéer för hur vi ska komma vidare". Det var efter såna här dispyter som Twist var tvungen att gå ut och spruta insektsspray på bilen. Gick det inte över av det, kom han in igen och fyllde en hink med vatten för att göra sig beredd inför en hel biltvätt.

Att leva ihop med en ingenjör var verkligen inte lätt alla gånger. Det som för andra människor ser ut som början på ett problem har redan varit på fallrepet länge enligt ingenjören. Twist hade redan räknat ut hur saker på grund av potentiella vindfång, materiella haverier eller genom utifrån kommande värmestrålning kunde brytas, nötas, belastas, oxideras, sönderfalla eller på annat sätt skadas. Detta långt innan Rut uppmärksammat något över huvud taget.

Rut spelade CD-skivor medan Twist mest avvaktade läget. Han visste nämligen att skivorna snart skulle vara slut på grund av de skador de fick i lacken när de brändes. Hålen som bildades vid bränningen luftfylldes med tiden och materialet oxiderade då sakta sönder. Inget av detta kände Rut till. I Twists ögon använde hon också sin telefon oerhört vårdslöst eftersom han visste att den var full av millimeterstora transistorer. Var och en av dessa var satta i olika lägen för att göra potentiella skillnader mellan plus och minus. Om man inte var försiktig med prylar kunde de gå sönder, det visste Rut men exakt *hur* de kunde gå sönder, det visste Twist. Och varför. Transistorer bidrar till att strömmen hoppar runt och skapar spänning. Såna saker hanterar man med försiktighet.

"Ja ja ja", svarade Rut då.

Förutom olikheter som att den ena i relationen hade ett ingenjörstänk maxi och den andra ett ingenjörstänk mini, var det annat som skilde Rut och Twist åt. Rut hade vuxit upp och formats av att man köpte, använde, frestade på och nötte ner grejer tills det var slitna. Då använder man prylarna vidare och tärde på dem lite till, tills de nästan föll sönder och då använde man dem ännu ett tag. Rasade det fullkomligt, lagade man det och körde på så gott det gick efter det. Man var lagningsproffs i Ruts värld, eller förresten, man var världsmästare i lappning.

Twist var i stället formad av att man skötte och vårdade sina saker så ömt att de knappt ens användes. Man slet absolut inte på några grejer. För Guds skull, man slet *verkligen* inte på något. I stället smörjde man och putsade, polerade och täckte över, vårdade och kollade av. Ingenting nöttes och minsta skråma lagades. Om något till slut ändå hade använts och verkade begagnat, köpte man nytt. Man var materialexperter i Twists värld och proffs på hållfasthet. Twist forecastade också mycket, det vill säga förutspådde händelser. Han forecastade gärna sånt som väder, färdvägar, arbetsdagar, kronologiska ordningar och känslor. Han låg jämt steget före. Liksom levde sin framtid i stället för sin dröm. Exempelvis planerade han färdvägen innan de ens packat och hemvägen innan de var framme. Att vara både här och nu (vad behöver jag ta med?) och växla till framtiden (vad kommer jag att behöva?) var svårt för dem båda. Men att planera steget därefter (vad som kommer att ske långt senare) förvirrade läget helt. Ingen klarade av det trots att ingenjör maxi hoppades på det.

Mot bakgrund av allt detta, fanns det säkert någon långsiktig men rimlig förklaring till varför det var absolut extremviktigt att flytta jordhögen just denna dag. Det kan ha att göra med oxidering, förruttnelse eller annat sönderfall gissade Rut. Hon kände sig både stressad och arg. Dessutom hade hon ont i huvudet mest troligt för att hon druckit för lite. Det var rejält varmt nu på dagarna. Den här veckan hade Rut ändå påbörjat ett helt nytt liv, ja ett av alla då... Hon hade laddat en trettiotre centiliters PET-flaska och bestämt sig för att dricka minst en flaska per dag, helst två. Hon började i måndags och nu hade torsdagen passerat utan att hon kommit ens till hälften av flaska ett. Det är svårt med nya liv, hur hårt man än bestämmer sig. Ruts huvudvärk kunde kanske också bero på att hon sakta men säkert börjat utöka sina göromål till fler än hon egentligen borde. Sådant kan ge huvudvärk. Det var verkligen kul att ha ungdomarna på gården men hon borde nog hålla igen på sina idéer lite.

En av alla planer hon hade var att Mini i en framtid skulle kunna ta emot skolgrupper och visa runt på gården. Det fanns mycket att visa. Och hon visste att han skulle göra det bra. Skolbarnen kunde få se hönsen och lära sig all omvårdnad om dem för att de skulle värpa och må gott. Getterna och deras flockliv fanns det också en hel del att lära sig om. Mjölkningen och osttillverkningen likaså. Musteriet och bina var ytterligare områden att bekanta sig med om man aldrig tidigare sett tillverkning. Skolvisningarna kunde vara både interaktiva och praktiska. Det fanns många exempel också i det vardagliga arbetet som kunde illustrera förändringar över tid. Kunna jämföra förr med nu. Skolvisningarna kunde också uppmärksamma begrepp och hjälpmedel som barnen säkert inte kände till. De skulle kunna tillrättalägga moment där det gavs möjlighet att prova på. Läxläsningen kunde vara inkörsporten till allt detta. Deras läxläsningselever skulle kunna bli Minis testkaniner. Fast idag med den huvudvärk och osämja som brutit loss, såg Rut all anledning i världen att tagga ner lite.

Dagens mest rofyllda upplevelse var ändå när en av killarna från skolan satte sig och spelade på Minis keyboard. Ett stillsamt harmoniskt klinkande. Det var i sådana ögonblick som Rut kunde ta beslut om att hon och Twist behövde ett fosterbarn. Ett klinkande änglabarn. Synd bara att man måste kolla med föräldrarna först och ana att de skulle säga nej. Nu var det skönt att just denna arbetsdag var över kände Rut som fortfarande var kvar i gårdsbutiken. Hon hade ofta radion på och lyssnade på musik av alla sorter. Hon var en riktig allätare och visste knappt vad hon lyssnade på men gillade det mesta. Ibland försökte hon snappa upp några rader i texten och anta att det kunde ha med titeln att göra. Sedan googlade hon på låttiteln och hittade låten. Men långt ifrån alltid. Påfallande ofta hette låten något som inte det minsta hade med texten att göra.

Förr i tiden köpte hon LP-skivor. Hon var nog den som in i det längsta köpte LP-skivor, trots att det var CD-skivor som sedan gällde. Så mycket tyckte hon om dem. Konvoluten, häftena med alla låttexter och bilderna på artisterna. Detta att få styra ner nålen och sätta den exakt på den låt hon ville höra. Väldigt ofta var det bara en eller två låtar på en hel LP som var outstanding. Det var för dessa hon la sina slantar på hela LP:n, det gick inte på annat sätt. Efter ett antal tillfällen av lyssning, dök flera låtar upp på albumet som snabbt blev nya favoriter.

Av den anledningen la hon, för länge sedan, oerhört mycket tid på att plocka ut godbitarna från varje LP-skiva de hade i huset, och det var inte få kan tilläggas. Efter urvalet spelade hon över dem på en C-kassett. En C-kassett hade både fram- och baksida så det fanns gott om utrymme. Hur många timmar som gick åt var svårt att så här i efterhand uppskatta, men det var åtskilligt med tid och Rut jobbade oerhört prestationsinriktat.

Så småningom hade hon fått ihop sju stycken C-kassetter.

Det rörde sig om sammanlagt över sexhundra minuters speltid. Mer än tvåhundra låtar hade omsorgsfullt valts ut. Banden hade hon ingen större glädje av inne i huset så dessa lades ut i bilen och där låg de. Ända tills den dagen, bara någon vecka senare, då bilen fick inbrott och allt löst som låg i den stals. Till och med mobiltelefonen försvann, trots att den satt fast monterad. Ett par solglasögon, lite pengar och annat smått och gott stals, men det värsta av allt... alla Ruts kassettband var borta. Alla utom ett, och hon som inte hade hunnit lyssna på dem än. Det var sorg på mer än ett plan det. Det var bara att hoppas att tjuven hade samma musiksmak, annars var det väl bra onödigt.

Rut hade vuxit upp med det faktum att man höll på. Ingenting var konstigt med det och framför allt var man inte "duktig". Nu för tiden när någon gör en enda syssla utöver de vanliga, anses man vara duktig. Hur kunde det bli så? När Rut växte upp kunde man exempelvis göra mosaikbordsskivor av cement och porslinsbitar. Det sparades ljusstumpar eftersom man visste att ljusstöpning stod på agendan vid tillfälle. Att sy och laga kläder hörde till vardagen, att sticka hela lapptäcken var fest. Hade man överblivna jeans, sydde man kjolar av dessa och så rev man fjädrar och plockade hagel ur duvan inför middagen. Det senare hände kanske bara ett par gånger men kan ändå ses som ett bevis för att man höll på. Idag skulle ingen bemöda sig med att plocka vare sig hagel eller fjädrar från så pass lite kött. Knappt någon stöpte ljus längre eftersom IKEA fanns och sy om jeans till kjolar... varför skulle man? Förr om man behövde mura, så gjorde man det. Var det något som skulle svetsas så fixade man det också. Rensa avlopp, laga tak, meka med bilar och fälla träd? Ja, allt sköttes för egen maskin. Arborister var långt ifrån uppfunna, de fanns åtminstone inte i Sverige. Det enda man nog inte gav sig på själv var att sota skorstenspipor. Åtminstone inte vad Rut kunde minnas. Man stickade sina tröjor, blötlade sina bönor, sillar och vad mer som nu skulle dränkas. Man odlade en rad grönsaker och bär med hjälp av skott och sticklingar. Och man la in, griljerade, stoppade, konserverade, redde och kokade buljong. Det som definitivt inte var aktuellt var att fritera. Så var det bara.

Rut kan verkligen inte komma ihåg att man så mycket som nu sa: "lycka till", "ha kul", "må bäst", "ha en härlig helg", "trevlig kväll" och "ta hand om dig". Antagligen för att ledigheten inte gick ut på något av det. Man skulle inte ha kul eller önskas lycka till och ingen visste hur man gjorde för att ha en härlig helg eller lyckas må bäst. För handen på hjärtat... Hur *gör* man för att ta hand om sig eller för att göra helgen härlig? Då för tiden sa man inte så, man tyckte nog inte det var ett sätt att prata på. Eller kanske för att det var en alltför svår uppgift att leva upp till. Nu för tiden säger alla det, men gör det inte. Man kan väl inte mer än vara? Ska man behöva kämpa med att vara på ett särskilt sätt vid sidan av allt annat, bara för att någon sagt det?
Det fanns väl inget knepigare än de två orden "lycka till"? Det kunde stå längst ner på provpapperet i skolan. Bara det var väl bra konstigt? Att önskas lycka till i slutet, när man redan var klar. Uttrycket i det sammanhanget andades nästan lika mycket ironi som vänlighet.
Dessutom säger man sällan det till dem som *verkligen* behöver höra orden "lycka till" allra mest. Och i stunder då man känner sig utlämnad blir inte "lycka till" lika fint utan mer som: "hoppas att det inte går åt helvete så hårt." Det är mer ämnat dem som redan har goda chanser att lyckas. Den som får ett "lycka till", och tar emot det med glädje, är den som redan har ganska bra koll på läget och minst behöver det.

Mini tittade in i gårdsbutiken. Rut såg att han höll något bakom ryggen.
"Hej", sa hon. "Jag blev lite trött efter idag, det kändes som

en lång dag och jag har inte varit på humör. Hur har du haft det?"

"Ganska bra. Jag tittade in här på läxhjälpen idag för att mäta lite och då kunde jag hjälpa Waheed med matten. Det kändes kul".

"Schysst av dig! Det är klart att du kan hjälpa till, varför skulle du inte kunna det? Du har mycket i dig och kan så mycket, det vet du. Vad skulle du mäta då?"

"Den här", sa Mini och höll upp skylten som skulle sitta ovanför dörren till gårdsbutiken. "TAFFEL" stod det med stora bokstäver på en planka som var en bit över en meter lång.

"Men wow, vad fin! Skitbra, precis så ska den se ut så klart. Var hittade du den och hur har du gjort?" Rut höll upp plankan och studerade den. Hon strök och klappade på den om vartannat som om den var en plattfisk hon höll på att trösta.

Mini berättade att han hade varit nere vid stranden och hittat en hög med drivved där och längst ner låg den. Han hade bränt in texten och fasat av kanterna på den innan han lackade den.

"Kan jag sätta upp den nu och sedan sitta en stund med Farming Simulator medan du är kvar?", undrade han.

"Men Gud givetvis! Tack snälla för att du alltid gör det du lovat. Att du får ändan ur vagnen och allt".

Mini tittade till på Rut och skakade på huvudet. Vadå vagn? Han anade att hon sagt en sån där fras igen som inte var på riktigt utan bara ett uttryck. Han hade börjat lära sig det. I stället för att grubbla vidare började han mäta och planera uppsättning av skylten.

Rut beundrade Mini och tänkte samtidigt på allt han kunde utan att ha tränat särskilt mycket. Han var händig som sin pappa och rar som sin mamma men för övrigt var han ju bara Mini också rätt och slätt.

Man säger gärna att saker ligger i släkten, att beteenden och egenskaper går i arv. Rut trodde stenhårt på tanken att alla var släkt med alla men att man gärna tillskriver sin släkt egenskaper och företeelser som typiska. Gärna då de goda dragen eller möjligtvis de spektakulära beteendena. Allt annat skulle väl te sig rätt så skrämmande. "Det där har du efter mig", säger man ofta, eller "det där har du ärvt efter farfar". "Det där ligger i släkten" eller "som du gör, så gjorde alltid mormor". Rut tänker ofta att det är rätt barnsligt att tänka så, ja inte när man pratar till barn kanske men vuxna emellan. Snälla säg att man ändå förstår att det är mänskliga beteenden och inte specifikt släkttypiska. Kanske mer kulturella, till och med sociokulturella och traditionsbundna, men inte just släkttypiska.

Rut funderade själv över vad som kunde tänkas ligga i deras släkt. Hennes första hinder i denna tanke var faktiskt att förstå var hon skulle begränsa sig. Var börjar och slutar släkten? Menar man på både mammas och pappas sida, vilket man rimligtvis borde, är det ju ganska mycket som ligger i släkten. Men få människor som pratar om arv nöjer sig väl med den begränsningen? Ofta rör det väl resonemang som inbegriper människor ytterligare två generationer bakåt i tiden. Då blir det ju jättemånga, enligt Rut.

Tänker man dessutom på påverkan via miljö behöver man inte ens begränsa sig till blodsband när man pratar släktlikheter. Då kan man blanda in alla plast- och syntetföräldrar, fastrar och morbröder samt grannar och arbetskamrater också. Bara man umgås tillräckligt mycket för att färga varandra.

Nåväl Rut ville ändå göra ett försök att fånga kärnan i det som ligger i hennes släkt, alltså så vitt hon kände till. Och vips kom hon på ytterligare en begränsning alltså. När man pratar om sådant som ligger i släkten handlar det ändå bara om sådant man *tror* sig veta. Det här kändes verkligen knäppt men var väl ändå värt ett försök.

Hur Ruts' är: Inte särskilt ytliga och mingliga, snarare blyga och aningen diskreta. Man håller sig lite på sin kant och upplevs säkert både mariga och integritetsstarka just därför. Någon tävlingsiver ingår inte i släktmaskineriet. Man pysslar inte med sånt helt enkelt utan var och en sköter sitt. Det som möjligtvis kan kallas tävling är i så fall att sätta personbästa. Hur länge man kan sitta i bastun eller hur många paltar man kan trycka i sig. Att jämföra sig med andra pysslar man inte med. Det är heller ingen idé att framhäva sig eller göra sig mer förträfflig än man är. Ingen uppmärksammar ändå sådant, för tro inte att du är nån. Du duger för övrigt som du är. Take it or leave it.

Hur Ruts´ ser ut: Medelviktiga och medellånga. Skört, tunt hår på huvudet och självfall. Ljust melerade ögon med en gul ring närmast pupillen och mestadels spetsiga näsor. Något annat som anses gå i arv är den så kallade släktmagen. Även kallad sälmagen. Ingen har platt mage och tillstymmelse till magrutor finns inte. I så fall får man titta högre upp, typ i brösttrakten för där är det såväl platt som benigt.

Vad Ruts' hejar på: I arvet ingår att man är socialdemokrat, punkt slut. I alla fall nästan punkt slut. Utan att kunna ett enda partiprogram, utan att hålla med om allt politiskt de pysslar med och utan att kunna argumentera för sitt val i vallokalen så röstar man på sossarna. Det bara är så, ett arv efter morfar. Man håller också på DIF, egentligen av samma anledning. Utan att kunna någonting om fotboll eller ishockey, utan att knappt veta skillnaden på lagen och utan att det ens går bra för DIF alla gånger så håller man på dem. Heja, heja.

Hur Ruts' mår: Knappt någon har demens och knappt någon

har fått cancer. Hjärt- och kärlsjukdomar, kroniska åkommor och galenskap finns inte heller i släkten. Man blir gammal och dör helt enkelt. Klart slut. Man är inte så kramig heller. Jo, visst kramas man, men inte så där hamigt genom att kladda, stryka och smeka på varandra hela tiden. Man kramas rakt av sen är det klart. Inget tjafs.

Hur Ruts' gör: Köper fina presenter, trevligt inslaget, på tema eller med särskild omtanke, gärna rim på vers. Absolut inte i sista minuten. Definitivt inte på Statoil. Särskilt aldrig pengar i kuvert. Väldigt vanligt är att man ger bort tre paket och om det är sånt som kan ligga i någons släkt så är det väl en rackarns tur att de inte tillhör en maffiasläkt. För vem vill ha tre paket av maffian? Tänk tre hästhuvuden i sängen... Förpackat och klart.

Vilken stil Ruts' har: Man klär sig, handlar, inreder och äter funktionellt och gediget, i basfärger, i riktiga material och med bra innehåll. All kitsch är förbjuden. Konstiga matchningar, prydnader, tjafs och oäkta, fusk, tunt, och slarv går bort. Morfar var skomakare, mormor sömmerska, farfar styckmästare och farmor märkvärdig. Det är antagligen förklaringen. Helt och rent.

Vad Ruts' äter: Man tuggar inte jämt. Matintag ges och tas emot på bestämda tider och man äter lagom, framför allt sitter man inte och petar i sig för att få slut på faten. Det är balanserad mat som gäller, på sin höjd halvfabrikat men aldrig någonsin färdigrätter. Rut hade knappt satt tänderna i en hamburgare och en påse pommes frites förrän hon var en bit över tjugo. Mat och potatis.

Ruts syster var nog ändå mer gedigen i bra mycket mer än vad Rut var. Syrran var mer släkttypisk skulle man kunna säga. I allt från matsäckar till val av telefonbolag körde hon svensktillverkat, materialsäkert, genomtänkt och helylle. Hos syrran var det Volvo, Telia, Vattenfall, svenskt kött, bondkatt, såpa, naturfärger, styv bomull och lin som gällde. Hon skulle inga dar i veckan handla på Willys eller City Gross. För henne var det en njutning att pumpa upp vatten ur en brunn medan Rut njöt mer av en Ramlösa. Rut hade för övrigt med åren schackrat med arvet. Hon körde japanskt på den tiden hon var bilburen. Hon har hoppat på alla el- och telebolag som rört sig, handlat dansk fläskfilé, önskat sig en Maine coon katt, kört miljöfarliga Ariel med stark lukt, gått all in på färgchocker och tyckt om alla sorters material *utom* ylle.

För att sammanfatta läget skulle man kunna säga att syrran cyklade runt i livet på en femväxlad Skeppshult medan Rut cyklade bredvid på en knallgul Garlatti med ett oräkneligt antal växlar. För Rut gillar att tävla, inte bara mot sig själv.

Kapitel 14

Om vatten som droppar, svämmar över och bär båtar
samt fokus, kreativitet och beslutsamma val

Pernilla nålade fast årets majblomma till samlingen innan
hon la alltsammans åt sidan. En alldeles utsökt liten samling
som hon påbörjade för tjugoåtta år sedan när hon var gravid
med sitt första barn. Hon hade alltid gillat samlingar och det
låg en särskild sorts njutning i att se hur en samling sakta
växte i omfång och prydnad. Fast man samlar inte på vad
som helst, verkligen inte. Pernilla rös vid blotta tanken på fjärilssamlingar till exempel
och så samlar man inte på tänder. Det väcker tankar om
skelettsamling och tortyr tyckte hon. Och skrot, det samlar
man inte heller på. Här funderade hon kring hennes pappas
samlingar på hemmaplan och på kontoret, samlingar av
precis allt en människa aldrig skulle komma att sakna eller
behöva. För Pernillas del skulle samlingar vara minnesvärda,
möjliga att utöka, betyda något och vara vackra. De skulle
väcka beundran. Inte förknippas med utrotande, död eller
sönderfall.

Det funktionella var sekundärt, och kanske var det därför
hennes forna samlingar inte hade blivit någon succé.
Exempelvis sockersamlingen, den var alltför funktionell för
att överleva och därtill alltför god. Samlingen bestod av
inget mindre än strö- och bitsockerpaket från olika utflykter
och resor och hon hade vid tolv års ålder en hel låda full
med socker. Men godisbegäret var stort, och hon nallade
ganska friskt ur sin låda. En dag var lådan tom.

Den allra första samlingen hon ägde, var en
bokmärkessamling och vid nästan samma tid var hon också
med i en frimärksklubb. Båda dessa samlingar var mycket
engagerande. Hon sorterade och kategoriserade dem, gjorde

bokmärkesböcker och köpte frimärksalbum. Hon ägde. Pernilla hade också en samling med småtvålar som växt på samma premisser som sockret. De mötte också ett liknande öde i och med att de behövde användas. Småtvålarna decimerades långsamt och ett tag försökte hon gå halva vägen genom att spara de tomma förpackningarna Upplägget gick ut på att både ha och mista dem och litegrann lura sig själv att samlingen ändå fanns kvar. Men så en dag undrade hon så klart vad det fanns för värde i sopor så hon slängde alltihop. Simmärken har hon också samlat på och fäst upp på en sköld av sammets. Först Grodan, sedan Fisken och därefter Simborgarmärket. Slut på samlingen. Skölden blev aldrig så där fullpackad med märken som hon hade tänkt, så den hamnade bara längst in i garderoben. Pernilla har genom åren samlat på snäckor och stenar, på luktsudd och badge, klistermärken och biobiljetter. På varje biljett antecknade hon vilka hon varit med och vad hon tyckte om biobesöket. Ett ytterst tafatt försök att samla på filmstjärnekort startade också men det begrep hon sig aldrig på. Hon samlade bara för att testa och det ledde ingen vart.

Hon hade alltså påbörjat en och annan samling under åren men de hade alla gått om intet innan de hunnit få något särskilt värde. Utom majblommorna. Samlingen av alla dessa kransar var både snygg och prålig, faktiskt ganska dekorativ och kommer alltid att kunna utökas. Dessutom fyller den någon slags funktion i och med att försäljningen gagnar dem som behöver. Frågan med samlingar var alltid hur de skulle exponeras. Skulle de sättas upp, ramas in eller fästas på något? Gällande majblommorna var den frågan inte löst ännu och så länge nålade hon upp dem på en bit wellpapp. Med skrot var det enklare, det var egentligen bara att sprida ut på tomten.

Natten som passerade var fylld av drömmar. Uppstressande drömmar. Hon och Tobbe hade fått i uppdrag på en stor tillställning att hjälpa två gäster med leverans av allt deras bagage till någon form av transfer. De hade dessutom sitt eget bagage att tänka på. På grund av detta var det en omöjlig uppgift att få med allt och de kunde heller inte lämna något obevakat. Tobbe tog så mycket han alls orkade bära och började gå. Pernilla stod kvar på platsen och passade grejer. På området var stora delar avspärrade så Tobbe behövde gå långa omvägar, han behövde huka sig under buskar och trädgrenar. Det hela var mycket besvärligt.

Ett ytterligare uppdrag de hade fått var att ringa till två gäster för att erbjuda även dem hjälp med deras bagage. Pernilla passade på att ringa de samtalen. Det ena samtalet var inte det minsta krångligt. Den som svarade tackade för hjälpen och sedan la de på. Med det andra samtalet gick det sämre. Den som svarade på det numret började ifrågasätta Pernillas ärlighet, om man kunde lita på henne och hur man kunde veta att allt skulle gå rätt till. Pernilla kände sig irriterad och gick upp till serveringen som låg i närheten och även den var full av deras gäster. Hon tänkte att bagaget fick passa sig själv ett litet tag. En man satt och var törstig och tog tag i Pernilla för att fråga om hon kunde ordna honom någonting att dricka. Ja visst, svarade hon och skruvade på vattenkranen i det som liknade en bar. Vattnet började strömma så där läskande friskt. Men det fanns inga glas någonstans. Pernilla letade och letade.

Medan hon letade var det ett annat sällskap som ville få sin tillbringare påfylld med vatten också. Pernilla hade då två saker att leta efter. Dels glas men också vatten eftersom vattenkranen som tidigare i drömmen stod och forsade för tillfället också var borta. Hon hittade till slut en vattenkran, en sån där man trycker glaset mot en klyka för att få vatten. Kranen drällde trots att inget tryck låg mot klykan. Så fort hon tryckte kannan emot den, slutade det att rinna. Efter att ha kämpat länge och väl med att fylla kannan, hade hon fått

ihop en centimeter vatten på botten. Samtidigt undrade hon i sitt undermedvetna hur det gick med alla väskor som hon hade lämnat utan övervakning och naturligtvis även hur det gick för Tobbe. Då kom hon plötsligt ihåg mannen som var törstig. På vägen till honom stoppades hon igen. Denna gång av ett sällskap med ytterst snorkiga gäster. En dam i sällskapet, iklädd en hatt som var trassligare än ett trastbo, trodde att hon var viktigast i hela universum. Just hon undrade också om det gick att lita på Pernilla, fast mer i fråga om att vara en flink diskerska. Hon sa:
"Vi skulle vilja ha de här mockakopparna diskade och de sa att vi skulle fråga dig. Kan man lita på att du klarar av det?"
Då blev Pernilla irriterad på riktigt.
"Det skulle jag inte riskera om jag var du", svarade hon.
"Och vem är det som har bett dig att fråga mig? Det borde i rimlighetens namn vara den personen som får bära ansvaret för eventuella missöden med mockakopparna."
Tanten glodde häpet på Pernilla. Hon spärrade upp ögonen tills de blev stora som golfbollar.
"Magen till fräckhet", var allt hon fick ur sig.
De som väntade på tillbringaren med vatten väntade nog ännu. Den törstige mannen hade med all säkerhet försmäktat och allt bagage var eventuell stulet. Tobbes armar hade vid det här laget säkert blivit långa som hopprep och hela jäkla stället var med all säkerhet översvämmat. För Pernilla kunde man uppenbarligen inte lita på och ungefär där vaknade hon.

Det kan vara bland det värsta inköpstillfället man kan hamna i. Det där när man bestämt sig för att placera sin vinterglåmiga kropp i ett provrum med speglar från golv till tak, framför bakom och på sidorna. Själva beslutet hade givetvis föregåtts av veckovisa förberedelser inför det som komma skulle. En del tänker säkert, men Guuuud vilka överdrifter, hur självupptagen får man vara? Tänk på dem med eksem eller brännskador och som är tredubbelt tjocka eller sjukligt smala. De som är jättehängiga i skinnet och utan armar och ben, tänk på dem som inte ens har pengar till en bikini, de som svälter, sitter inlåsta, bor i en kartong eller befinner sig i krig... Fast ärligt, inget av det hör hemma i bikinideppen. Var och en har sin verklighet att hovra i och att prova bikini är bara fruktansvärt okul, punkt slut. Som väl är händer det inte särskilt ofta. Pernilla ser till att det går många år mellan inköpen. Men idag skulle det ske.

Att prova ut en bikini är inte bara det visuellt mest besvärande ögonblicket man kan hamna i utan också det mest tekniska. I alla fall om man har lite olika storlekar på kroppen. Pernilla var varken storlek 36 eller 38 all over. Förr köpte hon gärna 38-40 eller medium i byxdelen, och 36 alternativt small på överdelen. Men kroppen hade med åren förändrats vilket betydde att hon behövde hitta fyra olika varianter på toppar och lika många olika byxor. Det hela var ingen enkel match och åtminstone 16 delar togs in i provrummet, två i varje storlek. Och alla vet ju vilka sorts galgar som gäller för att sätta tillbaka alla de sexton delarna igen. Det är minst en halvtimmes jobb bara det. Efter ett evigt provande och till stor förvåning med ett skifte av storlekar till 36 nertill (eftersom hon hittade en så töjbar och fantastiskt stor och praktisk byxa) och 38 upptill. Det senare berodde *inte* på en svulstigare byst, utan möjligtvis på en svulstigare rygg. Exakt det som alla tjejer drömmer om. Inte. Kanske på grund av träning, kanske på grund av segling, kanske på grund av festligt leverne kan Pernilla från och med nu räkna bort 75A som sin storlek. För att få detta fastslaget behövde hon klä på sig alla kläder, hänga ut de provade delarna i butiken, hämta en ny laddning toppar och byxor och köra allt en vända till. Isch. Så svaret är: "JA!" Att prova bikini är en hemsk upplevelse. Just i detta rika i-land där inga övriga bekymmer egentligen står att finna.

På vägen från sportbutiken med sin nyinköpta bikini, som hon redan hade börjat ifrågasätta, slog det henne hur varmt det hunnit bli ute. Väskans axelrem låg över ryggen. Det var så varmt att enbart remmen bidrog till att hon kände sig fullkomligt påpälsad. Våren hade dragit sig tillbaka och lämnat över scenen till sommaren. Det hade verkligen blivit sommarvarmt.

Under maj hade de hittills haft två riktigt härliga varma bikiniperioder. En redan vid Kristi Himmelsfärd, då de kunde sitta ute i solen med en bok, grilla på kvällen och äta middag ute. I maj hade de också haft tillfällen till superfin, rolig och lyckosam segling så långt. En av klubbtävlingarna, den så kallade Majblomman kördes och det var fem Hobiesar på startlinjen. Förr kunde det vara upp till ett tiotal båtar på plats men allt fler av seglarna hade ofta annat bokat. De hade tvingats omforma resonemangen lite genom åren som gått. Liksom bli överraskat glada åt det lilla. Att vara fler än tre kändes framgångsrikt. Fem på startlinjen ansågs alltså höra till det framgångsrika.

Nästa tävlingschans var Lidingö runt. De körde med Vipern så klart med tanke på hur bra det gick förra året och hur kul det kändes. Flerskrovsstarten med 23 tävlande båtar var första startgruppen och Tobbe och Pernilla var en av de startande. Precis som förra året bogserade de och klubbkompisarna sina båtar bakom en motorbåt från klubben och bort till starten. Det hade blivit en tidig morgon för att hinna med alla förberedelser och komma i tid till starten. De fick ligga och cirkla nedanför bron i lite mer än en timma innan det var dags att ställa in startklockan. Det var undanvindsstart som gällde och när två minuter återstod höjdes pulsen och vattnet kokade av startsugna båtar. Det blev allt tätare mellan båtarna och alla började positionera sig vid startlinjen. I trängseln där bland stora trimaraner, kände de sig väldigt små och var egentligen hur lätta som helst att köra över.

Precis som året innan lyckades Pernilla och Tobbe ta täten över startlinjen. Sekunden från att nästan bordas av en stor trimaran fick vinden tag i deras gennakern så att de kunde sticka iväg. Det var rejält byiga busvindarna och strax senare kom en Ålandsfärja för att lägga till i Värtahamnen. Bakom den tog det tvärstopp på vind, det blev som ett tomt hål, och strax efter detta vacuum fyllde vinden på med ett par rejäla knuffar. I en av dessa körde de omkull och Pernilla som stod i trapets åkte iväg i en vid båge och landade framför båten. Under tiden hann de andra startande ikapp och Pernilla såg framför sig att det nog var färdigseglat för deras del. Med en sån omkullkörning brukade alltid någonting gå sönder eller försvinna. Så orättvist, enbart tio minuters segling och så skulle allting bara vara över. Men faktiskt inte! De rätade upp båten på rekordfart och rättade till allt som behövdes, samlade in tamparna och körde. När de var klara med allt mekande, låg de jämte de sista båtarna i startgruppen. De skotade hem och fortsatte. Inom en dryg halvtimme hade de seglat ifatt några platser och snart låg de som andra båt mot mål. En position som de också behöll genom alla slag i Askrikefjärdens kryssvindar innan ytterligare en båt seglade om dem.

De kom in som tredje snabbaste båt i mål och slutade som trea i klassen. 39:a totalt av 226 båtar, en plats som de var de grymt nöjda med. En timme och femtioåtta minuter tog det att ta sig runt, vilket var den snabbaste tiden hittills för dem. Pernilla var rätt blåslagen och lyckades stuka två fingrar, för vem släpper gennakerskotet när seglet står? Inte hon i alla fall.

Dagen efter Lidingö Runt var det återigen hobiesegling, denna gång Booregattan. Trots att ingen först hade anmält sig gav tjat resultat och slutligen var de nio båtar på startlinjen. Inte illa! Fyra race planerades och vindarna i de tre första var ganska tama. Lagom till sista racet brallade det i lite mer, vindar som passade Tobbe och Pernilla bra vilket gav en andraplats totalt.

Sammanfattningsvis en fantastisk seglingshelg som de nästan blev lite "höga" av. Varje gång de var på vattnet lärde de sig något nytt, upplevde nytt och kom fram till vad som funkade och inte. Det här var deras nionde år med segling tillsammans så de hade skaffat sig mycket erfarenhet och hade berikat repertoaren med många fantastiska minnen. Årets tävlingar samlades i det som kallas för svenska Hobie 16-cupen. Har man deltagit med flit och resultat i de olika tävlingarna kan man vinna cupen. Varje år sammanräknas resultaten och i år visade det sig att det var Team Wanjelin som vunnit cup-priset.

Själva vinstpriset är en enfotskatamaran med en fyrtio centimeter hög mast, alltsammans tillverkat i plåt. På båten sitter en rorsman, även den gjord i plåt och i seglet finns namnbrickor. En för varje team som tagit hem priset. Det var ett ganska udda plåtjobb, hopsvetsat av alla möjliga små och stora bitar och några muttrar. Faktiskt en himla charmig liten snedseglare. Det här var tredje året i rad som Pernilla och Tobbe hade tagit hem cup-priset, och så ytterligare en gång några år tidigare.

Att ha vunnit svenska cupen skapade också möjligheter till att förkvalificera sig i guldfleeten i EM eller VM om de skulle vilja delta i det. Förkvalificeringen hade de använt sig av både till VM i Australien och till EM i Garda tidigare år. Men i år, då de preparerade sig för att delta i EM på Neusiedler See i östra Österrike, skulle de inte ta hjälp av förkvalificeringen. Denna gång skulle de kvala in på egen hand och bakom det resonemanget låg att klarade de inte att kvala in, skulle de inte vara där heller. Endera körde man in sig i guldfleeten eller så fick man nöja sig med silverfleeten.

Det fanns ingen månad som brände dagar så förtvivlat som maj. Så klart, eftersom det alltid var så himla mycket att göra. Det var fullt upp på jobbet med att avsluta läsåret och att göra undan inför semestern. Alla båtar skulle fixas till användningsbart skick plus att seglingsträningar och tävlingar fyllde på vardagen. De hade också sitt pågående friggebodsbygge att dona med och så alldeles vanliga åtaganden som hör vardagen till. Mycket av pysslet var kul men det fanns också många olika projekt och måsten som skulle huggas tag i. I tron om att allt behövde iordningsställas och bli *helt* klart inför sommaren, kändes det som om det skulle behövas minst en ADHD-diagnos för att få energi till allt. Hur många reservkraftverk de än slog på, kändes det mest som om de bara viftade runt i allt.

Att fokusera är en superviktig funktion. Nästan dagligen hörs ordet fokusera i olika sammanhang. Man ska fokusera på sitt arbete, fokusera i trafiken, på arbetsplatsen, på läxor och på träningen. Det ska hållas fokus på planering, det är viktigt med fokus i samtal, i lyssning... att inte tappa tråden. Det finns så oerhört mycket som handlar om att vi ska bli bättre på att fokusera, anstränga oss och kämpa på. Fokusera har blivit nästan som ett modeord och den som inte snappat upp betydelsen av det, måste ha bott i en björnmössa de senaste decennierna.

Fast i skuggan av all medveten närvaro har dagdrömmandet fått allt mindre uppmärksamhet. Det är minst lika viktigt att dagdrömma, do remember! Vandrande tankar som gör att man inte minns vad det som nyss sagts, drabbar oss alla upp till femtio procent av vår vakna tid. Dagdrömmarna behöver inte vara fantasifulla dagdrömmar, utan kan också handla om vad som behöver förberedas inför semestern, funderingar på att byta jobb eller ältande av någon orättvisa. En stor del av den vakna tiden är alltså tankarna någon annanstans än där vi själva befinner oss. Fram tills för ett tiotal år sedan har detta drömmande förblivit ganska

217

ostuderat men nu har man börjat forska på ämnet. Det kallas för "mind wandering". Det man kommit fram till är bland annat att dessa flyktiga tankar snabbt drar förbi, knappt utan att vi själva är medvetna om det. De fladdrande tankarna är allt annat än fokuserade men har stor betydelse för vårt välbefinnande och för vår kreativitet.

Studier om vikten och nyttan av mind wandering pågår och i exempelvis Kalifornien observerades 145 studenter i följande test. De fick två minuter på sig att komma på så många användningsområden som möjligt av en tegelsten, en tandpetare och en galge. Därefter fick studenterna vila, göra ett krävande minnestest, fortsätta med uppgiften alternativt göra en enkel uppgift som gav utrymme för dagdrömmar. Efter det fick alla deltagare göra om det första testet. Resultatet visade att de som fått utrymme att dagdrömma kom på betydligt fler nya användningsområden än de andra grupperna. Det verkar finnas stöd för att mind wandering är förknippat med processen att generera nya idéer.

Användningen av psykologiska instrument för att förbättra rekryteringsprocessen till företag och organisationer har ökat. Dilemmat med den här typen av intervjuer är att de mest bara selekterar personer som fungerar bra på arbetsplatsen, är ansvarsfulla, kommer i tid och levererar material. Det är bara det att den typen av personlighet, som inom psykologiforskningen kallas "conscientiousness" eller samvetsgrannhet, är negativt förknippad med kreativitet. Risken är alltså att man missar viktiga talanger och personligheter om man rekryterar folk alltför snävt.

Det finns mindre studier som pekar på att personer med ADHD presterar bättre i kreativitetstest. ADHD förknippas gärna med tankar som ofta far iväg och forskare har intresserat sig för att granska sambandet mellan ADHD och kreativitet. Detta har man gjort genom att undersöka förekomsten av ADHD hos medlemmar i den Svenska uppfinnareföreningen. Ännu finns inga resultat publicerade från den studien men Pernilla lockades att tro att det rimligtvis gick att hitta både ADHD och Asperger bland uppfinnarna.

Kreativitet handlar om tre övergripande delar. Dels att det finns en motor som genererar nya idéer genom att befintlig kunskap sätts ihop på ett nytt sätt. Men sen måste det också finnas en funktion i hjärnan som väljer bland alla idéer och ytterligare en process som fokuserar på och förfinar idén. Det är tre helt olika delar i hjärnan och enkelt kan man säga att mind wandering, som är förknippat med "default mode network", är den process som genererar nya idéer. Inom neurovetenskapen talar man om default mode network som det nätverk som är igång när man dagdrömmer, medan "task positive network" är aktiverat vid just fokusering på en uppgift. Det tredje steget, att fokusera och hålla fast vid idéer, är sådant som personer med ADHD har svårt för. Det förklarar varför mind wandering skulle kunna vara bra å ena sidan för att generera nya idéer, men å andra sidan negativt om den här egenskapen blir för stark och inkräktar på förmågan att hålla fast vid idéerna.

En stark motor är bra men kräver också bromsande funktioner som väljer ut något att hålla fast vid och som kan vara värda att utveckla. Det är alltså helt okej att vifta på, att hoppa från det ena till det andra, tappa tråden och drömma. Enligt studierna gynnar sådant kreativiteten. Dock är det viktigt att samla ihop allt lite då och då.

Så länge det är mellan sjutton och tjugotre grader varmt och solen skiner så är det bara att joddla på. Det enda trista är att maj passerar så otroligt fort. Frågan som kvarstår nu för Pernilla är om det kommer att behövas någon bikini i år. En fråga som är både smärtsam och spännande att tänka på. Tänk om de hade längtat sedan i september, lidit hela långa vintern och huttrat in våren, bara för att fortsatt behöva klä

sig i regnkläder och långärmat?
Just när hon satt där i sina funderingar om allt och inget,
pep det till i mobilen. Ett SMS levererades:
"Grattis på mors dag du är den bästa mamman i världen, älskar
dig."

Alltså den ungen, tänkte Pernilla. Han var bra god han. Tor
var för tillfället hos sin pappa och kom på att han skulle
höra av sig på detta vis. Längre än så hann hon inte i sina
tankar innan telefonen ringde. Det var Tobbe som undrade
om hon var redo för att hänga med till båtklubben. Det var
den obligatoriska städdagen och senare på kvällen skulle de
sjösätta motorbåten. Helgen innan hade de tagit bort
båtställningen, tvättat av hela båten invändigt och utvändigt
från botten till toppen och vaxat upp den till
bristningsgränsen. Nu bara låg den där på klubben och ville
i sjön. Men först efter lite markstädning och en hamburgare.
Pernilla åkte till klubben och de städade under maximalt en
timme på de områden som tilldelats i början av passet.
Ganska snabbt tändes grillarna och alla köade upp för
vårstädningens obligatoriska hamburgare inklusive ett glas
rött eller en bärsa. Ingen var egentligen där för att städa.
Alla ville helst bara komma åt hamburgarna, alkoholen och
brieosten så fort som möjligt.

Nåväl, efter detta hade de kommit till den så kallade
"iputtningen" av båten. Det hade kommit att kallas så
genom åren trots att det sista det egentligen handlade om
var regelrätt iputtning. I stället jävlades allt mer än lovligt
varje gång. Just denna kväll gick iläggningen så fantastiskt
bra att de genast blev rejält misstänksamma. Efter
iläggningen behövde de alltid ta sig för egen maskin den lilla
biten mellan sjösättningsrampen och bryggplatsen vilket
innebar att motorn behövde kickas igång. Det var vid exakt
den tidpunkten som de normalt började bli lite mer
sammanbitna. Genom att använda förenklade och lekfulla

uttryck som "putta i" och "kicka igång" hoppades de att de skulle vinna över båten. Av stämningen skulle man förstå att här var det ingen som var nervös eller spänd. I själva verket blev de skitnödiga varenda gång de närmade sig uppgiften eftersom det mer än en gång gått åt helvete precis här. Tobbe vred om startnyckeln och motorn började gnaga på. Ganska omgående tuggade den i sig det lilla ljudet som var början till att motorn svarade och faktiskt! Den startade i ett kick. De lät motorn gå ett tag innan de vågade släppa på förtöjningarna och lämna rampen. Med andan i halsen körde de en kort sväng när de nu ändå hade vevat igång allt efter vintern.

Tobbe och Pernilla tittade på varandra med ett osäkert leende på läpparna. De båda undrade vilket slags djävulskap som egentligen var på gång. Så här enkelt kunde det bara inte vara.

Kapitel 15

Om Gyan Mudra, det tredje ögat och visslingarna
samt hermelinerna i Hallelujakören och fiskjägarna

Twist satt med telefonluren i högsta hugg och väntade på att
någon skulle svara i andra änden. Han passade på när han
visste att Rut var ute och inte kunde höra honom. Medan
han satt och väntade bläddrade han förstrött i den tidningen
som låg framme. Han läste om det japanska uttrycket
kuyashii. Det var något som enligt artikeln kunde fungera
som en rustning, ett välbehövligt skydd och ett svar på tal.
Någonting som Rut nyss suttit och läst om innan hon gick
ut till hönsen. Stackars höns, tänkte han. Hoppas att hon
inte praktiserar kuyashii på just dem. De är tillräckligt
sprättiga.

"Om någon på ett nedlåtande vis skulle säga att det du vill
göra och tror på inte kommer att fungera och att du inte
kan, då ska du tänka kuyashii", stod det.

Kuyashii var tydligen ett uttryck för den knutna nävens
filosofi. En del människor påstod att de fick kämpa hårdare
för att visa att de duger. Vidare att det viskades bakom deras
ryggar och att ingen riktigt trodde på dem. De upplevde det
som att de fick slå i underläge. Kände Rut att någon tvivlade
på hennes idéer och starka drivkrafter eller läste hon om det
enbart av nyfikenhet? Kunde Twist känna igen sig lite i det
här han med? Ja kanske en gnutta, men i så fall var det bara
en känsla för inte fanns det väl tvivlare omkring honom,
några som tvivlade på hans duglighet? Men om det nu bara
var en känsla, vad kunde den i så fall bero på?

Det går säkert att finna en miljon orsaker till att människor
inte klarar av saker, tänkte han vidare. Man kan vara för
kort, för tjock, för långsam, för vek eller för trött.
Ursäkterna kan vara oändligt många hos den som har dem.

Att ha dåligt med pengar, dåliga betyg, sakna förutsättningar, inte haft tid eller inte getts chansen till ditten och datten. Tyvärr räcker inte ursäkterna till, eftersom det bara är struntprat, de betyder ingenting. Twist läste vidare. Det som påstods spela roll för att bevisa sin duglighet var att *göra* ...inte enbart säga vad man ska göra. Då först kan man lyckas motbevisa alla eventuella tvivlare och olyckskorpar.

Signalerna i telefonluren bröts och någon lyfte på luren. "Näe, nu får du släppa handkontrollen å sluta spela... solen skiner, du behöver komma ut, hänga med på en promenad. Det är superfint ute och det känns så skönt sen när man kommer hem. Du vet... rosig om kinderna och frisk i lungorna. Titta! Dina skor är redan på väg. De står och gnyr i dörren. Kom igen Tor!", hörde han i andra änden.

"Oj halloj, det är Twist här, vad händer?"

"Hej på dig", sa Pernilla. "Förlåt men jag var mitt uppe i fostran av ett stycke tonåring när jag hörde att telefonen ringde".

"Det är lugnt. Perfekt, att det var du som svarade", sa Twist. "Alltså jag sökte egentligen Tobbe men nu när det var du som svarade kanske jag kan passa på att be dig om en tjänst? Dels för att höra vad du tycker om min idé men också för att be dig uppehålla Rut den dagen det så att säga smäller."

"Nu blir jag lite nervös", svarade Pernilla. Hon sa det på skoj men menade det faktiskt. Hon blev nervös när hon tänkte på att Twist skulle smälla av något och särskilt om Tobbe var inblandad. Hon vet ju så väl hur det gick sist det skulle smällas av. Vidare funderade Pernilla på om det var ett smällande som Rut skulle uppskatta. Ja ja, det var väl bara att ta emot Twists idéer och höra vad han hade i tankarna.

"Smälla?", var allt hon fick ur sig. "Hur då?"

Kuyashii, tänkte Twist. Nu fick han den där känslan, att det låg något slags tvivel i luften. Han kanske hade gjort ett tokigt ordval när han sa smälla. Kanske han skulle börja om från början.

"Jag tänkte slå på stort", sa han i stället men hörde att det hela började låta lite ansträngt. Ansträngande situationer var inte lätta att hantera och nu hade det visst blivit fel igen. Pernilla i sin ände av samtalet tänkte på när Twist senast slog på stort, då han köpte en ny spis dit hem och Rut köksvägrade i flera veckor. Det enda hon ville var att ha kvar den gamla men Twist, som den maskinfascist han var, gav blanka sjutton i det. Han slog på stort som han kallade det och ställde dit en induktionsspis ändå. Vad hon än tyckte. Den hade lika många knappar, vred och funktioner som en hel raketstation.

"My Lord", lät det från Pernilla.

"Vad har du nu på gång?"

"Majlårda nån annan du och lyssna på vad jag har att säga", sa Twist och blev själv imponerad över vilken kraft kuyashii gett honom. Pernilla på sin sida av samtalet blev lika tyst som förvånad. Vad var det med Twist egentligen, var han inte riktigt nykter?

"Det är så här", började Twist. "Jag tänkte sätta fart med palzerian åt Rut. Som en överraskning liksom. Ställa till med en paltfest och bjuda in ungefär dem som var här på mustfesten. Du vet; de närmaste grannarna och Frödins, stammiskunderna, Bengt och er förstås. Vad tror du?"

Nu blev Pernilla något så ovanligt som rörd och panikslagen samtidigt. Rörd över Twists kärleksfulla idé och panikslagen av precis samma anledning. Twist var mycket osäker i köket. Ungefär lika osäker som en igelkott på djupt vatten och han lagade aldrig i ordning något bara därför. Fast å andra sidan var det en idé som alldeles säkert kommit från hjärtat och inte hjärnan. Det är som bekant kortare väg från hjärtat till hjärnan än tvärtom så med rätta känsloengagemanget skulle han lära sig blixtsnabbt. Hjälp fanns ju alltid att få.

"Underbart!", svarade Pernilla. "Var kommer jag in i bilden
då? Jag är inte precis någon paltkokerska".
"Nej, det är Maja som står för det. Jag håller i planering,
handling och dukning. Du står för bortförandet", sa Twist.
"Bortförandet?"
"Om det ska kunna bli någon överraskning måste Rut hålla
sig borta från gården hela dagen annars går det aldrig. Av
alla vänner hon skulle kunna ha en heldag med så är det dig.
Sen kommer ni hit tillsammans framåt kvällen. Så hade jag
tänkt".
Pernilla skämdes lite.
"Klart jag fixar något. Yoga till exempel, det gillar ju Rut".
"Låter toppen!", svarade Twist.

Pernilla berättade sedan att hon och Tobbe varit på en
supertrevlig 110-årsfest i helgen som nyss passerat. Det var
två jubilarer, den ena fyllde femtio och den andra sextio.
Många människor var bjudna på kalaset och flera av dem
var musiker, sångproffs, kördeltagare... kort sagt folk som
gått på Adolf Fredrik eller musikutbildningar på högre
nivåer precis som jubilarerna själva. Vilka de än hade
hamnat i slang med handlade samtalsämnena om
musicerande, sång eller kompositioner.
"Det låter det", sa Twist.
"Ja, det var inte för inte som man kände sig musiskt
dyslektisk så att säga... dysmusisk". Pernilla skrattade lite
och fortsatte att berätta.

Kalaset gick i bufféns tecken. Alltså inte bara beträffande
vad de åt utan bufféupplägget gällde hela tillställningen. De
bjöds på hemlagad fantastisk tallrik med många goda
smaker och eftermiddagen var sedan schemalagd. Hela
festen rörde sig mellan olika lokaler; från caféet i foajén till
olika smårum runtom. En aktivitet var utomhus. Efter
maten hamnade Tobbe och Pernilla och ytterligare åtta
stycken i ett intilliggande musikrum. Där hade de chansen

att pröva på yoga. Valet var gjort i förväg när de tackade ja
till festen. Man kunde också ha valt Zumba men vem ville
gå på fest och bli svettig? Så hade i alla fall Pernilla tänkt när
hon valde yoga framför Zumba. Vad Tobbe hade tänkt med
sitt val visste hon inte, men anade svagt att det kanske fanns
dubier och självinsikt beträffande taktkänsla och
koordination. Att Pernilla för sin del senare under
eftermiddagen ändå skulle hamna i den svettigaste
upplevelsen ever, anade hon föga vid tiden för valet.
"Så", sa Pernilla. "Efter en tallrik med kryddiga
lammfärsjärpar, kinesiska kycklingspett, bulgursallad, picklad
rödlök, spenat- och gorgonzolapaj samt Waldorfsallad gick
vi raka vägen till yogalokalen".
"Det här låter spännande", skrattade Twist och tänkte på
Tobbe extra mycket nu.
"Fast det blev inte riktigt raka vägen vilket gjorde att vi kom
in i lokalen tio minuter senare än alla andra", fortsatte
Pernilla.
"Hand upp om du kommit för sent till en yogaklass någon
gång och upplevt hur det är att komma in i ett rum där
lugnande musik redan drogat deltagarna. Där alla blundar
och avskyr dem som inte passar tiden eftersom de stör så
hårt".
"Hm", sa Twist och Pernilla fortsatte att gestalta
stämningen på yogan.
"Vi skulle dessutom leta oss fram till två mattor allra längst
fram eftersom just dessa var de enda som var lediga. Stela
och med ömmande ryggar och med avsaknad av smidighet
bara därför, satte vi oss med ett hårt pladask på varsin
matta. Ingen, oavsett drogstatus kunde ha missat att vi var
på plats".
"Jag tror att vi alla känner igen precis allt det där, hur det
känns att vara fullkomligt fel. Samtidigt är det ju hur
charmigt som helst", sa Twist.
Pernilla berättade vidare för Twist.
"Vi visste inte vad vi hade missat och hur långt de kommit

som varit där i tid. Jag och Tobbe förstod ganska snart att någonting mycket väsentligt hade missats eftersom yogainstruktören pratade om att hitta fokus och tänka på det tredje ögat".

Fokus hade de riktigt svårt att hitta så där direkt och det tredje ögat... var kunde det tänkas sitta? Pernilla förmodade att det kanske satt i pannan, så för att snabbt vara på banan föreställde hon sig den placeringen för enkelhetens skull. Hon funderade kort över Tobbes. Var han kunde tänkas ha placerat sitt tredje öga. Säkert hade han satt det ovanpå ett av de andra eftersom hans föreställningsvärld inte var så flummig utan tog slut vid det rent vetenskapliga. Hon släppte den frågan tills vidare men skulle komma ihåg att fråga honom sedan. Twist skrattade till medan Pernilla pratade på. Hon berättade att hon suttit där och liksom försökte kika på sitt tredje öga lite inifrån, som om hon kunde titta runt inne i sitt eget huvud fast utåt då, och genom pannan. Jodå, var det inte så att det faktiskt satt ett litet öga där? Men man kunde inte så noga veta. Tanken på det där tredje ögat uppmanades de gång på gång att återkomma till.

De satte sig med korslagda ben precis som övriga i gruppen och informerades om att de skulle koppla ihop tummen med pekfingret på vardera handen. Tummen stod för jaget och pekfingret för visdomen. Att koppla samman dem skulle anses vara mycket klokt. Denna fingerposition kallades för Gyan Mudra, tumme mot pekfinger.
En blixtrande snabb tanke hade svept genom Twists huvud när Pernilla pratade om detta. Tanken på tådelaren. Det var inte mycket Gyan Mudra över det föremålet. I stället för att koppla ihop två kroppsdelar, delade man på dem.
Stortompen kanske i och för sig stod för jaget medan Rosknosa nog mer stod för smärta i det fallet.

Därefter hade Pernilla och Tobbe deltagit i en övning som kallades *tvättmaskinen*.

"Konstigt", sa Twist. "Jag som trodde att de flesta övningarna hette något som ujjayi och drishti... eller möjligtvis hatha eller pranayama. Och vad gick övningen ut på då?"

"Att vrida ryggen. Händerna skulle fortsatt vila på axlarna och underarmarna i 90 grader från kroppen och så skulle man andas samtidigt", svarade Pernilla.

"Nästa övning var ryggböjning. Händerna fortsatt på axlarna - fast i stället för att säga axlarna sa yogaläraren armbågarna vilket blev en kul inre bild, svår att släppa. Att sätta händerna på armbågarna kunde ingen lyckas med oavsett hur många ögon man hade. I den ställningen skulle man sedan luta överkroppen åt sidan så att armbågen närmade sig höften och växla sida varannan gång. Även här skulle man andas, eller försöka andas åtminstone", berättade Pernilla som gjorde sitt yttersta för att gestalta yogan.

"Låter skitsvårt", sa Twist.

Pernilla berättade vidare om *Fällkniven*, vilken innebar att man skulle fälla fram överkroppen över raka ben. Det låter precis som det kändes. Stelt, osmidigt och allt annat än hopfällt.

"Skillnad mig och en fällkniv", började hon. "En fällkniv har ett 'svisch-läge' där den enkelt klappar ihop när man hjälpt den på traven. Du vet, läget då man nästan blir av med fingrarna om man inte ser upp. Det läget saknade jag", avslöjade hon.

"Skillnad Tobbe och en fällkniv: En fällkniv *kan* vika ihop sig."

Twist skrattade högt.

Pernilla berättade att de sedan kört nackrullning, vila och växelvis andning via anusknip. Vid den senare övningen skulle man också andas, vilket vem som helst känner till enkelheten av som försökt knipa med anus. Det går inte.

Man håller hellre andan.

"Det vare sig yogafolket eller instruktören visste, var att jag hade kört anusknip ungefär hela tiden för att inte fisa där i den drogade tystnaden efter alla kryddade färsbiffar och pajer."

Twist skrattade så han nästan tappade luften.

"Men hur gick allt detta för Tobbe?"

"Jo jag bara måste få berätta om det sista, förlåt att jag babblar så mycket", sa Pernilla.

"En sista övning var att andas enligt fyra principer. Mycket långsamt in genom näsan och ut genom näsan. Sedan in genom munnen och ut genom munnen, lika långsamt. Därefter in genom näsan och ut genom munnen och slutligen in genom munnen och ut genom näsan. Hänger du med?", undrade hon.

"Mm".

"Vi fick i uppgift att vissla varje gång vi släppte ut luft genom munnen. Det fick till följd att det visslade lite gulligt då och då i lokalen beroende på när var och en kommit till just andas-ut-genom-munnen-stället. Det lät ungefär så som det låter om de sju dvärgarna när de sover i sina sängar i sagan om Snövit. Men mitt ibland dessa små svaga susande visslingar, uppstod plötsligt ett högt ihållande ljud... ett sånt som låter från luften när ett flygplan bromsar in eller vad det nu gör. Som ett jetflygplan som bara *tjuter* där uppe bland molnen".

Twist skrattade igen eftersom han anade fortsättningen.

"Det var Tobbe som hade kommit till sitt andas-ut-genom-munnen-stället och där tappade jag tråden helt. Jag visste inte om jag skulle andas in eller ut, om det var munnen eller näsan som hade huvudrollen och hur många ögon jag hade. Att vissla när man bubblar av skratt... det går bara inte", berättade Pernilla skrattande.

"Sedan var det fika. En lika hemlagad, eller kanske mer hembakad tallrik fanns att få till en kopp kaffe. Så ja tack

Twist, jag tar gärna med mig Rut på yoga. Jag tror att vi är ganska oslagbara där hon och jag. Lika roade faktiskt och med en vilja att kunna klara av det. Men du, nu kommer Tobbe här!"

Twist skrattade fortfarande åt hela berättelsen och Tobbe kunde bekräfta hur bra de båda hade varit på yogan.
"Men då hann väl inte Pernilla berätta om kören va?", sa Tobbe.
"Nej, säg inte att det var mer galna grejer?"
"Inget av detta var galet. Det var superfint ordnat men jag och Pernilla... ja, du vet."
Därefter berättade Tobbe om kören efter fikat. Efter att de druckit kaffe och serverats sesam- och limekakor, saffransskorpor, lakritssnittar, pannacotta och en jordgubbsglassbomb kom en man fram och delade ut sångblad. Twist reflekterade över med vilka detaljer Tobbe berättade, men så klart, det handlade ju om fika.
Sjunger ni? hade mannen frågat och Tobbe och Pernilla svarade att de givetvis gjorde det. Vem sjunger inte när det är födelsedag, hade de tänkt. De hade tagit emot noter, fyrstämmiga för säkerhets skull, och text till något som kallades Hallelujakören.

Det de inte fattade var att frågan faktiskt handlade om ifall de var just *sångare* och inte bara om de gillade att sjunga. Hur som helst ställde de upp sig tillsammans med övriga sångare i en bred stentrappa som utgjorde en naturlig gradäng. Trevligt, trevligt. Snabbt som ögat hade en tanke farit igenom Pernillas huvud när hon märkte hur alla hade ställt upp sig. Alla karlar stod för sig högst upp, några kvinnor i grupp på ena sidan, resten på den andra. Var det så att de redan visste var de skulle placera sig? Kunde det rent av vara en riktig kör de hamnat i? Och var skulle i så fall Pernilla och Tobbe ställa sig? De hittade ett tomt hål i uppställningen och med facit i hand syntes det nog redan där att det fanns två katter bland hermelinerna. De tog plats lite snabbt eftersom det hade blivit dags att börja. Det de inte riktigt hade fattat var att de var omringade av lika delar kammarkör som radiokör. De var omringade av riktiga sopraner och tenorer, av alter och basstämmor.

"Åh, hjälp", fick Twist ur sig och Tobbe berättade vidare.

"Dirigenten kom på plats. Jubilarerna kom på plats... Och så började vi sjunga. Shit pommesfrites!! Håret fladdrade, ståpälsen reste sig, svetten rann. Det sjöngs så taket lyfte. Hallelujah! ...for the Lord God omnipotent reigneth". Nu började Twist skratta igen.

"Det låter ju helt galet!"

"Ja, det var det. Pernilla och jag bara tittade på varandra... Vad gör vi här? Och var i papperet är vi? Alla sjunger ju olika ord, olika fort och på olika ställen?! Jag tittade mig runt och blev helt fascinerad... nej fel ord... kände en eufori så stark som aldrig förr. Vilka kapaciteter, vilket kunnande, vilka proffs! Det var enorma krafter som släpptes loss. Som blixtnedslag, som vulkaner, stora jordskred, islossning. Helt fantastiskt".

"Håll god min, välj en stämma och mima", väste Pernilla till mig. Vi sjöng och vi sjöng. Försökte följa noterna på papperet vi hade framför oss. Räknade takter, tappade bort oss. Altarna klämde i så golvet skakade. Sopranerna sjöng så glasen sprack. Och mitt i allt detta stod vi. Yogamästarna".

"Det där var bland det galnaste jag hört", sa Twist som för stunden helt glömt vad det var han ville med samtalet som hade påbörjats för en dryg kvart sedan. Så kom han på att det handlade om att be Pernilla föra bort Rut från agendan vilket redan var färdig dealat.

"Ville du förresten något när du ringde?", undrade Tobbe men Twist sa att det inte var något speciellt faktiskt.

"Då kanske jag kan passa på att fråga om du har lust att hänga med på en fisketur? Jag har precis fått båten i sjön så det kunde väl vara cool? Jag tänkte fråga Mac också. Gör det, så kan vi snacka mer då".

"Gärna det! Jag vill gärna hänga med", svarade Twist och så la de på.

"Halleluja", sa Twist i samma ögonblick som Rut kom in efter sin gårdsrunda. Hon undrade givetvis vad som tagit åt Twist. "Jag ska hänga med Tobbe på fisketur. Det blir Mac, Tobbe och jag. Då kan jag ta med lite fika och nu ska vi se... var hade jag stoppat spöet nu då?" Twist reste sig för att gå ut i ladan och leta. "Vilka hjälpmedel tar ni med på denna jakt då?", undrade Rut men fick inget svar.

"Tomten stannar hemma i alla fall", ropade hon efter honom. Och puffran med tänkte hon, men sa ingenting. "Bara så du vet det", la hon till för säkerhets skull.

Kapitel 16
Om vaktbolaget som gjorde inbrott
samt Munkahusborna som gjorde entré

Rut höll på att klippa av rosorna på framsidan av huset när hon hörde i gruset att någon närmade sig. Det var Mini. Han höjde handen i en vinkning när han såg att Rut vände sig om. Hon knipsade rosen hon just hade fått ett tag om och reste sig sedan upp. Ryggen var stel och benen gjorde lite ont, hon hade nog stått lite för länge i en tokig ställning tänkte hon.

"Är det fru trädgårdsmästare?", undrade Mini.

"Absolut, visst är det! De här rosorna vårdar jag ömt och de har faktiskt sin alldeles egna historia".

"Jag ser att de är gamla så det kan jag absolut förstå", svarade Mini. "Berätta!"

"De kommer från en tomt vars hus för länge sedan är rivet, där står det nu en modern åttiotalsvilla i stället". Hon nickade bort mot de mer bebyggda delarna av Laduvik.

"Det märkliga var bara att huset som de rev var K-märkt och skulle få stå kvar men sen var det väl någon Krösus byggherre som betalade rätt pengar. Huset står i alla fall inte kvar längre".

"Hur vet du allt det här, kände du dem som bodde där?"

"Visst gjorde jag det... eller kände till i alla fall. De var några syskon som bodde där och de alla arbetade i en el- och lampaffär inne i stan. Evert var elektriker och en av dem som traktens hushåll drog i åt alla möjliga håll. Bertil var äldst, hade varit gift och haft en egen familj. Kanske fanns det en son från äktenskapet där".

"Och det här var alltså deras rosor?"

"Njae, det kan ha varit Daisys eller Lilians också. Det var fler syskon som bodde i huset förstår du."

233

"Före eller efter Evert och Bertil då?" undrade Mini.

"Nej samtidigt. De bodde där allihop. De var alla syskon, fast Bertil var nog enbart halvbror till de andra".

"Det låter udda", sa Mini.

"Kanske det. Lilian jobbade även hon i lampaffären. De var rätt lika Evert och Lilian, både till utseende och till sätt. Den andra systern hette Daisy men vad hon jobbade med minns jag inte, hon gjorde något annat tror jag. Daisy var förlovad med en man som hette Tage. Han var ganska ofta på besök i huset men han bodde någon annanstans. Alla fyra syskonen levde sitt liv tillsammans i huset där borta. Ja, det som inte finns längre alltså".

Det blev tyst för ett ögonblick och Rut böjde sig framåt för att knipsa av ytterligare en ros.

"Och så hade de en boxer också som hette Bonzo", sa hon samtidigt som hon räknade antalet ögon på rosstjälken och knipsade efter tre.

"Jag vet att det är i senaste laget att klippa rosor nu, men jag hade glömt bort dem, något som aldrig har hänt förr."

"De levde alltså ihop som riktiga par?"

"Alltså jag vet inte hur riktiga par lever på bästa sätt men det var deras liv. De jobbade på och delade på ansvar kring ekonomi, hemmasysslor och sånt som hör vardagen till".

Det blev tyst ett tag och Rut tog ett nytt tag med sekatören för att forma rosstjälkarna efter den modell han trodde var bäst.

"Var är de nu då, är det gamla?"

"Evert dog först och när de inte fick bo kvar i huset flyttade de allihop ner till andra änden av Laduvik. Borta där Bengt bor, vet du? Man såg dem ofta ute med hunden eftersom de tog många hundpromenader tillsammans. När Bonzo dog skaffade de en ny hund".

"Nu börjar det låta sorgligt", sa Mini.

"Mm visst. Och nästa själ som liemannen kom och hämtade var nog Daisy för helt plötsligt saknades hon på hundpromenaderna. De blev allt färre i syskonskaran och den sista jag såg ute var Lilian. Fast det är länge sedan nu".

Rut berättade att sista gången hon såg till någon av syskonen var på den tiden då hon levde själv på gården och hade så fullt upp med allt. Barnen var små och tog sin tid. Hon hade hönsen som hon inte kunde så mycket om och husskötsel och försörjning. Hon ångrade att hon inte tog sig tid att prata med Lilian då. Hon hade velat intervjua henne om syskonen för att få höra berättelser från deras liv. Fyra syskon som levt ihop mer eller mindre ett helt liv, som åldrats tillsammans och sedan lämnats kvar i någon slags förutbestämd tur och ordning. Tänk att behöva vara den som räknar ner sist och därför tvingas ta farväl av den ena efter den andra. Fy, så tomt.

"Jag träffade som sagt Lilian. Det var utanför ICA och vi växlade några ord. Hon var alltid lika glad och kavat, pigg som en mört faktiskt, men då kom jag mig inte för att fråga om hon blivit ensam. Nej för så gör man ju inte".

Rut stannade upp och hämtade andan.

"Jag blev liksom bara glad över att Lilian levde fortfarande men nu är det år sedan jag såg henne också".

"Wow, vilken historia", sa Mini.

"Ja visst är det? Och nu har jag bara rosorna kvar så du förstår att jag vårdar dem efter bästa förmåga".

Mini satte sig ner i gräset medan Rut pratade på och han frågade mer om hur hon levde då, alltså innan hon träffade Twist.

"Det här var på den tiden då jag pluggade, så jag hade otroligt lite pengar över varje månad. Alla extrajobb var välkomna och en dag fick jag ett oväntat extrajobb. Ett *ovanligt* extrajobb till och med. Jag kontaktades av en före detta arbetskamrat som föreslog att de skulle få kasta in en stor sten genom rutan på balkongdörren".

"Va?" Mini ropade rakt ut. "Det gick du väl inte med på och

vad var det för en vän egentligen?"
Rut berättade vidare att han var en kollega från den tiden då
hon jobbade i ett produktionsbolag och att han höll på med
en reklamfilm för vaktbolaget Falck. Vännen tyckte att Ruts
hus var lämpligt för uppgiften. Hon skulle få en slant för det
så klart och Rut sa ja. Det var oktober eller möjligtvis november, svinkallt var det i
alla fall. Hon hade precis kommit från skolan i stan och
hämtat barnen från dagis och skola. De var alla trötta och
hungriga och just den kvällen var det bokat att filmteamet
skulle komma. Med sig hade de belysning, ljud- och
filmutrustning samt tillhörande kablar, plus en stor sten att
drämma genom rutan. Det drogs sladdar kors och tvärs.
Barnen och Rut hade placerats på ett bord inom synhåll
men utanför radien där chans fanns att träffas av stenen.
Filmteamet hade valt en sten som var tillräckligt stor för att
komma igenom treglasrutan. Den behövde också träffa med
precis rätt kraft så att det enbart blev ett hål i rutan.
Önskemålet var att självaste hålet skulle synas och helst
skulle inte hela rutan falla in. Tanken var heller inte att allt
glas skulle pulveriseras, så det var en del att få klaff på.
Särskilt många omtagningar var det givetvis inte fråga om.

"Tre – Två – Ett... nu kommer den!"
Stenen kom flygande och slog hål i rutan med en krasch.
Mini satte upp händerna för öronen när Rut berättade.
"Stenen for in i huset och i sin framfart slog den hål i
golvet, i trappräcket och i en trästol innan den varvade ner
och la sig tillrätta i glassplittret. En yta av cirka trettio
kvadratmeter fylldes av glasbitar i varierande form och
storlek och där satt jag med barnen på bordet", fortsatte
hon.
"Som sagt hungriga och trötta och numera även frusna. All
kvällskyla med inslag av frost vällde in genom fönsterhålet.
Hålet, som faktiskt hade blivit precis så perfekt att
videoklippet satt på den enda tagningen. Just det var jag

evigt tacksam för. Jag hade inte tänkt sticka åt dem några fler rutor nämligen", sa Rut samtidigt som hon skrattade lite.

"Så dags, men det är lätt att vara efterklok, funderade jag över huruvida det hela hade varit en bra idé eller inte", sa hon och tog en paus innan hon fortsatte.

De började sopas glas från golvet och vardagsrumsmattan rullades ihop. Den bestod vid det här laget av lika delar tyg och pulveriserat glas och behövde kemtvättas. Glasmästaren kom på plats och satte in en ny ruta. Någon dammsög medan andra samlade ihop sladdar och ytterligare några bar ut filmutrustning ur huset. Sen var de borta. Rut vågade hoppa ner från bordet och tassa in i köket för att förbereda lite mat. Barnen var fortfarande beordrade att sitta kvar på bordet tills hon dammsugit både en och två gånger. Snart skulle de få sätta sig vid barnprogrammet, Rut skulle ta hand om disken och sedan få barnen i säng. Därefter skulle hon sätta sig med sitt pluggande och förhoppningsvis var värmen och ordningen återställd då.

Mini reste sig upp och gav Rut en kram. Något som tidigare aldrig hänt. Han kramades aldrig. Han sa inte ett ord utan vände sig bara om och gick raka vägen in till getterna. Ulvar och Villemo mötte honom.

När Rut hade knipsat av den första rosen på den sista busken svängde en bil in på gården. Hon såg inte vem det var men tänkte att om hon skyndade sig på, kunde hon hinna bli klar med hela busken. Hon knipsade nu rosor med sådan träffsäkerhet att hon imponerades av sig själv. Huruvida träffsäkerheten varit just träffsäker skulle nog visa sig om några veckor när blomning kommit igång. Det kan vara så att hon i sin iver hade knipsat av några knoppar också.

Plötsligt hörde hon att bilens motorljud försvann, eller snarare drunknade i ett helt annat motorljud. Ett tyngre mullrande. Rut vände sig om och såg att en hel buss höll på att baxa sig förbi grindstolparna. Hon ropade på Mini och på Sigge och bad till Gud att Fia skulle komma över extra tidigt denna dag och att Twist... var han nu var, skulle komma han med.

Ur bilen hoppade Bengt. Han hade sina snabba sportskor på sig, ett säkert tecken på att han var på gott humör. Bengt och Rut hade inte setts sedan Rut hade besökt honom och med tanke på hur det slutade var hon ganska säker på att det från hans sida var fråga om att ställa saker till rätta igen. Bussen kom på plats och medan framdörren öppnade sig och människorna i bussen arbetade sig ut, hann Bengt och Rut med ett litet samtal. Eller en monolog snarare. "Hej", sa Bengt. "Jo du förstår att idag blev det lite kaos i butiken. Alla de här människorna, jag tror att de är kring tjugofem stycken om vi inte har tappat någon på vägen... alla de hamnade bland våra delikatesser på ICA. Hela busslasset med turister är på väg mellan Uppsala och Munkahus. De är vansinnigt shoppingsugna ser du", sa han. Rut lyssnade samtidigt som de första resenärerna i bussen hade gjort sin laduvikslandning på gårdsplanen. Några hade redan börjat styra stegen mot gårdsbutiken så Rut anade vad som komma skulle.

"Vi hade inte så bra påfyllt i butiken", fortsatte Bengt.

"Och när jag förklarade att jag bara var en länk i produktionskedjan ville de givetvis veta vem som levererade till ICA. Och vad skulle jag säga Rut, kan du svara på det?", undrade han med ett ansiktsuttryck som var ömsom bekymrat och glatt generat. Bara Bengt lyckades med den kombinationen men gjorde det himla bra, tänkte Rut.

"Ja, jag lotsade hit dem helt enkelt. De ville köpa ägg och ost men sen har du väl annat också, har du inte?"

Mini hade nu anslutit sig och Sigge var på väg. De undrade givetvis vad som var på gång. Var Twist höll hus, undrade

238

inte Rut längre. Han kom nämligen springande från skogen, som vanligt med fäktande armar.

"Ruuuut! Ruuuut! Var är skynket?", skrek han men tvärstannade när han såg bussen. Bengt såg han nog inte över huvudtaget, däremot ett stort gäng människor som strövade över gårdsplanen.

"Är det nån som fyller år?", undrade han och såg plötsligt skitsvettig ut.

"Nej, det är Bengt som har lotsat hit några Munkahusbor och nu är det bara att hjälpas åt. Du och Sigge kan fixa heuriger. Jag och Mini öppnar gårdsbutiken. Det kommer säkert att behövas påfyllning och bärhjälp.

Precis så gick det till när gårdsbutiken fick sin kick off. Det hade varit sporadiska besökare så klart, dels folk från trakten som brukade handla ost och ägg från gården men också en del som stannat till när de sett skylten vid vägen. Det roliga i sammanhanget var väl att det fanns så mycket mer att erbjuda numera vilket gjorde att även stammisarna handlade mer än de brukade.

Svenskar som turistar i sitt eget land har lätt för att bli lyriska. Vid sidan av att vara just lyriska, var de också väldigt hungriga så Rut erbjöd dem det enda tafflet som fanns. Mini, Twist och Sigge agerade taffelbärare och bar fat efter fat med ägg, olika sorters korvar, köttskivor, pepparrot, saltgurka och två olika sorters röror. Till det dracks det äppelmust som aldrig förr.

Gästerna beundrade Macs alla prylar som åtminstone Waheed hade börjat forska lite om. Han hade skrivit och plastat in två beskrivningar. Den ena hörde till Schucobilen och den andra till Leica-kameran. Tanken var att någon från läxläsningsgruppen skulle jobba med översättning av texterna också. Till engelska. Med Munkahusborna var det så, att de behärskade svenska alldeles ypperligt men var inte riktigt säkra på att koda afghan-svenska ännu. Det fanns nog lite att jobba vidare med där, insåg Rut.

Bengt lyfte ner hagelgeväret från väggen och studerade det noggrant. Något bakstycke fanns inte och inte heller någon hylsa så därför kikade han in i pipan. Han konstaterade snabbt att det var platsen för laddning. Till sin förvåning såg han också att bössan var laddad, något satt där inne fast vad, var svårt att se. Bengt hängde upp bössan försiktigt på väggen igen. Han skulle komma ihåg att prata med Twist om det vid tillfälle.

Denna dag såldes både ägg och ost så klart. Det var just dessa bristvaror på ICA som föranledde gårdsbesöket. Förutom ägg och ost hade de sålt lemoncurd och böcker plus att flera av Macs ljusstakar hade tagit slut. Besökarna hade gått runt på gården och tagit massor av bilder på djuren och husen och på allt de köpt och alltsammans hamnade nog både på Instagram och på Facebook. Rut kom på att hon skulle be Twist att lägga upp en facebooksida till gården, så kunde folk lajka och skriva kommentarer där. Alltså, oj vilken lyckad dag! Bussen backade ut men Bengt stod kvar. Han hade hamnat hos tomten och stod för närvarande och läste på skylten.

"Halt!", ropade Rut åt honom.

"Halt?", ropade Bengt tillbaka med en undran i rösten.

"Ja halt", svarade Rut.

"Nej palt", sa Bengt då. Rut hade hunnit fram till honom för att se vad han höll på med. Hon tittade på den lagade skylten och drog åt sig andan. Nu plötsligt stod det "PALT!" på skylten. Med ett utropstecken. Hur länge hade den sett ut så och vem hade skrivit det?

Rut visste alltför väl vad det betydde och att nu var det bara att vänta. En varm lycka spred sig i hela kroppen.

Ljusblåa dagar sveper förbi och just idag sken solen.

240

Kapitel 17

Om den eviga fotbollsmatchen och nedräkningen
samt narkosen, krassen och den törstiga tallen

Pernilla hade sitt rum precis intill matsalen. Kom hon tidigt
på morgonen var det morgonfritids där. Då brukade ett
myller av barn spela fotboll utanför. Hon hörde dem genom
dörren när de räknade poäng. "136-119 till oss", lät det en
morgon. Av resultaträkningen att döma, avslutade de aldrig
matcherna utan pausade dem bara från dag till dag. Varje
morgon fortsatte de. Från kvart över åtta blev det alltid tyst
utanför hennes dörr men att sitta så nära matsalen var
egentligen himla trevligt. Det innefattade nämligen en trafik
av både människor och aktiviteter dagarna i ända.

Det finns många sätt att starta sina dagar på. Med en
fotbollsmatch är ett och med ett sjungande, spelande
jazzband är ett annat. Ett liveband uppträdde i matsalen en
morgon för elever ur lågstadiet och det värmer en före detta
musikskoleelev att höra dem. De gör allt för att locka fler
barn till musicerande aktiviteter och det är bara att hålla
tummarna för att de lyckas. Musik är kärlek. Det sprider så
mycket glädje och flow, plus att det gynnar koncentration
och inlärning. Pernilla kom i slang med ett av barnen efteråt.
Det var en nioårig pojke som satt och väntade på en
kompis. Han var liksom genomsköljd av musikupplevelsen,
som blankpolerad och liksom ren ända in i själ och hjärta.
De bubblade på ett tag om hur det var att vara kille
respektive tjej och vem som i olika sammanhang måste
vänta på vem. Så sa han som från ingenstans:
"Mammor är smarta."
Pernilla höll givetvis med honom och bad honom sprida det
till så många som möjligt. Hon tänkte att det var lika bra att
passa på nu innan han kom på något annat.

241

De senaste veckorna på terminen hade det varit betygsjakt. Allt skulle sys ihop efter bästa ork och förmåga. Pernilla kom att tänka på sin egen skolgång, alltså den senaste där betyg var oerhört viktiga för att kunna söka vidare till studier på högre nivåer. Komvuxtiden som hon kallade den för. Skolformen som hon dittills trott bestod av idel kaffekalas och eventuellt lite utbildning för den hugade. En uppfattning som snabbt kom på skam. Det här var nämligen den absolut mest pressade tiden på alla plan i hennes liv. Studierna var krävande och mastiga. Hon hade sitt älskade hus som hon precis flyttat in i, barnen var placerade inom barnomsorgen och det gällde bara att få ekonomin att gå ihop. Bo i hus, försörja barn, klara studierna och försöka leva en smula. Försöka överleva på en smula också.

När studietiden sedan var över och hon hade börjat lyfta lite lön tog hon med barnen till Gotland. Pernilla hade alltid älskat ön med det lätta, klara ljuset. Hon hade varit där massor av gånger så hon kände sig hemma. Den här gången skulle det bli tälta av eftersom de hade skaffat hund och det var svårt att hitta boende där hundar välkomnades. Penningflödet var allt annat än ett flöde, i stället var det högst begränsat och behövde gå till bensin och båtbiljetter, nöjen och mat. Camping var det bästa och mest spännande alternativet.

Pernilla köpte ett blått stort tält, med två sovavdelningar och en yta där emellan där stolar och packning kunde stå. Det köptes liggunderlag och raggades sovsäckar. En kylväska som kunde drivas i bilens cigarettändare var den största investeringen. Pernilla hade lagat stora grytor med mat och fryst ner dem, så de kunde fungera som isblock samtidigt som de kunde värmas en efter en. Ingen skulle behöva gå hungrig och minimalt med tid skulle läggas på matlagningen. Frukosttillbehör, vatten, snacks och godis var också viktigt att ha med. Även hundmat, blöjor, välling och kläder av alla sorter, för alla väder. Tor var nästan två år, de stora barnen tio respektive femton. För att vara säkra på upplägget provcampade de ett par nätter på olika ställen och den som var oroligast var hunden. Hon tyckte inte om alla ljud hon hörde och inte heller igelkottar som smög in i tältet. La Grande familia checkade in på Kneippbyns camping, ett barnvänligt alternativ med närhet till bad och lek. Och allting funkade. Eller nästan i alla fall. Bilen höll, båten gick, tältet var bra, alla var snälla, vädret okej och de hittade det de skulle. Det enda som inte höll takten var kylväskan eftersom den stal all kraft av bilbatteriet. Mer än en gång behövde snälla människor gräva fram sina startkablar och vid varje tillfälle led femtonåringen i sviterna av pinsamhetsdöden. I första hand på grund av stoppet och bilen, men egentligen på hela sällskapet och situationen. Denna åkomma blommade för övrigt upp många gånger under resan. Fast som plåster på såren gick det ju att ligga och tjuvlyssna på spännande samtal genom tältduken. Pernillas och barnens tält stod uppställt inom hörhåll från ett tält där både killar och tjejer i övre tonåren höll till. Inte bara ett förresten, det var många ungdomar och lika många spännande intryck att ta del av.

Det var minnen det tänkte Pernilla och en period i livet som hon var glad åt, men just som ett minne. Det var inget liv hon skulle vilja leva igen, helt säkert.

Nåväl, nu var det nya tider och även om hon aldrig riktigt lämnade skolan så satt hon numera inte själv i skolbänken i alla fall. Efter att betygen satts och allt jobb runt de som riskerade att inte få godkänt mattats av kom sedan tiden för uppstädning. Storstädning av arbetsbord, skåp, lådor och gemensamma ytor. Mejlgenomgångar skulle göras och papper skulle arkiveras eller strimlas. Några summerande, uppföljande möten behövde avverkas. Små, svaga pustningar från dem som fortfarande kände sig vid liv hördes.

Det hade också varit dagar med stafetter för alla elever och brännboll samt fotboll mellan årskurs nio och personalen. Detta år vann personalen båda matcherna eftersom en tidigare elev var poängräknare. Eleven var hård men rättvis och för ovanlighetens skull var det ett *faktiskt* resultat som räknades samman. Tidigare år hade olika snälla lärare räknat brännbollen till niornas fördel, en yrkeshemlighet som inte fick spridas. Kåren har trots allt sin tystnadsplikt att ta hänsyn till.

Sist av allt kom avslutningen. Sång, tal, diplomutdelning och rosor till niorna. Värt att nämnas i sammanhanget var att vädret alltid funkat dessa sista dagar. Som kronan på verket; personalens taktfasta sjungande. Detta år sjöngs Europe´s "The final countdown" ... herregud. Skolans kurator berättade för åhörarna att personalen inför uppträdandet valt att absolut inte förbereda sig och att alla gjorde det de behärskade minst av allt. Musikläraren som var blåsinstrumentsproffs sattes på trummor. Rektorn som gärna spelade gitarr skulle i stället få spela på ett keyboard, eller förresten på två, och kören hade inte fått en chans att träna på sången gemensamt. Själv skulle kuratorn spela bas. Efter detta ansåg eleverna nog att de var helt färdiga med dem som skolpersonal så snart därefter drog de iväg åt olika håll. Samtliga mot friheten. Det blev tomt på skolan och sommarlovet var här. Pernilla hade nu en dag kvar för att rensa arbetsblad, planeringar och läromedel. Sedan skulle de iväg på den årliga greklandsresan.

Pernilla stack hem lite tidigare än vanligt och satte sig i det lätt gula skenet som spreds från hobiefocken. Den var numera uppspänd utanför köksfönstret. "Fockjäveln" även kallad. Den där som inte gick att rulla ihop snyggt efter seglingen på grund av den alltför spända och felvridna vajern i förliket. En dag fick skepparen nog och köpte en ny fock. Det var därför den gamla fick göra tjänst över altanen

244

där hemma. Under den ställde de sina möbler som de knappt hann sätta sig i, i alla fall sällan i någon slags vilsam mening, innan de skulle ställas undan igen.

Pernilla tog luren och ringde Tobbe för att höra hur det gick för dem.

"Japp", svarade han på första signalen.

"Hur går det? Har ni fått nån fisk än?"

"Nej vi kommer nog inte ut förrän sent på eftermiddagen, jag har precis kommit till Mac nu och ska handla lite. Bullar och fiskedrag".

"Vi hörs senare då", sa Pernilla som bara ville kolla läget.

Tobbe kunde inte smälta det faktum att de i år hade en båt som på magiskt vis bara varit att putta i. Han och Pernilla hade ägnat några timmar åt att göra den fin, timmar som tidigare år känts nästan som ett tvångsmässigt handlande. Innerst inne hade de vid det här laget med i beräkningarna att trots att de gjorde båten fin och sjöduglig, skulle den lika gärna kunna köras raka vägen till verkstaden. Till deras enorma glädje, verkade det visst inte gälla i år och det skulle firas. Tobbe hade tagit ledigt och skulle ta ut Twist och Mac på en fisketur med båten. Han hade redan pratat med Twist om att sticka ut på eftermiddagen och nu hade han tagit bilen bort till Mac för att försöka få med honom också.

När Tobbe kom fram, såg han att Mac var ute. Han sprang omkring med bara en handduk runt höfterna.

"Halloj!", ropade Tobbe. "Är det solbadaren som är i farten?"

"Nej, inte precis", grymtade Mac surt.

När Tobbe studerade honom närmare såg han att Mac hade schampo i håret och lite tvål på ryggen. På fötterna satt ett par välanvända Birkenstock och runt midjan hade han som sagt sin handduk virad. Enbart den. Han rörde sig mellan källaringången och vattenslangen och såg minst sagt bekymrad ut.

"Vad är det som händer?" undrade Tobbe.

"Galenskaper som aldrig förr", fick han till svar.

Mac vred på kranen som ena änden av slangen satt fast i och ur andra änden började vattnet strila. Dock i sån sorglig mängd och med sånt sketet tryck att bara en hydrofob skulle finna anledning att njuta.

"Jag börjar ana vad som hänt", sa Tobbe. "Vattnet har tagit slut, eller? Hur kan det komma sig?"

"Har man en galen fru så".

"Va? Har ni... eller Pia-Carin lyckats ta slut på vattnet? Jag trodde det var något på kommunen som..."

"Kommunen? Nej, vi har inte kommunalt vatten, vi har egen brunn".

"Egen brunn? Dra på trissor, vad ballt. Det trodde jag ingen hade nuförtiden".

"Så där lagom ballt nu, tycker du inte?", sa Mac och tittade ner på sin handduk samtidigt som han drog handen över håret. Vitt schamposkum pressades upp mellan fingrarna.

"Här är en hink med ljummet vatten och hej Tobbe förresten!", ropade Pia-Carin uppifrån huset. Hon gick ner för att hälsa.

"Tuppen ja alla som har planterat en diskpropp", var det första hon sa.

"Å herregud", hördes det från Mac.

"En diskpropp?", undrade Tobbe.

"Ja, efter omplantering, som sköttes i diskhon, samlade jag upp överbliven jord i en kruka som sen hamnade på farstukvisten. Sedan letade jag som en toka efter diskproppen. Först grävde jag igenom hela snaskiga soptunnan efter den, sen kom jag på att den nog blivit noggrant begravd under jorden i krukan".

"Varför är jag inte förvånad?", slapp det ur Mac.

"Så nu ska jag diska", fortsatte hon.

"I diskbalja", la hon till och svängde iväg igen.

"Hm", lät det från Mac och så fort Pia-Carin kommit en bit bort berättade han att hon tydligen hade fått en andes röst i sig som hade sagt att tallen behövde få lite vatten".

"En ande?" undrade Tobbe. "Och vilken tall?", sa han sedan och såg sig lite om. Det fanns inga tallskott så vitt han kunde se, däremot väldigt många stora. De hade säkert tjugo, tjugofem tallar på tomten.

Eftersom Mac nyss fick två frågor ställda till sig bestämde han sig för att svara på enbart den senare eftersom det där med anden övergick hans förstånd.

"Den där", sa Mac och pekade på en mastlik och kvistfri rackare på närmare trettio meter som stod precis utanför ingången.

"Den där skulle tydligen vattnas i dag", fortsatte Mac.

"Pia-Carin vred på vattnet och la dit slangen. Sedan satte hon sig vid datorn och skrev och glömde bort alltihop. Och vattnet tog slut. Jag hade varit i verkstaden och skulle bara ta en dusch efteråt och se hur långt jag kom med det".

"Nu har jag tydligen fått en hink att skölja håret i, man tackar", fortsatte han efter en paus.

"Jädrans typisk", sa Tobbe samtidigt som han nästan hade svårt att hålla sig för skratt medan han titta på Mac som sköljde av sig.

"Fast du kanske inte kom hit för att lyssna på det?", sa Mac sedan.

"Nej eller jo eller kanske inte, jag kom för att höra om du ville följa med på en fisketur. Med mig och Twist. Vi tänkte fiska lite och ta en fika, hänger du med?"

"Gärna, jag lyckas ändå inte få ordning på det här. Mer än gärna, när jag tänker efter. Vilken tid ses vi?"

"Framåt tre. Om det funkar för dig?"

"Förresten", la Tobbe till. "Pia-Carin är i gott sällskap. Det finns fler sorters trädgårdstomtar. Jag har en kompis som tyckte att hans arbetskamrat var på tok för slapp. För att lite fint poängtera det, planterade han krasse i killens tangentbord. Mest för att visa att han var så slö att det växte igen liksom. Några frön och ett par droppar vatten bara så växte det fint. Att plantera en diskpropp är kanske inte så dumt trots allt?" Mac sa ingenting.

"Dessutom tycker jag att du passar i kjol", la Tobbe till.

Mac log en smula där han stod i sin handduk och med fläckar av intorkat schampo i håret.

"Ja, eller hur. Vi ses!"

På vägen från Mac stannade Tobbe på bensinstationen och fyllde på en dunk med bränsle. Han gick in för att köpa några bullar till eftermiddagsfikat ombord. På bensinstationer nu för tiden möts man av ett mischmasch av dofter. Korv, vanilj, choklad, kaffe, kryddor och någon kemisk doft, kanske från rengöringsmedlet på toaletten. Nästan allt säljs där också. Tobbe svängde förbi en hylla där graviditetstest, endagslinser och glasögonputs hängde ihop som en triad ur livets olika skeden. Den som hade hängt ihop dessa saker måste väl ha haft en tanke, annars var det väl en bra underlig ordning, tänkte Tobbe. Men ändå bra för dem som var på väg eller nyss varit på en blinddate. Han kom fram till bullarna och kunde givetvis inte tacka nej till tolv bullar av varierad sort för sjuttionio kronor. Några fiskedrag hittade han inte men visste att det låg några extra i båten.

Hela sista veckan i maj hade varit kanonhet. Uppemot 30 grader och strålande sol. Det fortsatte på liknande sätt även i juni. Så även denna dag. Efter en fullkomligt stillastående och kladdig värme, var seneftermiddagen ljum och skön. Gubbarna kom iväg som planerat. Med sig hade de, förutom fiskespön och mask, också kastspön och drag. Dessutom kaffe och de bullar som Tobbe handlat, åtminstone elva av dem. En hade råkat slinka ner redan, faktiskt direkt efter inköpet. Nu satt de i hettan ombord med varsitt spö i vattnet och snackade.

Tobbe som tyckte att en sån här stund var lika med kvalitetstid, pratade djupt och innerligt om frihet sett ur olika aspekter. Han pratade också om att dra i snöret när det blev för många måsten.

"Innan man tackar ja eller bokar upp sig behöver man köra det hela genom någon slags kvarn ett extra varv, allt för att inte förhandla bort sin frihet", sa han. Mac tittade på honom och både förstod och förstod inte hur han tänkte. I Macs värld fanns det inget par som fladdrade runt så mycket som Tobbe och Pernilla. Tobbe menade att han brukade ställa sig frågan: Hur mycket frihet kostar det? Det finns inga löften och inget guld som glimmar tillräckligt förförande för att det ska vara värt att sälja bort sånt man tycker är viktigt.

"Frihet är väl ändå det som är viktigast, det finns inget annat?", avslutade han.

"Mm", sa Mac.

"Eller hur?", sa Twist som i sin tur tog till orda kring detta med att försöka vara positiv.

"Rut har sagt till mig att hon ibland tänker att jag skulle ha ett sånt där elhalsband på mig med fjärrstyrning. Rut skulle vara den som styrde fjärrhandtaget enligt principen 'ström på' varje gång jag är negativ och 'ström i vila' när jag är positiv". Twist gjorde citationstecken i luften när han pratade om hur strömmen skulle sättas på och stängas av och så skrattade han lite nervöst samtidigt.

"Men så skulle inte Rut göra, hon menade nog inte allvar", sa Mac som tyckte att Twist beteende skvallrade om att han alldeles säkert trodde på henne.

"Hon tror att jag kommer att hoppa högt ganska ofta på grund av strömgenomföringen", la Twist till.

"Oh My God", sa Tobbe.

"Fast sånt säger hon bara om hon är skittrött på allt, när jag är i mitt negativa esse", förklarade Twist.

"Mm", lät det från Mac igen.

"Alternativet hon kommit med är att jag i stället kunde insupa lite lustgas. Jag har försökt förklara att det inte är nåt man blir lustig av om det var så hon tänkte. Man blir mer trött och loj så sedan dess har hon har inte lagt fram det alternativet mer. Det verkar vara ström som gäller".

Twist berättade sedan om det han förklarat för Rut angående lustgas. Om Mr Wells som i mitten av 1800-talet demonstrerade lustgas på en show i USA. Tricket gjorde succé och den som ville, fick gärna inhalera lustgasen eller dikväveoxid som det ju egentligen är. Då upptäcktes att den som blivit påverkad av lustgasen inte kände smärta.
"Det kanske vore nåt i vilket äktenskap som helst", flikade Tobbe in och skrattade hejdlöst åt sitt eget skämt.
"Pernilla har sagt till mig att om katten där hemma någonsin skulle börja prata, skulle den säga 'Husse är dum', med tanke på hur många gånger den fått höra det." Nu log han bara men Mac skrattade desto mer och Twist var helt inne i sitt lustgassnack så han trummade på med det.
"Wells hade en vision om smärtfri tandvård och han reste runt till de fina universitetssjukhusen för att demonstrera sin upptäckt för en del av den tidens medicinska elit i USA", sa han. Efter en kort tystnad utan respons vare sig från Twist eller från Mac, fortsatte han att prata om lustgasen.

Han berättade att Wells hade svårigheter med att dosera lustgasen men att demonstrationerna fortsatte och en läkarstudent lät Wells dra ut en tand på honom. Läkarstudenten hade visserligen inhalerat lustgas men skrek till av smärta när Wells skred till verket, vilket gjorde att lustgas i narkossyfte avfärdades som humbug. Wells blev utskrattad och hånad av åskådarna.
Trots att han vid senare tillfällen kunde bevisa lustgasens användbarhet som narkos fick varken han eller narkosen det erkännande han önskade. Detta tog Wells så hårt att han gav upp sin medicinska karriär.

"Kuyashii", sa Twist plötsligt och sträckte på sig. De båda andra tittade förbryllat på honom.

Utan att notera deras reaktion pratade han vidare om hur Wells, uppmuntrad av narkosen, vann alltmer mark inom flera olika medicinska fält. Att han återupptog sina experiment. Under en kortare period och väl hemma i USA igen, inhalerade han kloroform dagligen. En dag utvecklade han ett delirium och ställde till det så illa för sig att han hamnade i fängelse. Han kände stor skam över det som inträffat och tog sitt liv. Ironiskt nog genom att en sista gång inhalera kloroform och därefter skära upp en artär i benet".
"Shit pommes", sa Tobbe.
"Men usch", sa Mac.
"Det tog ytterligare tjugo år innan han fick återupprättelse som upptäckaren av narkos", avslutade Twist.

Mac kikade på klockan, Twist blängde på bullarna och Tobbe tittade på fiskespöet. Klockan var tio i fyra.
"Ska se om jag kan få nån liten fisk nu då", sa Tobbe.
"Men va fan vilket trassel! Jag förstår mig inte på dom här rullarna. Nu ska vi se här ...Men vad fan gör jag? Jag rullade tydligen åt fel håll. Äh vad fan då, jävla skitsystem".
Sju minuter senare ställdes spöet åt sidan.

Mac berättade att han läst om de sju målarna, födda i Västsverige i slutet av 1800-talet. De målade inne i Lysekils kyrka och ville skapa ett särskilt minne av tillfället. Därför skrev de ett brev till eftervärlden och la det i en ölflaska som de gömde i altarringen inför kyrkans invigning år 1901. Brevet hittades 115 år senare av några snickare som skulle befria altarringen från sina fästen i golvet i kyrkan. Målarna från sekelskiftet hade undertecknat brevet med fullständiga namn, födelsedatum och bostadsort. Texten löd:
"Undertecknade målare, som har varit med att måla Lysekils Nya Kyrka, lägger detta papper ned som ett minne. När detta en gång

kommer till dagens ljus, anhåller vi vördsamt om att förklara detta i
de tidningar från hvilken ort vi äro."

"Ibland har jag känt mig sugen på att skicka iväg en
flaskpost och se vad som händer. Varför jag aldrig gjort det
är nog för att jag inte vet vad brevet skulle innehålla. En
önskan? En tanke? En hälsning till eftervärlden eller en
spådom om framtiden", sa Mac
"Mm", sa Twist.
"Mm", sa Tobbe.
Mac hajade till. Varför hade de snott hans eftertänksamma
hummande och hur lät det egentligen? Inget vidare faktiskt.
Hur sjutton kunde man svara så, undrade han för sig själv.
Pia-Carin avskydde när han hummade. Hon tyckte att det
stod för: "jag hör vad du säger men jag skiter i det". Lite så
lät det för den som fick ta emot hummandet medan den
som kommunicerade det, bara menade att låta eftertänksam.
Pia-Carin hade lika svårt för "aha" som svar betraktat. Hon
menade att den som svarade så, bara ville vilseleda. Ungefär
som: "jag lyssnar verkligen inte men säger aha så kan jag
fortsätta att vara helt i mina egna funderingar".

Klockan blev fem i halv fem.
"Fan, det var ju en fisk som hoppade", sa Mac och tittade
på klockan igen.
Nu var det Twists tur att ta spöet och göra ett nytt försök.
Ett evinnerligt trasslande påbörjades med rulle och lina. Så
äntligen ett kast, två kast, tre kast...
Fyra minuter senare avbröt ett SMS de tillfälliga och mycket
kortlivade framgångarna. Efter SMS:et blev det inget mer
kastande och spöet ställdes undan.

Klockan blev tio i fem och en ny ansats gjordes.
"Faaan ta det här jävla skitspöet", sa Twist och ett skratt
avfyrades. Tobbe som stod på babordssidan av båten och
kastade, tittade till. Det gick inget vidare för honom heller

och ändå hade de varit tysta ett tag nu.

"Jag gråter, fan också. Aldrig förr har det gått så här illa. Att nåt sånt här hänt. Det sitter fast, så jäkla illa", kved Twist och lät som en afatiker som hårdtränade meningsbyggnad. Han drog så spöet böjde sig och sedan fick de ett drama att följa gemensamt. En stor tångruska, draperad i långa vasstrån var det som draget hade fastnat i, och alltsammans halades nu in.

"Tänd grillen gubbar, nu ska här halstras", skrek han och de andra skrattade rått.

Efter det ställdes spöna åt sidan och de tog fram fikat. Ungefär så gick det till den dagen Tobbe, Twist och Mac var ute på fisketur. Inte så överväldigande faktiskt beträffande fisket men eftermiddagen var god och bullarna fina. De åt upp alla utom en.

Innan de startade motorn för hemgång tittade Tobbe till motorn. Det var en vana han hade skaffat sig sedan det var vatten i hela motorrummet för ett par år sedan. En vital del av motorn hade blivit helt kaputt med kostsamma reparationer därefter. En liten kladdig klick olja syntes i botten av motorrummet så han bad Mac kika ner också.

"Det där ser inte bra ut" sa Mac.

Tobbe kände hur det började spänna och dra i käkmusklerna eftersom han misstänkte att Mac hade rätt.

"Nä, det förstår jag", svarade han och svalde överskottet av den alltmer tilltagande salivproduktionen. Det här var spänt läge, det kunde en idiot förstå.

"Jag får städa upp där sen när vi är tillbaka vid bryggan. Lite trångt är det att komma åt men en liten klick kan jag nog fiska upp."

"Mm", svarade Mac.

"Kan jag ta den sista bullen?" undrade Twist som kände att någon behövde bryta den tryckta stämningen. Han hade hypnotiserat den ensamma bullen länge nog och sträckte sig nu efter den.

Fiskestunden var över, fikabiten avklarad och enbart båtturen tillbaka återstod. Tobbe ville gärna demonstrera farten i båten så de tog en extrasväng i viken innan de återvände. Tobbe gasade på och svängde så tvärt att båten nästan vek ner sig. Både han och Twist skrattade som barn medan Mac mest hade fullt upp med att hålla i kepsen. När de hade lagt till vid bryggan, skulle Tobbe torka upp oljan under motorn. Han ryckte åt sig en av servetterna i bullkorgen och öppnade sedan luckan till motorn. "Vad i helvete", hördes det från Tobbe. Han kikade längre ner i motorrummet och såg att klicken olja hade fått sällskap av nära nog fyra liter till. Vare sig servetten eller ens hela rullen hushållspapper skulle ha gjort succé här. "Skit och pannkaka", sa Twist. "Mmmm", sa Mac som för säkerhets skull la till några ytterligare ord eftersom han tyckte att det passade i sammanhanget. "Den där får vi nog ta upp och kolla igenom".

Så här års älskade Pernilla verkligen sitt liv. Det var som ett enda stort kalas med massor av spännande saker som hände. Greklandsresan närmade sig. Då de fick chansen att träna segling inför säsongen och kommande event. Med detta menades mästerskap någonstans utanför Sverige. De hade varit i Tyskland flera gånger och nu senast i Italien, sommaren som var. De hade till och med varit i Australien. Denna sommar skulle det bli EM i Österrike men innan dess ett par dagars tävlingar i Super Sail Tour. Den seglingsturnén kördes på fyra platser i Tyskland varav en i Kellenhusen i norra Tyskland. Dit skulle Tobbe och Pernilla för att genom deltagande i touren få till lite extra träning. Men det som stod på agendan först och främst, var att teambanta inför EM. De skulle försöka droppa åtta kilo tillsammans på tre veckor. Därför åt de ägg och frukt till frukost men drömde i smyg om limpmackor och söta marmelader. Tobbe slarvade mer, som till exempel denna eftermiddag, då han nog hade ätit fyra, fem bullar.

Han klev precis innanför dörren hemma och rakt in i Pernillas tankar.

"Kanske vi skulle satsa på en stor fet motorbåt i stället? En plats att växa på. En båt som mullrar och gräver upp sjö. Där vi sitter på flybridge och vräker i oss, direkt ur burkarna. Marmelad, nutella, pannkakor med lönnsirap", föreslog Pernilla och fortsatte sedan efter en stunds tystnad.

"Min viktförändring rör sig i skov", sa Pernilla.

"Jaså", svarade Tobbe frånvarande. Han var som uppslukad av oro över båten. Eller kanske mest för att behöva berätta för Pernilla om båten.

"Alltså uppåt", fortsatte hon. "Den ligger still först i flera dagar, sedan tar den ett skutt. Uppåt, hör du mig?"

Tobbe skrattade till.

"Ja skratta du, som kan käka obegränsat och mosa i dig, gå upp åttahundra gram och så äta mindre och tappa tre kilo", Tobbes skratt var inte riktat mot henne. Han hade sina tankar helt och hållet på annat. På grund av den där jävla motorbåten hade han nästan utvecklat en sorts svart humor. En hånfullhet, typ satir. Det var den han utövade nu.

"Jag… jag äter återhållsamt, ligger still och går upp. Är det fair tycker du?", malde Pernilla på.

"Usch då, stackars dig", sa Tobbe men tänkte mer på hur synd det skulle bli om honom själv när han släppte den riktiga bomben. Den som inte hade med Pernillas vikt att göra.

"Som tjej ska man egentligen inte väga sig oftare än en gång i månaden", sa hon sen.

"Jag vet inte riktigt hur jag kan styra det där så att det känns bättre för dig", svarade Tobbe som kände sig ganska säker på att just han åtminstone inte kunde beskyllas för det i alla fall.

"Man *fluktuerar* som det så fint kallas. Själv kallar jag det hormonjävlar eftersom de gör att man åker hiss viktmässigt", avslöjade Pernilla.

"Eller inte bara viktmässigt förresten utan lika mycket förändringar i omfång". Hon kom att tänka på en seriestrip som hon sett en gång där någon, kan ha varit Krösus Sork, åkte hiss och på uppvägen såg han smal ut som en sticka medan han på nedvägen svällde upp till en stor boll. Så kändes det att ha ägglossning med tillhörande hormonspratt i kroppen. Som att åka hiss nedför.

"Jamen väg dig inte så ofta då, kör på en gång i månaden men välj i så fall rätt datum", föreslog Tobbe.

"Ja, fast någon gång typ 2040 eller så kan allt ha stabiliserat sig kanske. Har jag inte fått ordning på skoven då lär jag väga 165 kilo. Mensfri men lite tung, det är grejer det". Tobbe tittade upp på henne och försökte avgöra om det var punkt vid det. Samtidigt passade han på att mäta henne med blicken och avgöra om hon skulle klä i 165 kilo eller inte, med ett BMI på sextio plus. Han var osäker på om han trodde det.

Pernilla ändrade plötsligt inriktning på samtalet och de började i stället prata om sommarens segling. De båda älskade det sättet att leva på. Att få bila ner genom Europa, se sig om, tälta, segla, tävla, träffa många människor. Både nya och gamla. Det här livet skilde sig från Kneippbylivet på många områden, men inte beträffande boendet. Just tältbiten var ingenting som Tobbe längtade efter, men det var bättre att lägga pengarna på annat än boende. På att ha skoj. Genom att tälta hamnade man också i närheten av tävlingsområdet. Boende på hotell eller liknande lösningar innebar ofta att man kom en bit bort från allt.

Det var det gamla blå tältet med två sovavdelningar som fick göra tjänst. Ena avdelningen var platsen för sängen och den andra blev garderob. I utrymmet i mitten hade de en torkställning för blöt seglingsutrustning och lite nödmat, vatten och annat smått och gott. Allt vad en människa egentligen behöver.

Om Pernilla fick drömma, så skulle det vara ett sätt att leva. Med sol, vind och vatten, bil och båt. Så hade de nu prioriterat sättet att ha semester på de senaste åren.

Nåväl, ett par dagar passerade och Tobbe skakade av sig bekymren runt båten. Båt, släp och alla bekymmer på jorden hamnade i Macs goda händer och därefter var det bara att avvakta. När Tobbe äntligen tog sats och berättade för Pernilla att SCANDalen dessvärre och återigen fått göra rätt för sitt namn, gick det ändå ganska bra. Pernilla blev irriterad, lika mycket som Tobbe, men det var bara att acceptera faktum. De båda fick sätta minnet av båtens lyckosamma sjösättning i halsen.

Båten blev stående hos Mac i flera veckor eftersom det visade sig att åkomman var av ganska allvarlig art. SCANDalen hade fått magsår. Botten på motorn hade rostat. Det hade så att säga blivit rost i maskineriet och ett knytnävsstort hål i oljetråget. Mac hade massor att göra i verkstaden och när det äntligen hade blivit SCANDalens tur saknade Mac nyckeln att låsa upp släpet med. Tobbe och Pernilla hade så dags redan rest till Grekland men hade lämnat över nyckeln till Twist det sista de gjorde. Twist var inte den bästa att lämna över nycklar till, inte heller den här gången. Nyckeln var borta så det var bara att knipsa låset. En övning som var Twists specialité alla dar i veckan. Twist tog med sig bultsaxen över till Mac och bad om att få sköta hantverket. Han spelade huvudrollen som kung, medan låset fick birollen som det invigande bandet.

"Härmed inviger jag akutvården av SCANDalen", skojade han.

"Mm", svarade Mac och tänkte på vilken tur det var att Tobbe inte hörde honom nu.

Nytt oljetråg och en ny sköld, bränslepump och vattenhus plus avgasknän... allt var föremål för reparation. En bred service gjordes också när båten ändå var uppe. Efter några veckor var båten som ny igen och plånboken väldigt, väldigt veckad och tom. Typ eländig.

"Åttiotretusen?!", uttalade Pernilla med sådan kraft att en spottfontän träffade Tobbe två gånger. Det var bokstaven "t" som ställde till det. Tredje gången hann Tobbe vika sig lite åt sidan. Han såg blek ut men Pernilla såg om möjligt ännu blekare ut.

"Mm", sa Tobbe som precis hade sprättat upp kuvertet där fakturan låg.

"Åttiotretusen femhundrafemton för att vara exakt", la han till.

"Men nu är den servad för fyra år framåt". Han gömde undan brevsprätten under några papper i lådan eftersom det kändes som om Pernilla höll på att bli en smula oberäknelig. "Allt kommer att bli bra igen. Kanske. Ett tag", sa han försiktigt och kände att det han önskade mest av allt nu, var Ruts elhalsband med tillhörande fjärrkontroll.

I brist på både el och fjärrstyrning flyttade han sig en bit från Pernilla om hon nu skulle få för sig något.

Exempelvis att repetera hela summan igen.

Kapitel 18
Om Hybris, Jante och Gustav III
samt Peter Pan som nästan lämnade dem hemma

Midsommaraftonens dag tillbringade de nere på ängen. Medan de andra reste stången, körde grodor, raskade rävar, tvättade kläder och styrde raketer satt Pia-Carin och Mac på en filt på behörigt avstånd och åt. De var hungriga som få och det gick inte att hejda. Armarna gick som väderkvarnar över filten för att nå sillar, ägg, färskpotatis, gräddfil och övrigt som hör en anständig midsommarlunch till. På underligt vis höll sig regnet borta precis denna dag även om det låg som ett hot över dem vilken väderstation de än rattade in. Men det blev aldrig några skrynkliga sommarklänningar eller blötlagda jordgubbstårtor. Det var de mycket glada över. Dagen efter däremot, var som att jordens alla duschar ställts vidöppna.

Midsommar är onekligen något som väcker känslor. Kravtröjan åker på några dagar innan och sätter sig tightare och tightare runt kroppen ju närmare sillinläggningar och kranssmyckning man kommer. Känslorna som flexar i varandra är många men matchar inte planeringen på något enda sätt. Krav, förhoppning, sorg, glädje, rus, prestige, avkoppling, stress, lycka, irritation och ilska. Utan inbördes ordning.

Pia-Carin tänkte på när hon i helgen hade varit på ICA och handlat det som behövdes inför midsommarfirandet. Ägg, potatis, gräddfil, sill, gräslök till lunchen och kött, såser, majs, halloumi med mera till kvällen. Alla var så arga i affären. Det var hetsig stämning och trångt mellan hyllorna. Flera trängde sig och blängde på varandra.
Någon sa: "Ja, jag vet väl för faaan inte vad som gäller för i

morgon, det enda jag vet är att det ska regna."
Någon annan med famnen full av varor gnällde: "Var i
helvete ställde vi kundvagnen nu då?"

Mitt i allt detta stod Bengt och såg för ovanlighetens skull
allt annat än tjurig ut. I stället såg han faktiskt lite fånig ut
och reagerade med påtaglig genans när Pia-Carin närmade
sig.
"Jaså hej Bengt. Du jobbar in i det sista."
"In i det sista vet jag inte, jag kommer nog att leva många år
till tänker jag", sa han med plirig blick och ovanligt rosiga
kinder.
"Du ser minsann pigg ut, det är nästan så att ögonen
glittrar."
Bengt tittade ner för att slippa möta hennes blick, han blev
snabbt röd om öronen och då såg Pia-Carin varukorgen
som han hade framför sig. Det var en korg med enbart
rosor och maränger.
"Eller är du här och handlar?" ändrade hon sig snabbt.
"Kanske inte", svarade Bengt och tittade ner i golvet igen en
stund. En kvinna närmade sig. Hon var kort och otroligt
söt. Fint sommarklädd och med läppstift i en svagt rosa ton.
Klackarna tickade mot golvet när hon närmade sig och
klänningen svängde runt benen på henne. Bengt tittade upp
och hans ögon fylldes av beundran. Kvinnan styrde stegen
rakt mot dem och så la hon ner ytterligare ett marängpaket i
korgen.
"Vilken romantisk korg du har fått ihop", sa Pia-Carin. Inte
mycket kött och sill här inte.
"Visst är det fint?", sa hon. "Jag ska göra kransar till
barnbarnen och så tårta så klart. Tack och ha en fin
midsommar", sa hon och strök Pia-Carin på armen. Bengt
som stod bredvid såg plötsligt lite tvär ut och kom inte till
orda över huvud taget.
"Oj, förlåt!", sa Pia-Carin.
"Ni kanske känner varandra, här står jag och tar plats... och

kommenterar kundernas varukorgar." Bengt fick ordning på
sina anletsdrag och växlade från mycket sur till förälskad på
en tiondels sekund.
"Just det...", började Bengt, medan kvinnan tittade undrande
på Bengt. Hon sa att hon inte alls kände honom men att
hon däremot känt att han rört sig runt henne under den
senaste kvarten.
"Misstänker du mig för att knycka något eller?", undrade
hon vänd mot Bengt som såg en smula förlägen ut.
"Nej vet du", sa Pia-Carin. "Det är nog ett missförstånd.
Det här är Bengt, och jag är ganska säker på... faktiskt *helt*
säker på att han inte gjort det. Eller hur Bengt? Man kan
nästan inte hitta någon som är längre ifrån misstänksamhet
än du", la hon till med viss ironi i rösten. Pia-Carin fortsatte:
"Om jag inte misstar mig helt här så skulle jag tippa på att
Bengt tvärtom är jätteförtjust i dig och din trevliga varukorg.
Ha en underbar midsommar", sa hon till kvinnan. Med det
sagt, gick Pia-Carin därifrån och lät Bengt ta hand om
resten. Hon log åt minnet och undrade samtidigt hur Bengt
lyckades trassla sig ur den situationen.

Veckorna efter midsommar hade Mac fullt upp med båtar
som, precis som Pernillas och Twists, hade sjösatts men
behövt tas upp igen eftersom det inte hade gått som det
skulle.
Medan Mac jobbade i verkstaden satt Pia-Carin och skrev.
Hon hade bara ett par kapitel kvar nu och granskade de
kapitlen som var klara så långt. Hon läste, ändrade, rättade
och flyttade om. Kände sig nöjd, ångrade något, la till ett
stycke och strök ett annat. Hon hade fått svettattacker och
frossbrytningar om vartannat. Det fanns ständigt några fel.
Fel av alla sorter som bara smög sig in. Tempus, ändelser,
ordföljder och ordval, syftningsfel och stavning. Under den
här processen satt ofta Jante på den ena axeln och Hybris på
den andra. De spanade och höll koll.
Hon hade märkt att hon gärna spårade in på favorituttryck

och vissa sätt att skriva på som i värsta fall kunde uppfattas som tjatiga. Det sista hon ville, var väl att den som läste skulle känna sig irriterad på formen och därigenom missa innehållet. Ett ord som hon använde alldeles för mycket var ordet *omtumlande*. Det var i samband med att alla kungabebisarna kommit i rask följd under våren som uttrycket gjorde entré i Pia-Carins värld. Först var det Prins Daniel som sa det när lille Oscar föddes och strax därefter Prins Carl Philip när Alexander kom. Dessa båda pappor tyckte att de hade varit med om omtumlande upplevelser. Därefter var det klippt. Nu gjorde Pia-Carin detsamma, alltså använde ordet omtumlande stup i kvarten. Vad säger det egentligen om henne? Att hon ville vara kunglig, var lättpåverkad och en härmapa? Eller hade hon inte känt till ordet tidigare, led av upprepningstvång eller helt enkelt bara hade dålig fantasi?

Vid en ännu vidare granskning av det hon skrivit kunde hon också ifrågasätta själva innehållet. Vad var det egentligen hon hade skrivit om? Det mesta handlade just inte om någonting annat än dagar som gick och tankar som tänktes. Det var tur för Pia-Carin att tryckfrihetsförordningen redan blivit fast förankrad så att hon inte hade fler domar över sig än sina egna. Förordningen fyller detta år 250 år. En förordning så unik och inget att ta för given, som därför behöver uppmärksammas än i våra dagar. Det är lätt hänt att ta förmåner och rättigheter som självklara, men det ligger en fara i det tänkte Pia-Carin.

Svensk tryckfrihetsförordning var den första lagen i världen som gjorde tryckfrihet till en fastställd rättighet. Tack vare den infördes också offentlighetsprincipen. Den senare gav medborgarna grundlagsskyddad rätt att ta del av protokoll och andra handlingar från riksdag, regering och myndigheter. Att Sverige var först i världen med dessa stolta bestämmelser är okänt för många i dag.

Tryckfrihetsförordningen med offentlighetsprincipen kom

till i uttalat syfte att stärka medborgarnas politiska inflytande. Det här var under den radikala frihetstiden, då kungen reducerades till enbart en symbolfigur och riket styrdes av riksrådet och riksdagen. Några veckor tidigare hade en bestämmelse införts om att grundlagar endast fick ändras av två på varandra följande riksdagar med mellanliggande val. Även det ett erkännande av medborgarnas inflytande över riksstyret. Därefter skedde en explosionsartad ökning i opinionsbildande småtryck i de mest skiftande ämnen. Adelns ensamrätt att äga viss mark utmanades och deras monopol på högre statliga tjänster avskaffades. "Allmän svensk mannarätt" lades fram i riksdagen. Avsikten med den var att göra alla landets medborgare... oavsett villkor, ålder och kön... lika inför lagen. Ett upprop som faktiskt ledde till politiska förändringar.

Denna spännande utveckling avbröts av Gustav III:s statskupp i augusti 1772. Pia-Carin sökte i minnet vad hon mer kände till om det hela. Det var väl då som kungamakten återställdes och alla grundlagar som hade antagits efter 1680 upphävdes? Tryckfriheten avskaffades i praktiken helt då kungen införde en ny, och som han kallade det, rättad tryckfrihetsförordning två år efter statskuppen. Nu bestämde han vad som var tillåtet och boktryckare som gjorde fel hotades i värsta fall med döden. Gustav III menade sig därmed ha satt stopp för åratal av käbbel och kaos. Han avskaffade därtill frihetstidens riksdagsvälde samt de politiska partierna. Adeln delade kungens uppfattning i och med att de sett sina privilegier hotade i de politiska rummen. Men det var inte lätt att leva utan censur heller eftersom de flesta europeiska stater lydde under kungligt åsiktsmonopol. Det gjorde att man var ovan vid det samtalsklimat som uppstod med en ocensurerad press. Kränkningarna av enskilda var just det motiv Gustav III angav för att inskränka tryckfriheten.

Just den här historien är allmänt ganska okänd bland svenskar, tänkte Pia-Carin. När man ser hur dagens gymnasieböcker skildrar denna tid förbluffas man av helt felaktiga beskrivningar, exempelvis: *"Gustav III inledde sin regering med en mängd sociala och rättsliga reformer i upplysningstidens anda. Tryckfrihet och ökad religionsfrihet infördes"*, som det står i en av dem.

Studenterna på gymnasiet får även lära sig att politiker mot slutet av frihetstiden blev allt hätskare och att bland annat det, gav upphov till ett utbrett politikerförakt. I böckerna tillskrivs Gustav III goda egenskaper medan politiker som kämpade för att stärka medborgares inflytande, beskrivs som onda. Sanningen om tryckfriheten är precis den motsatta. Pia-Carin minns inte att hon under skoltiden läste ett ord om det här. Det handlade mest bara om vad Gustav III hade betytt för kulturlivet. Lite festligt i sammanhanget är att en censurerad bild av kungen lever kvar, tyckte hon. Kunde det rent av vara så att kungen med hjälp av censuren lyckades skaffa sig inflytande genom alla sekler fram till idag? Säkert är det så, eftersom bilden som lyfts fram via läromedlen till dagens ungdomar är allt det goda som kungen bidragit med. Inte ett ord om hans intentioner att motarbeta tryckfrihet.

1766 utformades den tryckfrihetsförordning som sa: *det som inte angavs som olovligt var uttryckligen tillåtet.*
Det var undantagen som behövde definieras – och de var få. I andra demokratier fungerade insynen lite annorlunda. Där var allmänna handlingar hemliga såvida de inte uttryckligen gjordes offentliga. Olika kulturer speglar olika villkor och Sverige är inte längre bäst i klassen på alla områden.

Mac klev in i arbetsrummet och kommenterade Pia-Carins koncentrerade ansiktsuttryck.

"Jag är verkligen fokuserad. Jag har snärjt in mig kring detta med tryckfrihet och censur. Hur öppna vi egentligen kan vara i ett samhälle?

"Spännande!", svarade Mac.

"Visst är det? Du vet väl att världens första tryckfrihetsförordning fyller 250 år? Det behöver uppmärksammas därför att det sällan är något som aktivt reflekteras över".

"Lagar fungerar aldrig i ett vakuum. Tillämpningen förhandlas mot samhällets normer. Svenska myndigheter intar en allt snålare hållning till öppenheten. Statens har behov av skydd för allmänna och enskilda intressen medan medborgarnas ställer krav på insyn i offentlig verksamhet. Ingen enkel ekvation, det kan man väl förstå?"

"Pia-Carin, vi kommer antagligen alltid att behöva hålla debatten aktuell. Den tekniska utvecklingen, överstatliga avtal och terrorhot ställer oss inför svåra överväganden".

"Jag håller med, och medborgarna måste vara delaktiga i förhandlingar om yttrandefriheten, men det kräver kunskap. För det man inte känner till bryr man sig inte om. Det man inte bryr sig om kan man inte försvara. Och det man inte försvarar riskerar att en dag tas ifrån en. Det finns anledning att begrunda allt detta". Något de också gjorde för ett kort ögonblick.

"Fasen vilka djupingar vi har blivit", sa Mac sen.

"Men visst är det tur att vi har frihet att trycka. Hur går det med skrivandet för dig?"

"Just idag satt jag fast i en sån där vem-tror-du-att-du-är-känsla och vem tror du egentligen bryr sig? ... men efter en promenad med Yahoo så släppte det".

"Fast jag tycker att du ofta bara skriver på, och vad är det som man brukar säga är kreativitetens motor? Tristessen, ångesten, begränsningar eller latheten?"

"Kriser", svarade Pia-Carin. "Att problemet i sig väcker något som söker efter lösningar mer rationellt och kreativt än vi vanligen gör".

Hon satte sig med boken igen för att formulera något om Pernillas och Tobbes resa till Grekland. Den där årliga som åtminstone Pernilla längtar till så att hon nästan går sönder. Just denna resa startade lite annorlunda och allt hade blivit så tokigt att Pia-Carin verkligen tyckte synd om dem. Pernilla och Tobbe har rest många gånger nu till samma resmål, det här var väl sjätte upplagan, och varje år hade de funderat över krisen i Grekland. Någon kris hade de hittills inte känt av förrän just i år. Men grekiska bolaget Astra löste krisen. SAS-krisen alltså. Det hela hade börjat med SAS-piloternas missnöje över löner och förmåner. Pilotfacket tyckte att tre och en halv procent i löneökningar kunde vara rimligt samt även en slags löneskala vilken kunde innebära en tioprocentig höjning. Dessutom önskade piloterna få rätt att flyga affärsklass vid tjänsteresor. Pia-Carin tyckte det lät helknasigt eftersom de alltid annars satt bekvämt längst fram i planet och körde alla andra. De ville också ha 6 500 kronor om året i schablonmässig utbetalning för skor och solglasögon. Plus diverse andra förbättrade förmåner och detta utan att behöva lämna in kvitton till arbetsgivaren. Det var märkligt även det. Men strunt i piloterna... för Wanjelins resa till Windy Bay då, hur gick det med den? Jo, en strejk bröt ut. Klockan 18 drabbades de första 20 000 resenärerna och dagen efter då Tobbe och Pernilla skulle åkt kom de inte iväg. De var två av de 26 000 som drabbades.

Pernilla hade vädjat till SAS att komma till sans: "Snälla SAS. Ni kan få min flygmat bara ni inte strejkar. Ni kan få sitta skönt också. Och om ni måste strejka, kan ni inte börja en dag senare än beräknat? Tobbe säger här att ni kan ta hans mat också... fast det menar han egentligen inte men han är rätt så medgörlig nu".
Pia-Carin hade pratat med Pernilla på gymmet på fredagen och då var hon nästan gråtfärdig men orkade ändå skämta

lite om läget.

"Äh vadå...? Man kan segla på Värtan och sola i tobaksaffären. Snacks och skumpa smakar lika okej vid köksbordet som i flygstolen. Jag håller på att förbereda safety on board för Twist. Han kommer också få trycka på knappen i taket och beställa Gin & Tonic, fast det vet han inte än. Bagageband är arrangerat till alla väskor som är packade. I kväll äter vi middag i små kartonger och vi ska spilla på oss så det blir på riktigt. Vi har också dragit på värmen ordentligt hemma så vi kan klaga över värmen som gör att vi försmäktar. Ska strax ladda med solskydd 30 och byta om till bikini".

Under lördagen fick de äntligen besked om en ny flygtid: 22.30 på söndagen. Klockan 24:00 natten mot måndag, fick de slutligen boarding och planet (eller vad det nu var) taxade ut. De flög med det grekiska inrikesbolaget Astra vilket gick till som följer: Stålskena i stolsryggen och en måltid bestående av något obegripligt i kläm mellan två baguettedelar. Planet körde inte till Preveza Airport eftersom flygplatsen var stängd. I stället gick kärran till Corfu Airport där de landade 04:30 lokal tid. En buss körde dem till hamnen där en färja transporterade dem vidare. Kvart i sex på morgonen åkte de över havet till staden Igoumenitsa, en tur på två timmar. Därefter fortsatte bussen till Preveza, en knapp tvåtimmarsresa. Ett sista bussbyte gjordes till den sista transfern. Den som ingick i originalpaketet och som på en dryg timme tog dem sista biten till hotellet i Vassiliki.

Det blev en tolvtimmarsresa. Klockan elva på måndag förmiddag var de på plats, 36 timmar försenade och där kände sig i alla fall Pernilla ganska gråtfärdig. Av trötthet men också med en känsla av lättnad och glädje. Det hade varit jobbigt men nu var de äntligen framme. Ett äventyr utöver det vanliga och ett Grekland i gryningen var fint att uppleva, men knappast värt det.

Vid sidan av att ha missat en natts sömn, hade de också missat myskänslan på Arlanda. Där på plats när resan får sin start, där bland andra resenärer, köer, resväskor och låtsasuppgivna suckar. De hade missat GT:n och skumpan på planet för vem vill ha det vid ettiden på natten på ett plan där man hade fullt upp med att sitta upprätt. Alltså i förhållande till den ovan nämna stålskenan i stolen. Detta samtidigt som de med minimal lutning på stolen försökte snika åt sig en slummer då och då.

De missade den där trevliga flygplanslådan med ytterligare små lådor i och med rätter av alla sorter. I stället fick de alltså en slags macka. "Welcome Meal" och "Welcome Chat" på hotellet missade de också, men allt detta var glömt så fort de kommit till rätta.

Steve, grundaren av Windy Bay, bjöd dem alla första kvällen på restaurang i stan. En oändlig variation av fisk och skaldjur samt dryck bars in och dekorerade de båda långborden. Han kallade det för plåster på såren.

De resterande dagarna följde sitt givna program. Segling på förmiddagarna och så lunch. Segling även eftermiddag, sen öl vid poolen. Middagarna var lika fördelade mellan hotell Kavadias' BBQ och Melas' Cocktail n' Curry samt restaurangbesök i både Vassiliki och Ponti.

Tobbe och Pernilla hade börjat varje morgon med en fyra kilometer lång promenad. Ställde klockan på sju och gick sedan, följde vägen och nådde bergen via staden. En mycket bra start på dagen.

All hård eftermiddagsvind hade tydligen ställts in denna vecka utom just den allra sista dagen. Då plötsligt vid 16-tiden gav sig crosshore vinden till känna. Pernilla och Tobbe fick några fantastiska turer fram och tillbaka, in och ut ur bukten. De seglade så länge att de fick stressa sönder för att hinna med transfern till flygplatsen. Och plötsligt var allt över.

Nu hade de både kommit hem och åkt igen. Denna gång var det Österrike som huserade mästerskapen i Hobie fast de skulle åka via Tyskland. De hade tagit färjan från Trelleborg över till Travemünde och sedan kört fem mil till Kellenhusen. Tyskarna seglade årligen något som de kallade Super Sail tour, där bara ett litet antal nationaliteter deltog. Touren hade en serie seglingsdagar under vår och sommar i orterna Grömitz, Scharbeutz, Kellenhusen och Sylt. Nu hade turen kommit till Kellenhusen och där skulle Tobbe och Pernilla haka på under två dagar. De hade varit där en gång för fem år sedan av samma anledning men då hade det regnat och blåst så mycket att så gott som hela tävlingen ställdes in. Endast fem båtar gick i mål. Även detta år var det regn i luften, och bara tolv till fjorton grader och starka vindar. Pernilla hade skrivit att de höll på att frysa ihjäl.

Ylletröjor och regnjacka var de kläder som gällde medan de ställde av båten och riggade den, slog upp tält, registrerade sig och rörde sig runt på området. Tältplatsen var densamma som för fem år sedan. En fårhage som tillfälligtvis lånats ut av fårbonden. En fårhage som mer än tillfälligtvis luktade just fårhage. De var först på plats och valde ut den bästa platsen de kunde hitta, den med minst mängd definierade högar i gräset.
Traditionsenligt drack de kaffe med hembakad citronkaka och tog en sup när tältet väl var uppe. Efter registreringen hade de sett ut en restaurang där de kunde värma sig och äta en massa kött. Taverna Bacchus. När de sedan var tillbaka hade det blivit fullt ös vid sail center med artister på scenen och campingen var så gott som fullproppad. Deras närmaste granne var ett gäng grabbar, en tjutande madrasspump och en sällskaplig musikutrustning. Eller två förresten, som det spelades olika låtar på.

Pernilla hade skrivit till Pia-Carin och berättat om allt detta.

Hon skrev också att det var på håret att de kom med färjan från Trelleborg. De hade åkt i god tid från Laduvik men hamnat i köer, dels i Södertälje och nästa gång vid färjan. Rostockfärjan som skulle lämna Trelleborg vid samma tidpunkt som Travemündefärjan hade ett kösystem totalt utan ordning, så de hade hamnade helt fel. Så himla lätt var det alltså att missa en färja. Exakt fyra minuter innan den skulle lämna kajen, körde de upp med bil och båtsläp på bildäck. Det var i sista stund. Matroserna hissade upp lastningsluckan sekunden efter att Tobbe stängde av bilmotorn. Så himla lätt hade det alltså varit att sabba hela det välplanerade upplägget där siktet mest var inställt bortom färjan, mot Tyskland och Österrike. Det fanns inte minsta risk i deras föreställningsvärld att missa färjan.

Bortsett från denna fadäs hade resan gått bra men Pernilla som också körde emellanåt var väldigt glad över att det var just Tobbe som körde när det plötsligt gavs ny information i vänster körfält. Det stod att körfältet var lämpligt endast för fordon smalare än två meter. Om Pernilla alls hade uppmärksammat skylten, vilket var föga troligt, hade hon nog först ställt frågan till Tobbe om hur brett deras släp var. När svaret väl kommit skulle det ändå varit för sent att göra något med tanke på det tempo trafiken höll. I ett ännu värre scenario kanske Pernilla körde för att Tobbe behövde sova, och då hade det inte ens funnits någon att fråga.
Hur som helst hade det snart smällt till utav bara helsike, det hade fräst till som det gör när hårdplast möter metall och hela ekipaget skulle ha tvärstannat. Det hela hade resulterat i två avslipade skrovsidor.

Och kanske en påkörning bakifrån med personskador av whiplashkaraktär. En något högre nivå av fadäs tänkte Pia-Carin innan hon satte punkt i texten.

Kapitel 19
Om simskolan, den klippta grisen och de rårört röda samt framtiden som blev både nutid och dåtid

En gång i tiden hade konstnärer inkomstgaranti, en så kallad konstnärslön. Den delades ut utan ansökan till ett begränsat antal konstnärer för särskilt konstnärlig verksamhet av hög kvalitet och med stor betydelse för svenskt kulturliv. De vanligaste mottagarna var bildkonstnärer, musiker, författare och översättare. Men även fotografer, filmare, formgivare, regissörer, dansare, skådespelare, keramik- och textilkonstnärer har varit mottagare genom åren. Samt en clown. Den livslånga garantin gav innehavaren en årlig inkomst som motsvarade fem basbelopp, alltså drygt 220 000 kronor. Ett belopp som minskade om konstnären hade andra inkomster. Lönen, som kunde hjälpa en konstnär med stor betydelse för svenskt kulturliv att överleva, var ingen jättekostnad för staten. Men så en dag vaknade en politiker som-inte-behöver-nämnas-vid-namn ur sin paragrafmössa och tog bort garantin. Enligt de nya besluten skulle utbetalningar överföras i form av långtidsstipendier sedan de frigjorts ur det tidigare systemet. När garantin togs bort var det många som protesterade.

Ja, det är obehagligt att vara den som tar beslut. Ja, det är nog tufft att vara politiker. Ja, i och för sig är det alltid svårt med förändringar. Ja, beslut kan vara den enes bröd men samtidigt bli den andres död. Men... denna politiker som-inte-behöver-nämnas-vid-namn sa vid tillfället för beslutet: "Det är ju bättre att man arbetar än att man inte arbetar. Om det inte finns någon efterfrågan är det ju bättre att ta något annat jobb än att gå på a-kassa".
Fyra år efter beslutet om inkomstgaranti slutade politikern

själv att arbeta och har inte arbetat sedan dess. Hen plockade då ut en inkomstgaranti på 61 334 i månaden - trots att hen inte jobbade. Först en fallskärm på drygt 120000 kronor i månaden och sedan en statsrådspension. Om detta får fortsätta har politikern som-inte-behöver-nämnas-vid-namn plockat ut närmare sex miljoner kronor fram till pensionen. Därefter väntar vanlig tjänstepension och ålderspension, men en ganska bra sådan. I en tidigare intervju med politikern berättade hen om vilka svårigheter det var att få nytt jobb efter tiden som toppolitiker. Men hur var det nu hen sa? *"Om det inte finns någon efterfrågan är det ju bättre att ta något annat jobb än att gå på a-kassa."* Politikern som-inte-behöver-nämnas-vid-namn vill inte kommentera det hela vilket är högst förståeligt, är det inte? Eller förresten hen *tänker* inte kommentera detta. Visserligen vet vi att tjuvar finns i alla led men de som en gång blivit folkvalda kan väl ändå skärpa till sig?

"Nonsens", sa Twist för sig själv. "Politiker i sitt esse". Han stod och skalade potatis samtidigt som han lyssnade på radion. Lyssnade och skalade, reflekterade och skalade, muttrade och skalade. Idag var dagen kommen för det stora paltkalaset och potatisskalningen var bara början på allt som han hade att förbereda. Varje färdigskalad potatis slängde han ner i en stor balja med vatten där de fick simma runt i väntan på nästa potatis... och nästa... och nästa. Han hade nu kommit till den tredje påsen potatis.

Rut hade blivit hämtad av Pernilla. De skulle ta en heldag på stan med lunch och lite kulturliv. Pernilla hade planerat besök på både fotografiska muséet och Rosendals trädgårdar. De skulle också försöka hinna med en omgång boule i Rålambshovsparken. Någonstans skulle de hinna äta och ta ett glas vin och det fanns många ställen att välja på. För Ruts del var hela världen ny när det kom till såna utflykter. Hon var som en upptäcktsresande och tyckte allt bara var fantastiskt. Egentligen kunde man nog bara sätta

Rut på en stol utanför NK hela dagen, tänkte Twist. Hon skulle vara nöjd med det och ha fullt upp redan där.

Med början för ett par veckor sedan hade Twist spridit runt idéerna om sin taffel till alla som skulle bjudas. Han visste ganska väl vilka Rut ville dela detta med. Förutom de närmaste, som var ganska många vid det här laget, bjöds dryga tiotalet in. De kanske skulle bli lite över trettio personer allt som allt. Twist hade kallat in samtlig personal, med andra ord anhöriga, som han trodde att han kunde ha användning av denna dag. Mini och Sigge var de som tog hand om gårdsbestyren. Twist behövde inte göra några som helst gårdssysslor denna dag och inte Rut heller. Grabbarna körde alla mat- och vattenrundor, kollade staket och hagar, klappade om djuren och städade i boxar och övriga ytor. Tor anslöt efter ett tag och även Waheed och Tariq. Alla ville hjälpa till och alla fick någon liten uppgift att göra. Mini var arbetsledaren.

Twist förberedde maten medan Mini och ungdomarna dukade, kånkande, hämtade och ställde till rätta allt som behövdes. För stunden hade de hamnat i gårdsbutiken framför Farming Simulator men var samtidigt fullt beredda att hugga i så fort Twist ropade.

Siri och Sixten skulle komma under dagen och Maja var i antågande. Hon hade en mer central roll senare i paltstöket, som den hängivna paltkokerska hon var. Snyggt upplägg, tänkte Twist där han stod. Han var nöjdare än nöjdast.

Twist hade också gjort i ordning en facebooksida där han la in bilder och beskrev varje moment av paltkalaset. Rut hade nämnt Facebook som en bra aktör för delning och reklam så Twist startade ett användarkonto, där han med Sigges och Minis hjälp formulerade texter och valde bilder som beskrev gården. Omgivningarna, djurbeståndet, gårdsbutiken, alla gårdens produkter och människorna som jobbade eller tillbringade annan tid där. Allt var dokumenterat. Om detta visste inte Rut någonting eftersom även det var en överraskning.

"Så där ja!", sa Twist till sig själv sedan han tagit en bild på potatisbaljan och lagt ut den. *Knölig simskola* skrev han över bilden.

Så plockade han fram tallrikar, bestick, glas och servetter. Han ropade på Sigge som fick med sig Waheed, och tillsammans bar de ut detta till gårdsbutiken. Där ställde Twist i ordning ett buffébord till allt som bars ut. Bordet skulle vara platsen där man hämtade både sin tallrik och maten.

"Mini, har du koll på, eller har du sett var våra värmeplattor har hamnat?"

"Vad för värmeplatta?"

"Du vet, det ser ut som en liten minispis med två plattor och en sladd. Man kan hålla maten varm utan att använda den stora spisen".

"Jag vet exakt", svarade Mini då. "De är i ladan, jag kan hämta dem".

Under tiden gick Twist tillbaka till köket och plockade fram fläsket. Det var många paket och alltsammans skulle skäras i strimlor för att senare knaperstekas. Twist hade sett att Rut hellre jobbade med sax än kniv när hon delade fläsk så han prövade det och tyckte att det var enklare. Fort blev han klar och fatet med alla fläskstrimlor hamnade även det på Facebook med bildtexten: *Nu är det klippt, sa grisen som hamnade i hönshuset.* Twist var så nöjd och förväntansfull att det bubblade i hela kroppen.

Han monterade ihop köksassistenten med delarna för malning och ställde den på plats med. Sen tog han en ny bild och skrev: *Kompisen som maler på utan ett ord.* Han tog fram lingonsylten som Maja kokat. Palt utan hemkörd lingonsylt var inte att tänka på hade Maja högtidligen meddelat och hon hade litervis med lingon i frysen sedan året innan. Twist hällde upp lingonsylten i fyra olika krus. Tog en bild och skrev *Lingonvecka* över. Efter några minuter ändrade han sig eftersom han kom på att det kunde väcka anstöt. Han gick in i edit-läge och skrev i stället: *Man blir rörd... nästan rårörd.* Nu hade Twist kommit så långt att han började backa sig tillbaka i hela upplägget, lite så där som man gör när man repeterar receptet för att se vad man har glömt. Det hela hade gått så lekande lätt att han kände sig orolig. Vad kan han ha missat? Kunde det vara så här enkelt att göra fest för trettio, fyrtio personer?

Dekorationerna! Han hade ju handlat serpentiner och de skulle läggas ut på borden och på buffébordet. Och dukarna... var hade han dem nu då? Eller rättare; var hade Rut såna grejer? Han gick upp på övervåningen men hittade inga. Han öppnade alla skåp han såg och drog i alla lådor han kunde hitta men det fanns inga dukar. Då hittade han en hög med vita gardiner i stället. De kunde nog duga. Dessa bar han in i gårdsbutiken och efter att han med Tariqs hjälp dragit ihop bord i små grupper la han dukarna på. Han drog en lättnadens suck. Det funkade.

Precis då kom Siri in genom dörren. Hon hade redan varit inne i huset, gått en sväng bland djuren och letat efter alla. "Tja! Var det här ni var?", sa hon. Hon tittade till på Waheed och Tariq som båda kom fram och presenterade sig. "Du har ju bra med hjälp här Twist, vilken uppslutning. Tänk vad mamma ska bli glad och vad gulligt av dig att ordna allt. När kommer mormor förresten?"

"Mormor kommer senare i eftermiddag, men när kommer Sixten?", svarade Twist.

"Sixten har kommit redan. Han sitter med Mini i ladan och snackar lite. De gillar varandra de två och har alltid massor att avhandla."

I samma ögonblick hörde de steg utanför och så kom

grabbarna. Inte bara de förresten utan två värmeplattor med. När de hälsat och kramats och Sixten presenterat sig för Waheed och Tariq bad Twist alla att ställa upp sig för en bild. Den la han ut på facebooksidan med texten *Paltarna* över. Värmeplattorna ställdes ut på buffébordet.

"Det kanske behöver dekoreras lite här?" föreslog Sixten.

"Enbart vita dukar ser inte så kalasigt ut va?"

"Då vet jag!", sa Siri. "Ett band runt servetterna med ett lingonris instucket, är en enkel lösning på problemet. Jag fixar!"

Förberedelserna fortsatte men gick nu in i en mer detaljerad fas. Twist tyckte att det hade blivit dags att unna sig en kopp kaffe och en stunds vila för ryggen.

Han kände sig nöjd och tyckte att allting var under kontroll. Potatisen var skalad och mald. Lingonsylten upphäll och fläsket stekt. De hade dukat och dekorerat och Twist hade till och med gjort smörkulor med räfflade spattlar så att det skulle se riktigt snyggt ut. Värmeplattorna var igång och drycken kyld. Sen kom Maja.

"Här var det renstädat och fixat ska jag säga. Jag trodde det skulle se både grisigt och rörigt ut såsom det kan göra i ett kök när man tappat strukturen och allt gått över styr".

"Jajamen, inget som fattas. Läget under kontroll".

"Tar du fram mjölet då så ska jag göra klart paltsmeten. Det tar bara någon halvtimme att koka dem sen. När kommer alla?"

"Mjöl? Oj då. Jo jag bad Pernilla att vara på plats tidigast halv sex så vi skulle hinna mata alla djur. Jag vill också ha de andra gästerna på plats", sa Twist medan han vände sig om för att hämta mjölet.

"Ska alla gömma sig då eller?", undrade Maja.

"Japp. Det finns välkomstdrink och småtugg i ladan. Där får de stå och trycka tills Pernilla och Tobbe kommer med Rut".

"Å, vad hon ska bli överraskad och vad spännande det ska

276

bli. Får du fram mjölet nån gång då din drummel? Jag går och kollar in i gårdsbutiken så länge, nyfiken som jag är".

Twist började leta efter mjöl. Han letade i skafferiet, i lådorna med torrvaror och även i svalen. Rut hade ett extraförråd av torrvaror i ytterligare ett skåp och där fanns allt som marknaden hade att erbjuda av mjölsorter, utom just vetemjöl. Ingenstans fanns den minsta mjölpåse. Twist började riva och slita alltmer desperat. Till slut var han i kryddskåpet och grävde runt. Kanske det finns lite mjöl i gårdsbutiken då, tänkte han och pinnande dit. När han öppnade dörren där var det mer eller mindre fullt hus. Flera av gästerna hade kommit, alltså av de grannar som bjudits in. Nu började Twist svettas. Kaoset var nära.
"Ni har inget mjöl va?" frågade Maja som såg hans desperata blick.
"Fan, fan, fan. Jag visste att det var något lurt när allt verkade så lugnt. Vad gör vi nu då? Klockan är fem och Rut kommer alldeles strax. Henne kan jag knappast fråga. Jag ringer Tobbe".
"Jag kan pinna över till Pia-Carin", sa Maja. "Hon har säkert en påse".

I en annan del av Storstockholm satt Pernilla tillsammans med Rut och åt en sen lunch. De hade doftat på blommor och beundrat blomsterarrangemang samt fikat ute på Rosendal. Därefter hade de tagit en lång promenad till spårvagnen och efter en tur med den och några ytterligare byten hamnade de på fotografiska. Där njöt de av utställningen av Thomas Wågström magiska bilder. De studerade också The Walther Collection in i minsta detalj och beundrade Bettina Rheims fotografi. Till slut gick ögonen i kors av allt tittade så de lämnade fotografiska och åkte till Rålis.
Rut bad Pernilla berättade lite om seglingen i Österrike eftersom de precis hade kommit hem. Pernilla berättade om

den första dagen de kom ut i den stora fleeten av 64 båtar, hur häftigt det var. Men också hur spännande och hur svårt det var. Att hitta sin plats på startlinjen, att placera sig rätt för att inte få skitvind från båtarna framför. Hur knepigt det var vid varje rundning av märken att hitta sin plats, hur fel vägval därefter kunde ställa till det och att allt detta sammantaget gjorde att man lätt hamnade längre och längre bak i resultatlistan. Det var helt enkelt alldeles för lätt att komma sist. Till slut hade Tobbe och Pernilla resonerat som så att det bara var att bestämma sig. De beslutade sig för att komma i mål som femte snabbaste båt. Sen som första båt, vilket så klart var en helt orimlig tanke men så där höll de på. Det blev till slut just det som gjorde att de morskade upp sig och krävde plats.

"Ett sånt upplägg tror jag på", flikade Rut in. "Lite kuyashii så där". Det uttrycket hade Pernilla aldrig hört tidigare så Rut berättade kort om det innan hon återförde samtalet. "Hur var vindarna då? Alltså hände det något dramatiskt, så där som på Gardasjön förra året?"
"Nja, lite både och. Första dagen ställdes tävlingarna in helt eftersom det inte fanns någon vind. Men andra dagen var det bra kryssvind. Tre till sju meter per sekund och en hel del hängande i trapets. Det var till och med dubbeltrapets sista racet och riktigt snabb segling. Vi hann med fem race inklusive tjuvstarter och omläggning av bana. Några kapsejsningar, en hel del materialhaveri, ett masttapp och flertalet krockar. Fast vi klarade både oss och båten helskinnade ur dagen".
"Herregud".
"Ja, du skulle höra vilket liv det är när alla ska runda märkena. De är ett gapande och skrikande till höger och vänster. Man kräver plats, stressar upp varandra och låter högt för att få företräde. En del slänger ur sig halva regelboken bara för att skapa osäkerhet".
"Det låter lite som spänt läge tycker jag men hur länge är

man ute då?", undrade Rut.

"Just denna dag ville tävlingsledningen inte släppa in oss eftersom det äntligen fanns vind. Vi hade som sagt varit utan vind hela dagen innan och det såg inte ljusare ut inför nästa dag. Man ville få ihop många race så..."

"Det var bara att låta er vara ute då med andra ord?", fyllde Rut i.

"Ja det blev nio timmars segling på ett bräde. Den administrativa personalen i land var väldigt upprörd över det. Att vi inte erbjudits ens vatten på alla timmar så hett som det var. Jag har aldrig seglat mer lättklätt. I bara shorts och t-shirt. Alltså förutom sele och flytväst då".

"Oj! Det låter inte riktigt som om energiuttaget matchade intaget kanske", svarade Rut.

"Men vi var nöjda. Vi placerade oss på en 25:e plats och en 24:e plats i två av racen och fick en 39:e plats totalt efter första dagen. Att närma sig mitten var vårt mål".

"Bravo... wow, vad kul!"

Pernilla och Rut hade nu kommit fram till Rålambshovsparken och eftersom tiden började tryta bestämde de sig för att äta först och spela boule sen. Det senare bara om de hann, mest troligt skulle de få bordlägga den planen till en annan gång. De satte sig på Boulebaren med utsikt över boulebanorna så det skulle kännas som om de själva spelade lite grann.

De pratade om allt de sett och upplevt under dagen och om sånt de tyckte var kul. Vad som gjorde att livet lekte, eller inte lekte, om det som var och det som hade varit och vad de värdesatte i livet. Kanske så som tjejer gör när de ses.

"Så här roligt men samtidigt tryggt som mitt liv känns nu, så var det verkligen inte förr. När jag var småbarnsmamma med låg lön, med ovissa framtidsutsikter och ett osäkert månad-för-månad-liv".

"Nej, vi har väl alla haft våra ups and downs", svarade Rut. Sånt som fått oss att sätta i halsen både en och två gånger".

"Vet du", sa Pernilla. "En gång besökte jag en spådam. Jag orkade liksom inte bära frågorna om framtiden, och fantasin visste inga gränser".

"Va? Berätta!", sa Rut

"Hon hette Gull Palm och höll till på Malmgårdsvägen i stan. Jag har kvar hennes visitkort fortfarande", sa Pernilla och berättade sedan hela historien om mötet med tant Palm.

Med ständigt spökande fantasier kring framtiden kände Pernilla att hon tolkade den på dystert vis. Hon ville få en vink, en hänvisning eller någonting över huvudtaget om den kommande tiden och det här var enda sättet. Fantasin gjorde ofta saker mycket värre och mer dramatiska än vad de verkligen var. Liksom piskade upp någonting som inte fanns, på ett groteskt och obarmhärtigt vis. Hon var trött på att fantisera, känna hoppfullhet och ovisshet om vartannat. Nu ville hon veta. Pernilla minns inte exakt, men tippade på att det här kan ha varit för drygt tjugo år sedan.

Efter att först ha ställt in telefonen på hemligt nummer, för att minimera chansen att bli spårad, tog Pernilla kontakt med spåtanten. Pernilla presenterade sig inte, utan bokade bara en tid. Med sig på besöket hade hon Ronja och de hittade fram till tant Palms port där de åkte tre trappor upp i den knarrande hissen. Pernilla berättade att hon kände sig nervös. Den känslan tilltog ytterligare när knackningen på dörren fortplantade sig till ett eko i trapphuset. No return. När dörren öppnades tittade hon rakt in i en gammal kvinnas ansikte. Hon såg rödkantade ögon, en krokig näsa och blåsvarta läppar. En kvinna vars långa gråa hår tittade fram under ett huckle innan det slingrade sig vidare över en kutig rygg. Långa knotiga fingrar trillade lila kristallkulor mellan handflatorna och kvinnan bar ett lömskt leende. Brunsvarta tänder blottades bakom flinet och en strimma av saliv rann sakta över hakan, vidare ner över blusen och landade någonstans på den långa kjolen. Medan Pernilla beskrev spådamen betraktade Rut henne med vidöppna ögon och halvöppen mun.

"Är detta på riktigt?", sa hon och då kunde Pernilla inte hålla sig för skratt längre.

"Nej faktiskt inte, det var en helt vanlig människa som öppnade dörren och släppte in oss. Ronja hänvisades till ett angränsande rum där hon fick vänta under tiden. Jag och tant Palm gick vidare in i köket".

Pernilla berättade att tant Palm använde kort när hon spådde och beskrev på vilket sätt hon la ut dem. Uppifrån och ner i långa rader, alternativ i högar ovanpå varandra. Pernilla antecknade stödord samtidigt som hon lyssnade. Det hela inleddes med några ord om Pernilla som person. "Du är varm, rar och snäll men tuffare än du ser ut. Stark, ärlig, rak och pålitlig". Pernilla antecknade och det slog henne att med så många konvektiv på rad kunde vem som helst känna igen sig.

"Du är omtyckt på jobbet, lite kurator och ger andra goda råd. Du har mycket folk omkring dig. Du har också humör och kan säga ifrån". Så här långt ganska allmängiltiga antaganden, tänkte Pernilla. Palm kunde inte se om Pernilla hade jobb eller om det var enbart skola, alternativt både och.

Enligt korten hade hon en massa nya människor runt sig i och med studierna. Det skulle bli en del vikariat under studietiden och när hon var klar skulle hon inte arbeta på dagis utan i skola. Lönen skulle bli bra när hon väl var färdig. Hon kunde inte se om Pernilla var gift eller sambo men däremot att det fanns någon inpå knuten.

Hon såg barnen. En flicka och en pojke. Starka och fina barn, särskilt flickan som sågs vara mycket kärleksfull.

"De kommer att klara sig bra. Barnen och du har det bra", sa hon.

"Du har en svartsjuk karl i närheten och du vill inte ha honom, han vill mer ha dig och det kommer inte att bli ni två. Du är lite ledsen, varför är du det?"

Palm la ut sina kort i sju högar. I den första såg hon att barnens pappa sköter sina plikter men att han har tankar om Pernillas hus. Det blir jobbigt med honom, han får för sig att vilja in mer i Pernillas liv. Försäkringskassan behöver blanda sig i.

I den andra högen såg hon en vän i viken, en jämnårig man med en dotter. I tredje högen såg hon Pernillas syster och sa att de båda hade bra kontakt med deras mamma men inte med pappa. Systrarna skulle råka ut för något, en situation som gör mamma rasande. I fjärde högen syntes en ledsen väninna som svikits av en karl och Pernilla var den som fungerade som bollplank. I den femte högen återkom Palm till barnen.

"Duktiga, fina ungar... Gud vilka fina barn och tjejen är stark. De kommer att klara sig bra".

I sjätte högen såg hon en man, en ny man med god ekonomi som skulle tycka mycket om Pernilla, eventuellt skulle det bli giftermål. Det var en fin och bra man, kan ha eget företag.

Mannen med dottern tyckte mycket om Pernilla och de skulle ha en fin romans men det var viktigt att skydda sig. Han hade lätt för att bli pappa. Det skulle finnas en svartsjuk kvinna i närheten så de kunde inte komma längre än till romansen. I den sjunde och sista högen med kort tog hon upp ekonomin och oroligheter med den. Pappan till barnen sköter sig men om något år skulle det bli diskussioner om pengar.

Därefter la hon ut sju nya högar och i den första där såg hon att barnens pappa och Pernilla hade en speciell historia. "Han är en skyttlande man som vill komma tillbaka men låt honom inte göra det. Det enda som skulle vara bra med det är möjligtvis någon slags ekonomisk vinning. Han vill komma igen men säg ifrån. Han har svårt med både samboskap och giftermål, han vill fladdra", sa hon. I nästkommande hög kom huset upp.

"Det skulle gå mycket pengar ifrån dig på grund av huset men det kommer att funka. Du älskar ditt hus och du kommer att bo kvar. Du är lycklig i huset", sa hon.
Palm såg kärlek på alla håll och kanter, det skulle inte vara något synd om Pernilla. Däremot var hon starkare än killarna och tröttnade lätt. Det var de som drogs till henne. Egen hälsa plus barnen, allt låg ljust och fint. Fler barn skulle komma, först en dotter och sedan kanske ett barn till. Så småningom skulle en ny stark man komma som pricken över i.

"Vilken grej", sa Rut. "Det där hade jag aldrig vågat göra. Tänk om man skulle få höra något läskigt? Något som man inte alls vill veta".

"Visst, så tänkte jag också men tant Palm inledde alltihop med att berätta att sådan information inte lämnades".

"Nähä, så då satt hon och visste något men sa det inte, skulle det vara bättre?", undrade Rut och såg helt förskräckt ut.

"Ja, jag vet inte. Det enda jag vet var att jag skrev och skrev allt som hon sa. Jag fick ihop åtta anteckningsblad och alltsammans har jag sparat. Ganska kul läsning så här långt efteråt. Nu när jag så att säga lever mitt i, eller faktiskt nästan kommit förbi det som då var min framtid".

Vid det här laget hade Rut och Pernilla ätit upp lunchen och druckit det sista ut vinet. Boulen hann de inte med. Tobbe skulle hämta dem vid tunnelbanan och köra hem dem. Rut som inte hade en aning om vad som väntade där hemma och som snart skulle överraskas med glans.

Pernilla kunde inte riktigt släppa tankarna på det som hon förutspåtts. En hel del stämde, redan då och med facit i hand... Hon blev faktiskt lärare och jobbar i en skola. Hon har en knepig relation till sin pappa men mycket god kontakt med sin mamma. Huset har i perioder dragit enorma mängder pengar men gav mycket tillbaka i form av lycka och trygghet. Och barnen sen. De var verkligen fina och starka, plus att ytterligare ett barn kom. Dock ingen flicka utan en liten Tor. Sist men inte minst träffade hon en fantastisk man.

Nu skulle de snart bli hämtade av honom, och Rut som Askungen i sin egen saga, skulle få åka droska till sin prins. Till slottet och den stora balen.

Kapitel 20
Om tältpartaj, brummande rispaket och Lili Marleen
samt 26:e platsen i den mojnande vinden

Tobbe hade hela dagen för sig själv när Pernilla var inne i
stan med Rut. De båda hade gedigna planer och han hade
lovat att plocka upp dem senare under eftermiddagen. Även
Twist fick dagen på sig med att ordna allt runt palzerian.
Egentligen borde Tobbe kanske höra av sig med
handräckning men Twist verkade ha tillräckligt med hjälp
som det lät. Med handen på hjärtat var det nog också så att
han och Twist inte var det mest fullfjädrade paret för att
utveckla saker ihop. Det hade visat sig tidigare.

På köksbänken där hemma låg ett rispaket på sidan och
brummade med jämna mellanrum. Med *täta* mellanrum
faktiskt och varje gång det brummade till påmindes Tobbe
om hur fel han tänkt. Egentligen var det inte rispaketet som
brummade, utan det som låg där i. Någonting kämpade för
sitt liv, någonting skrek efter support, efter ett liv där
utanför. Efter lite fuktfri tillvaro. Han hade tappat telefonen
i toaletten vilket var väldigt obra på alla vis. Hur snabbt han
än plockat upp den var det för sent. Och det ska gudarna
veta... att snabb var han.
Skönt ändå att det inte hände medan de var i Tyskland och
Österrike tänkte han sedan. Då telefonen både varit
tryggheten ombord, GPS i bilen men också kontaktdon och
kamera övrig tid.
Han tänkte på Kellenhusen, där det var kallt så in i Norden.
I Sverige hade de lämnat en tjugogradig värme så kontrasten
kändes. I Lübeckområdet stod termometern på mellan tolv
och fjorton grader och det blåste hårda vindar. Givetvis
hängde regnet i luften som kronan på verket men de var
ändå på plats. Ingen självklarhet med tanke på att de hade

varit en hårsmån från att missa färjan.

Att hitta till Kellenhusen var inga problem, de hade varit där
förut. Det är en mysig liten håla. Längs med hela havet
sträcker sig en strandpromenad med flertalet restauranger
och pubar. Mellan strandpromenaden och havet breder
sandstranden ut sig med alla solhytter på rad. Båten ställde
de av först och tältplatsen såg de ut sedan. De var absolut
först på plats med sitt tält. Innan första dagen var slut
riggade de också båten. En lång vall löpte mellan tältplatsen och själva sail center
närmare vattnet. Vallen var försedd med några trappor som
ledde tältarna ner till båtarna och seglarna tillbaka till
tältplatsen... fram och tillbaka, fram och tillbaka. Där nere
fanns också toaletter och en utedusch. Toalettbestyren
nattetid krävde denna långa promenad och sedan lika lång
väg tillbaka.

På lördagen började tävlingarna. Två dagars tävlingar och 38
deltagare. De flesta tyskar men också några team med
polacker och så fyra danska team. Danskarna hade deltagit
både i Australien och på Garda tidigare. Tidigare under året
på VM i Kina, seglade ett av deras team in sig som
världsmästare. Med andra ord, fantastiskt duktiga seglare.
Efter en ganska okej natt i tältet, med lite för hårt underlag
och aningen kyligt, åt Tobbe och Pernilla frukost på sail
center. Ingen jättesuccé direkt men det var de beredda på
sedan tidigare arrangemang. Vita frallor, korvpålägg,
marmelader och kaffe. Snart efter var det rorsmansmöte. På
tyska. Ja, varför anpassa sig... vadå? Kan inte alla tyska?
Pernilla kunde i alla fall inte ett ord men Tobbe förstod så
pass att han tog in det viktigaste. Tävlingsledaren hade åtta
banor att välja bland och för seglarna gällde det att hålla koll
på deras val som skyltades på startbåten inför varje race.
Denna dag växlade de mellan två olika banor.
Det blåste bra, mellan fyra och sju meter per sekund och

därför hann de med fyra femtiominuters race. I sann tysk, disciplinär ordning hölls ett bra tempo men bara minimal väntan. Ändå blev det kallt mellan varven.

Tobbe och Pernilla missuppfattade banan i första racet men det ställde inte till det på annat sätt än att funderingar störde fokus. De hade omväxlande fin fart i båten och fin fart absolut inte. Två tydliga anledningar till att farten sinkades lite var dels att Tobbe hamnade utanför båten tre gånger men han var snabbt uppe efter varje gång. De tappade också fart efter en sammanstötning och tvingandes ta ett straff. Straffet, en "tre-sexti", innebar ett varvs snurrande på plats med båten. Manövern tar tid och flera andra hinner smita förbi. Efter över fyra timmar på sjön var de frusna och blöta, trötta och hungriga. Precis som det lätt kan bli och deras bästa placering för dagen var en 22:a plats men en 26:e plats totalt.

Telefonen ringde och Tobbe svarade.
"Har du mjöl?" hörde han i luren. Det var Twist som undrade och Tobbe hade inte på länge hört någon låta mer panikslagen. I alla fall inte när det handlade om mjöl.
"Hej hopp, jag vet inte men ska kolla. Häng kvar".
"Nej, nu ser jag Maja. Hon är på väg från Pia-Carin just nu med en påse. Vi ses sen". Twist pratade fort, sen skramlade det till och plötsligt hade han lagt på luren.
Så typiskt Twist. Normalt sett var han lugn som en nyvaken sengångare men när det blev fel i planeringen var han rappare än en kalashnikov. Tobbe skakade lite på huvudet, stängde av telefonen och loggade i stället in på datorn. Han gick in i fotoarkivet för att bläddra lite bland bilderna. Pernilla tog alltid ganska många foton när de var iväg på olika saker. Ibland kunde han tycka att det var jobbigt med dessa eviga fotostopp men så här hemma sedan, var det faktiskt riktigt kul att ha.

I Tyskland är det crêpesvagnar som gäller med samma

självklarhet som korvkiosker här hemma. Man kunde köpa crêpes med nutella eller andra sötsaker, med äppelmos eller med ost. En ost- och skinkcrêpes och en öl, räddade stämningen mer än en gång, exempelvis denna eftermiddag. Senare på kvällen var det bjudmiddag och liveband på scenen och äntligen där någonstans mojnade den kalla vinden något.

Nästa dag möttes de av en jättefin solig morgon men de var lite grusiga i ögonen. Campingplatsen hade vid det laget blivit proppfull och många av dem som hjälpt till att fylla den hade musik påslagen frampå småtimmarna. Deras grannar pratade också väldigt mycket och just den kombinationen av ihärdigt prat, mycket skratt och musik på hög volym gjorde att man kunde få lite grusiga ögon. Det var stundtals sånt tryck i tältfestandet att tältet gungade. Fantastisk! Starten gick på förmiddagen i betydligt lugnare vindar och bara två race var inplanerade. Tobbe och Pernilla både deltog i och drabbades av trängsel i starten vid pin end och i andra racet fick de absolut ingen fart i båten. Men så hände något. Efter att ha rundat både kryssmärket och gate som absolut sista båt, gjorde de ett briljant vägval. I och med det, seglade de om tio båtar. De behöll sin 26:e-plats och kände sig ändå bäst bland de sämsta. Det hade blivit bra träning inför det som komma skulle, vilket var tanken. Som en inledning på deras EM-äventyr.

Regnet hängde i luften nästan direkt vid starten så efter seglingen sedan hade de rusat iväg för att fälla tältet så fort de kunde. Förutom den aktionen hann de rigga av båten och få ordning på mycket av tillbehören. Strax efteråt tappade regnmolnen greppet över Kellenhusen och det sista fick packas ihop medan regnet sköljde över dem.
Som det cirkussällskap hobiefolket är, var varenda pinal borta på två timmar. Pernilla och Tobbe kom iväg ganska sent och såg hur hela raceområdet revs bit för bit. Flaggor,

kafeteria, racetält, sjukvårdstält, anslagstavlor, möbler, crepesvagn, ölvagn, parasoll, alla båtar, släpen, bilarna och vartenda tält på campingen utom två. När de själva var hoppackade, körde de fem mil tillbaka till Travemünde för en hotellnatt där.

Tobbe bläddrade vidare bland bilderna och rätt som det var ringde telefonen igen. Den här gången var det Pernilla.
"Hej! Vad gör du?"
"Ja, jag sitter och kollar bilder och funderar över seglingen i Tyskland och resan ner mot Österrike. Hur går det för er?"
"Jo, jag sitter här och väntar på notan precis, Rut är på toa men kan vi ses om en timme vid tunnelbanan?"
"Absolut, jag kommer. Ring igen när ni kliver på tåget bara."

I Travemünde sedan hade de letat upp Hotell Lili Marleen, ett hotell värt att spara bland upptäckter och kom-ihåg. Där blev de först bjudna på ett glas Prosecco i receptionen och lite småprat samt fick tips om bra matställen. Senare visades de runt i hotellets olika utrymmen, det vill säga till sällskapsrummen och den stora trädgården med flera äppelträd och hängmattor. Sist visades det rummet som var deras. En svit på våning två. Personligt inrett liksom hela hotellet. Temat var sjö, hav och marint.
Travemünde är och förblir en plats med hög mysfaktor. Den årliga Travemündeveckan, som de så väl kände till sedan några år tillbaka, hade inte börjat än men det kändes att turismen var igång. Det var alltid lika kul att återse stan. Att äta gott och promenera längs Travefloden, bort och förbi piren.

De kuddarna, och den sängen, duschen och frukosten. Det kändes som rena himmelriket. Frukosten var fabulous! Bröd, juicer, frukt, pålägg, marmelader, lax, sill och köttbullar, ost... Allt i sex, sju olika smaker och varianter. Jättefint upplagt på trevligt porslin. De bjöds också på

någon sorts tjockare pannkaka och gårdens äppelmos.
Äggröra och bacon inklusive varsitt glas Prosecco. Här
sparades det inte på något.

Det som följde efter frukosten var en lång bilresa på nära 70
mil ända ner till Nürnberg i södra Tyskland. I takt med att
de reste söderut började temperaturen gradvis röra sig
uppåt. Först runt 20 grader och senare när de kommit mitt i
landet, blev det 28 grader och stekhett. De hade fika-, tank-
och kisspaus var tredje timma och efter nästan nio timmar
var de framme. Där övernattade de på ett inte fullt lika
mysigt hotell. Man skulle kunna säga att om Lili Marleen i
Travemünde var en tiopoängare så var hotell Smile i
Nürnberg två minus. De hade hamnat i de lite sämre
kvarteren och hos den lite argare sortens receptionist. Som
suckade, gjorde miner, pustade, gjorde nya miner och
poängterade sina nyanlända gästers brister gång på gång
eftersom de inte meddelat att de hade släp med sig. Hon
började med att säga att hon absolut inte kunde ordna
någon parkering åt dem vilket blev till stora bekymmer för
Tobbe och Pernilla. Eftersom de inte hade nånting att säga,
körde de journalistknepet och höll tyst. Det bästa med den
metoden är att andra tvingas komma till tals och engagera
sig för en lösning. Plötsligt öppnade sig en lösning då både
bil och båtsläp fick plats. Även det här rummet låg på andra
våningen men... välkommen in i furu- och
heltäckningsmattevärlden. En liten lägenhet med hall, kök
och vardagsrum.

Hungriga som de var, lämnade de hotellet för att leta upp en
restaurang. Via avsides gränder, plötsligt mitt i Nürnbergs
"red district" kom de till ett större torg med massor av
restauranger. Där hittade de en italiensk restaurang och fick
sig ett mål. Tobbe tittade på bilden han tog på Pernilla där.
Hon satt i en tunn tröja vid tio-tiden på kvällen. Det hade
inte varit möjligt uppe i Kellenhusen.

Nästa dag var de livrädda vid frukosten för att möta den arga hotellkvinnans man. Hon hade sagt att mannen skulle finnas på plats vid frukosten och Pernilla hade tolkat det som "vänta bara tills pappa kommer hem". Mest troligt fick mannen hem en mycket arg kvinna kvällen innan. En utarbetad kvinna som berättade exakt *hur* arg hon var och säkert också på vilka. På två korkade svenskar med en stor båttrailer. Detta, tänkte Pernilla vidare, skulle om möjligt kunna göra mannen ännu argare. Så Tobbe och Pernilla smög ner till frukosten där den arga kvinnans man skulle vara. Fast det visade sig att han var jättesnäll. Vänlig och omhuldande. De fick en frulle av det mer förpackade snittet, det vill säga en buffé med väldigt många små askar innehållandes lite av varje. Där fyllde de på inför de nya milen som strax skulle betas av. Närmare 55 mil till Neusiedler am See i nordöstra Österrike.

Tobbe tittade till på klockan och insåg att det blivit hög tid att åka och hämta damerna.

...och så slutet

När Tobbe svängde in med bilen tillsammans med Rut och
Pernilla på Laduviks gård såg allt ut som vanligt. Ett som
var säkert var att varken han eller Pernilla kände sig som
vanligt. De var spända som fiolsträngar och trodde kanske
att det till och med syntes på dem. Ingen av dem vågade
prata eftersom de var oroliga för att rösten inte skulle bära.
Pernilla funderade över hur nästa drag skulle kunna se ut
och så kom hon plötsligt på vad hon skulle säga. Fast Rut
bröt tystnaden innan Pernilla hann säga något.

"Tack snälla du för en underbar dag", sa hon.
"Nu slapp jag undan från djurrundan också eftersom vi
kom hem så sent".
"Ja visst! Bara att slänga sig i soffan då", svarade Pernilla.
"Det har varit supertrevligt och jag gör gärna om det", la
hon till.
"Men du... kan inte jag få ett smakprov på osten med den
nya kryddningen som du berättade om? Kan jag hänga med
dig till ladan och välja ut en liten bit?" Pernilla hörde själv
att hon lät konstig på rösten. Hon kände inte igen den, men
Rut verkade inte ha reagerat.
"Kul! Klart ni ska ha en sån! Men titta! Vad har de gjort
med tomten medan jag har varit borta?", utbrast Rut.
Tobbe parkerade och Rut och Pernilla hoppade snabbt ur
bilen för att titta på tomten. Han hade lingonris i en krans
kring magen och runt luvans nederkant. Bredvid honom
hade någon ställt ett fat med en ljusgrå klump, stor som en
tennisboll, plus lite smör och lingonsylt.
"Palt?", sa Rut med frågande röst.
"Märkligt", fyllde Pernilla i samtidigt som hon förundrades
över hur tyst det var på gården. Inte ett ljud hördes från
något enda skrymsle. Det var svårt att föreställa sig att det

var så många människor som stod och tryckte någonstans.
"Vad är det nu som är på gång", undrade Rut sedan.
Varken Tobbe eller Pernilla vågade säga något, de klarade inte ens av att titta på Rut eftersom de höll på att explodera av skratt.
"Jaaa du, vad händer", fick Pernilla ur sig till slut men det var knappt att rösten bar.
Tobbe samlade ihop sig och sa:
"Vi går till ladan först så kan du prata med Twist sen, det verkar som om han har en hel del att förklara". Han gjorde sitt yttersta för att inte titta på Pernilla för då visste han att det skulle vara klippt. De kom fram till ladan, Rut först och de andra hack i häl. Hon tog tag i handtaget till ladugårdsdörren och krängde upp den. Sedan brakade allting lös.

Där inne, där det alltid brukade vara ganska skum belysning, var nu så många ljuskällor tända att rummet blivit närmast sakral. Det var så stämningsfullt att det kändes som att de hade klivit in i en kyrka snarare än in i ladan. Rut bara ställde sig och tittade. Flera tankar for genom hennes huvud. Hade hon kommit fel? Hade dagen givit så många intryck att det gav nya sätt att se omgivningen? Hade hon svimmat och vaknat upp i något som bara var en dröm? Kanske Twist hade sålt gården under dagen, var det möjligen så att hon inte bodde här längre? Hade Twist valt att dela sitt liv med en annan bondmora? I så fall en galenpanna som tyckte att inredningskombon stearinljus och hö var idealisk. Eller var det så här det alltid sett ut men att hon inte sett det? Och slutligen... hade hon blivit galen? På riktigt alltså?
Rut tittade på Pernilla för att få en ledtråd och hon såg alltigenom bara glad ut. Förrädare, tänkte Rut och tittade på Tobbe som såg minst lika lycklig ut. Dubbelagenter.

Plötsligt vräkte sig folk fram som gömt sig bakom höbalar, skåp, kylar och annan möblering. Då tänkte hon inget annat än att hon nog hade blivit galen och att hon nu var ett villebråd på savannen. Här gällde det bara att överleva. Hon log lite stelt, *det* var hon i alla fall säker på. Ett leende som snart sprack upp och förvandlades till ett galet flabbande. "Tjohooooo Rut", hörde hon och mitt i detta stod Twist. "Överraskning!", skrek han. Rut hade aldrig sett honom galnare. Han hade vitt pulver på både skjortan och byxorna. Kokain? Ketamine? Amfetamin? ...nej så klart, det var nog mjöl. Han såg ut som en skön mix av en kollrig festprisse och en överarbetad bagare.

Rut hämtade sig och började zooma in några kända ansikten. Av det hon såg förstod hon två saker. Dels att hon var hemma och dels att hon mest troligt inte hade blivit stollig. Förutom Twist såg hon Siri, Sixten och Sigge. Hon såg Mini, Mac och Pia-Carin. Och lilla Yahoo som svansade runt benen på dem. Tor och Fia men inte Emil, han var nog inte ens i Sverige. Lite längre bak stod Bengt med en kvinna hon aldrig sett, mörkhårig och något yngre, kanske i trettioårsåldern. Rut stannade upp ett ögonblick... kunde det vara Pernillas halvsyster tro? Hon såg Waheed och Tariq som sken som solar när de tittade på henne. Andra som också hade hoppat fram ur sina gömmor var Frödins grannar Englund och Eriksson plus familjen Wiström och Gustafsson från andra sidan vägen och Wulffs och Forsbergs. Vilket gäng, runt trettio stycken... kanske fyrtio.

Ett ploppande ljud avbröt hennes inspektioner och plötsligt hörde hon ett ploppljud till och så ytterligare ett. Twist kom fram med ett glas bubbel till henne och fortsatte sedan med ungdomarnas hjälp att hälla upp till allihop för att utbringa en skål.
"Skål och tack, vilken överraskning", sa Rut.
"Jag känner mig helt tagen... men får jag fråga... vad är det vi firar?"
"Dig!", svarade Maja som hade smugit sig in bakom Rut.

Hon hade vaktat paltar i köket fram tills nu.

"Men mamma. Nu skojar du med mig, vad har du nu hittat på? Har du förresten ätit palt utan att bjuda oss? Jag såg att tomten fått sig en palt".

"Skyll inte på mig. Det här är Twists idé. Han har planerat det länge och fixat det mesta utom några små detaljer bara". Maja och Pia-Carin tittade på varandra.

"Så är det", svarade Twist. "Men jag har haft fantastisk hjälp av alla här", sa han och svepte med handen över gänget.

"Nu äter vi snittar och bubblar på innan vi går upp till gårdsbutiken, för där har vi dukat en slags heuriger", sa han och skrattade lite åt sig själv. Man kan säga mycket om palt men någon heuriger är det inte. Palt ska ätas varm, för att inte säga het, så att smöret smälter ordentligt och man dricker absolut inte vin till. Vare sig gårdens eller någon annans. Man dricker kall mjölk eller möjligtvis lingondricka. Det vet väl varenda paltätare.

Rut hade äntligen börjat hämta sig och fann sig i att vara den som inte hade hållit i några trådar. Hon var gäst i sitt eget hem och vare sig snittarna eller bubblet hade smakat godare. Hon minglade runt och pratade med så många hon hann innan det var dags att gå upp till gårdsbutiken. På vägen dit gjorde hon sällskap med Bengt och den unga kvinnan som mycket riktigt visade sig vara hans dotter i England. Hon var på genomresa och ville träffa sin pappa innan hon reste vidare.

"Kul att träffas!", sa Rut som efter en stund kände igen henne från fotografiet på Bengts kontor. En mycket vacker kvinna med kort mockabrunt hår, vit hy och ögon så stora att man nästan blev tårögd av att möta hennes blick.

Paltkalaset var en överraskning som nästan satte sig på tvären. Det var så fantastiskt att det var svårt att ta in. Twists omtänksamhet och planering av allt. De andras stöd i att genomföra det. Majas hjälp, Pernillas lurendrejerier och alla som kommit dit. Alla som deltog i buset och som hade gömt sig. Allt detta för henne. Så tänkte Rut när hon ett par timmar senare satt i sitt gamla hönshus, numera gårdsbutik och Taffel med alla sina bästa omkring sig. Folk såg så glada ut och det bubblade av skratt vart hon än tittade. Massor av prat fyllde rummet. Hela gårdsbutiken var full av liv och i och med kalaset var Palzerian född.

Rut tittade på gänget av alla fina ungdomar som hade klumpat ihop sig framför Farming Simulator. De spelade allihop intensivt för det hållbara jordbruket. Medan hon satt och jäste i sin paltkoma och såg sig om i lokalen trallade en melodi i hennes huvud. Andreas Johnson var den som sjöng och låten hördes glasklart.

Don't look back
Just keep moving on
Get your feel and walk
Into a different song
Don't care what they
Say just let the music play

Sing for life, sing for joy
Sing for every man and woman
Girl and boy
Sing a song, a simple melody
Sing out loud or just hum
Sing for moments in the past
And times to come
Sing for history and destiny
Won't you sing for me?

Man kan inte ta emot mer kärlek än man själv tycker att man förtjänar. Det var en av hennes vänner som sagt så och samtidigt lagt betoningen på ordet "själv". Det är inte vad andra tycker att man förtjänar utan vad man *själv* tycker att man förtjänar. Rut hade under tidigare år inte tyckt att hon förtjänade särskilt mycket kärlek. Det var, vad det var bara. Man levde, verkade och fungerade utan några övriga funderingar. Utan något tjafs. Om någon tyckte om en, tyckte man om tillbaka. Hon hade inte känt efter så mycket själv. Andra fick avgöra, andra fick ta initiativ. Ibland var allt okej, ibland inte. So what?

Numera tyckte hon om sig själv på ett nytt sätt, på ett helt annat sätt. Hon tyckte att hon både kunde begränsa sig mer och ta emot mer. Hon kunde begränsa sig i förhållande till andra hellre än att begränsa andra i förhållande till sig själv. Det tog sin tid att förstå att saker och ting inte enbart styrdes av andras viljor, beslut och initiativ utan att hon också hade något att säga till om. Sedan hon kommit på det, hade det blivit lättare för henne att tycka om sig själv. Spratteldocka ut, Lego in. Stabilt, färgglatt och föränderligt. Rut var byggherren som styrde sin plan och tog egna beslut. Hon utformade ett bygge på stadig grund, hållfast och långsiktigt. Ett bygge som skulle göra ont så in i helvete att trampa på. Den som försökte skulle få ångra sig.

Plötsligt hände något och allting gick väldigt fort. Rut som suttit i sina funderingar och samtidigt beskådat alla gäster, dukningen och rummet som sådant, tittade till på Tariq. Han hade lämnat farmingspelet och ställt sig vid fönstret. Han pekade ut samtidigt som han ropade "bo'ri, bo'ri" och hade ögon stora som värmeljus. Tariq var ganska duktig på svenska men det han nu såg, hade han ingen glosa för. Han plockade i stället ordet på uzbekiska.

"Bo'ri, wolf, wolf", väste han men Bengt var den enda som reagerade med lite action. Han lutade sig bakåt för att kunna zooma in vad det var Tariq hade sett och då såg han samma sak som Tariq. Fast Bengt sa i stället "nu jävlar".

På två röda rev han ner blunderbussen från väggen, greppade om den och rusade ut.

De andra reagerade lite olika på det som hände. Rut vaknade till och Pernilla skrek. Tariq och Waheed gjorde sällskap i fönstret för att ha första parkett till det som hände. Tobbe och Twist fick jaktlyster i ögonen och Maja började duka av. Pia-Carin lyfte upp Yahoo för att kunna hålla för öronen på henne. Mac hällde upp mer mjölk i sitt glas och Mini tog en palt till. De övriga gästerna som dittills varit helt upptagna av att diskutera Leica-kamerans intåg och fall samt vikten av att ha en brandsläckare hemma, märke ingenting. De bara fortsatte diskutera nästa objekt i gårdsbutiken, nämligen rakspegeln från 1897.

Bengts dotter från England kom och satte sig bredvid Rut. "Now dad is at it again, doing something he will regret", sa hon lugnt. Rut nickade.

Sekunderna senare small två högljudda skott av i rask takt. Blunderbussen gjorde tjänst ute i augustimörkret.

Varje månad sedan hösten 2010 har jag samlat ihop och skrivit ner diverse händelser i vardagen. Det finns så mycket inspiration i vardagen i såväl människor som händelser men också i det som sägs och skrivs.

Det kan också handla om fantasier som bara finns i mitt eget huvud. Där pågår det ofta en pjäs; fullt utrustad med kulisser, scener, dialoger, pratbubblor och rekvisita, som följer parallellt med mitt till synes vanliga liv. Detta dubbelliv har legat till grund för manuset men har också fyllts på av en ständig ström av idéer. Mycket av det som händer runt mig, hamnar i små fack som jag sedan plockar friskt ur.

Händelserna kan ha utspelat sig för länge sedan eller alldeles nyss, men det kan också vara sådant som aldrig någonsin hänt. Varje dag är en källa till inspiration och innehållet i boken är egentligen en enda stor hyllning till vardagen. Utan den, inget liv.

Alla likheter mellan verkligheten och bokens händelser, karaktärer och platser är rena tillfälligheter. Det här är en saga med mer eller mindre drag av verklighet, men som till största delen är en produkt av skribentens stolliga fantasier. P-C Wike är en pseudonym, lika sann och påhittad som innehållet och upplevelserna i boken.

299

Ett stort tack till:
Alla er som då och nu peppat mig att skriva
Mina nära och kära, både familj och vänner
Mina facebookvänner som blivit "Ruts Vänner" och där gett
respons, lämnat rapporter och kommenterat innehåll. Ni var
mina testpiloter
Resursteamet för många kloka tankar
Olof Röhlander för bra uttryck och fin inspiration
Per och Annelie för festen och yogan
Kammarkören och radiokören som lät oss vara med
Fritz-Rüdige Klocke för introduktionen av heuriger
Nina för gott mentorskap och som kollegan Reda
Frida och Greg för "the sentence"
Evert Taube, Andreas Johnson och Beyoncé för texterna
GW, min favorit
Mr Google
Den moderna tekniken
Åsikts- och tryckfriheten
Books on Demand, plattformen för oberoende
bokutgivning, hade det inte blivit bokformat av manuset

... och annat som ständigt lär mig nya saker om livet, om
ting och företeelser. Som får mig att upptäckta sånt som inte
är uppenbart. Exempelvis att lära känna mig själv.

Det blev en hel del Waller följt av Fiffel, Mingel och Killer
och nu även denna; Taffel.